U0644240

Philip Reeve

RAILHEAD
铁道尽头

[英] 菲利普·瑞弗 著　左林 译

上海译文出版社

目　录

第一部分　星际快车 …………………………………… 1

第二部分　星罗帝国 …………………………………… 91

第三部分　大马士革玫瑰 ……………………………… 175

第四部分　伤心洋 ……………………………………… 297

致谢 ……………………………………………………… 350

第一部分

星际快车

1

听……

他听见的时候正从和谐路往下跑。那声音起初很弱，但透过街道的噪音变得越来越清晰。黑暗之中，城市那头，笛声扬起，仿佛孤独的鲸歌。这就是他期盼已久的声音。星际快车正从金枢纽风驰电掣呼啸而来。

现在他有理由赶路了。他不再是为了逃离犯罪现场，而只是跑去赶火车。他只是一个沿着和谐路往下跑的名叫岑·斯塔灵的瘦削棕发男孩。他看着眼前纷乱的街道，外套口袋里揣着偷来的珠宝，在熙攘的人群里跳跃穿梭。他回头望去，想要看看无人机追上来没有，那些旧玻璃楼间的一串串灯笼照亮了他的脸。

怎么会觉得那个金匠会派无人机追他呢？岑开始觉得，只要不是每次都偷同一家，而且不要让人损失太惨，安贝赛集市的商人们就没那么介意被偷。也许他们觉得要想在这东边支线上最大的集市里做生意，遭点小偷小摸在所难免。这个集市从有人记事起就是岑这类人的猎场，他们年轻、勇敢、狡猾，是这个无边城市底层生活的主角。

安贝赛是个大卫星。它的母行星是个脏兮兮的黄色圆盘，挂在天上像只警惕的眼睛，注视着这些忙碌的街道。但岑从店铺门前敞开的货架上偷食物、手镯时，母行星这只眼睛似乎从来没注意到过。有时店主发现了，骂骂咧咧地挥着警棍追过来，但绝大多数追了一两条街也就算了。而且街上人这么多，总有办法躲起来。这个集市昼夜不休。不仅咖啡馆、酒吧、情趣商店，连那些手艺摊和五金店也都全天候营业。他们占了一整片街区，售卖远太空采矿机构带来的东西。安贝赛本地的小行星带就像一条昂贵的项链一样富含贵金属矿石。

巧合的是，那天晚上岑顺走的就是一条昂贵的项链。他走向车站去上车，经过那些滑腻的台阶，每下一级，就能感觉到项链在口袋里敲打着他的屁股。

通常他没这么贪心。一般他来安贝赛时只顺几只脚镯，或者一个鼻环。但他看见那条项链躺在金店的柜台里时，觉得实在机不可失。一位顾客刚刚看过那条项链，金店老板娘正忙着和他说话，想让他再买点别的更贵的东西。她雇的保安本应看好店里的东西，此时却在看体育节目或是三维电影；他戴着个耳机，眼珠像玻璃一样无神。人们把视频直接导入视觉大脑皮层时，通常就是这副德性。

岑的大脑反应过来之前，他的手已经攫取项链，滑进外套里了。

接着他就转身出去，强装轻松地混进人群里。

他还没走出二十步就有个人挡了道。岑低着头，只能看见那人的大头靴和红雨衣，还有腰间的腰带。他抬眼瞥了一下，这人的脸笼罩在雨衣帽阴影下，从那模糊的轮廓看来像是个女孩。但他只看了那一眼，因为金店老板娘发现失窃了，她的保安也回过神来，回放店里的监控录像看到岑偷走了项链。“抓贼！”老板娘尖叫着，保安抓起一根警棍拨开人群向岑走来。

“跟我来！”那女孩说。

岑推开她。她迅速伸出手紧紧抓住他的胳膊，力气大得惊人，把他拉得一踉跄，但他还是挣脱了。他听见身后那拿警棍的家伙边嚷嚷边把逛街的人推开。“岑·斯塔灵！”红衣女孩喊道。她不太可能这么喊，他一定是听错了，她怎么可能知道自己的名字呢？他接着跑，混进了和谐街的人群里。

他刚开始觉得这次自己运气不错，就听到一阵螺旋桨鼓翼的声音。他回头看到身后有一架无人机，像只金龟子在人群上空徘徊，锃亮的，看起来很厉害，像是军用的。它的甲壳上有霓虹灯光滑过，激光眼通红。岑有种不祥的预感：无人机的下舱里携带了武器；就算没有武器，只要找到他，至少也能把他的照片和定位发到本地数据筏，然后把警察或者金铺老板娘的狗腿子招来。

想到这里，他把身上穿的旧智能粗呢外套应着周遭环境从蓝色调成黑色，拨开人群，循着悦耳的火车鸣笛走去。

安贝赛站：这个车站非常宽敞，前厅很高，就像个宏伟的大剧院，入口处挂着蓝色火焰写的“凯奔”标志。广播里高声重复播放着各站的连祷。密集的飞蛾和僧虫在站外的灯下萦绕；乞丐和小孩也到处都是，还有流浪艺人，卖水果的、卖亚洲菜和面条的，还有竞相揽客吵起来的人力车夫。穿过这些鼎沸嘈杂之声，火车的声音渐渐近了。

岑走过入口的栅栏，跑向站台。快车刚刚进站。先是巨大的火车头，是赫尔登家出品的槌头双髻鲨车头，长长的车身上覆盖着闪亮的玫瑰金鳞片。接下来是一排明亮的窗户，被外星雨淋湿了。一对车站天使沿着车厢两侧闪烁，就像零落的彩虹，岑旁边的有些游客对着那些车站天使拍照，但其实这些天使在照片上是不会显示出来的。岑混在挤作一团的其他凯奔旅客中，特别心痒，想回头看，但他知道不能。假如无人机在他身后，他回头就正中它下怀：它找的正是一张带着负罪感回头望的脸。

车门滑开了。他逆着下车的乘客，推搡着上了车。车里闻起来有些香甜，可能火车刚经过的那个世界此时正是春天。岑找到一个靠窗的位子，坐下来，低着头看看自己的脚，看看瓷地板，看看破了洞的座位罩子上的图案，反正就是不看窗外，虽然其实他想看极了。同车的旅客多是通勤的人，还有几个机器人邮差，圆圆的机器脑袋里充满了要到下一站执行的任务信息。岑对面的座位上歪着几个有钱人家的孩子，蜷在一起打盹：估计是从凯姆彪西或是加拉加斯特来的火车浪子，漂亮得像三维视频里的明星。岑考虑要不要下车时顺走他们的包，但想到他今晚运气欠佳，他决定还是不要冒险了。

火车开始移动，平滑得他几乎没感觉到。安贝赛站的灯光向后退去，引擎的节奏渐强，车轮回响加速。岑冒险看一眼窗外。一开始车窗上的倒影和外面城市的灯光混在一起，几乎什么也看不出来。过一会他又看见了那架跟踪他的无人机。它跟着火车，保持在窗口的高度，转叶上滑出细碎的光点，拖着一团密密麻麻的蜘蛛眼，监视着他，拍摄着他，还干些讲不清是什么但让他不舒服的事。

火车冲进一段隧道，终于他从窗户上只能看见自己的倒影了：瘦得皮包骨头，宽颧骨跟着火车前进的节奏晃动，眼睛大却空洞，像飞蛾翅膀上的眼睛一样。

火车在加速。声音越来越响，越来越响，直到“砰！”的一下——其实并没有声音，只是一种临界状态——火车穿过凯门，一切都变得奇怪却让人安心。在这永恒的瞬间，岑在宇宙之外。虽然不存在所谓上下，但有种下坠的感觉。某种像光又不是光的东西从空窗照进来……

接着又“砰！”的一下，火车驶出又一段常规隧道，缓慢开进另一个普通车站。这个世界此刻正是白天，引力更小一些。岑在座位上放松下来，想象着那个无人机在几千光年以外的安贝赛星球上，从那个空荡的隧道无功而返，他咧嘴笑了。

2

凯门里的凯字代表凯哈，意思是“凯萨茨 · 哈德拉克”[1]，在某种古老的地球语言里意为“取捷径”。只有卫神知道是怎么回事。你登上火车，火车穿过一道凯门，你下车就到了另一个星球。刚才还在天上照耀的太阳，转眼就变成了遥远天空的一颗小星星。要是坐飞船去这么远的地方可能要走几万年，但一辆凯火车只需要几秒就能跨越。那些门不能走过去，也没法开车穿过。火箭、子弹、光波或射线都没法穿越。只有火车能行驶在凯奔上，星罗上这种古老智慧的火车像梭鱼一样美丽，承载着关于速度和距离的梦想，从一个世界奔向另一个世界。

如今人们不经意就从一个星系到另一个星系，像穿过同一个城市的不同街区一样容易。很少人觉得这很神奇，而岑就是其中一个。那天晚上，就像所有晚上一样，他透过窗户目不转睛地看着外面的世界退去。

“砰！”塔拉卡站：烟囱里嗝出蒸汽，几轮大月亮挂在天边。（火车径直开过去了，没有停站。）“砰！”夏约站：白色的街道建在海湾上；这种地方对岑这样的人来说只有做梦的份。“砰！”塔斯克站：好些气态巨行星以及它们歪歪斜斜的行星环，在碧蓝天空的映衬下就像凉帽的帽檐。塔斯克有一个大市场。也许下次他应该来这儿，避免过早冒险去安贝赛露脸。也许他最近就不应该再去凯奔车站，不应该再坐凯火车；在老家克利瓦也有很多东西可以偷。

但他知道他不会就此戒了火车。他的姐姐米卡说他就是个火车浪子，像上了瘾一样需要穿越凯奔。岑觉得姐姐说得对。他坐火车跑东跑西并不只为了偷东西，而是他喜欢坐火车这件事本身。他喜欢窗外变换的风景，喜欢在漆黑的隧道里呼啸而过，喜欢那些门里闪烁的光。而他最爱火车的地方是那些大火车头，每个都不一样，有的严肃，有的友好，他能感觉到它们和他一样，被某种深层的喜悦牵绊着，因此在轨道上奔驰。那些火车头不在乎它们拉的负载。金光闪闪的客车厢或是破破烂烂的货车厢，对火车头来说都一样。它们其实对乘客也不感兴趣。但它们内心是浪漫的。你常会听说火车头帮助情人私奔，或帮助漂亮的扒手逃逸。时不时有杀人犯登上火车，或银行家

1. 在犹太哲学中有类似的词汇，意为“连接路径”，作者应该是借用了相关含义来进行虚构创作。

卷走别人的存款，火车头则会在下一站鸣笛警示当局或者干脆派出自己的维护机器蛛……

岑正浮想联翩的时候，星际快车已经穿过最后一道门，漫长黑暗的隧道尽头现出一个车站，里面轨道蜿蜒密集。货物集装箱堆在一起，像是一座没有窗户的城市。冷冰冰的瓷砖站牌在窗外滑过。火车柔和的报站声响起："克利瓦。本线终点站克利瓦。所有乘客请下车。"他下车踏上站台，注意到几只维护机器蛛在车厢顶上疾走。他怀疑追踪他的无人机在他离开安贝赛前把他的信息发布给火车了。也许火车告发他了。也许他不够漂亮或不够浪漫，所以火车才不愿意保护他。也可能火车头同情那个遭贼的金店店主。他一边沿着站台走，一边想象那些好多脚的机器蛛跳下来把他扑倒，用机械钳把他撕碎，或者扣押起来等待当地执法人员处置。

那些机器蛛什么也没干。他就像妈妈一样，任凭恐惧跟随自己。"我得留心它们。"他想。他知道想象力太过丰富会有什么后果。那些机器蛛继续干它们的活，检查接口，修补火车身上绘画的划痕。这时岑走过栅栏，混在一小撮旅客里出了车站，一队滑行的自行行李箱跟在他后面。在克利瓦下车，好像没有人显得特别高兴。

岑的家乡在陡峭的沟渠里。克利瓦的房子和工厂都建在几英里深的峡谷壁上，像货架上的板箱一样。克利瓦所在的世界叫安卡特，这个世界只有一个凯门，表面长年被暴风雨冲刷。克利瓦由于空间狭仄，只要有一小块平缓的坡地，就挤满了建筑，峭壁表面也挂着建筑，横跨峡谷的桥上也堵着建筑。峡谷之间的凹地里填满了松垂的电缆、悬吊着的霓虹招牌、尘雾、脏兮兮的火车，还有螺旋桨飞转的空中的士、轮渡以及属于几大家族集团的公共交通。在陡峭堆积的建筑之间，上千条瀑布倾泻而下，汇入峡谷深处的河中，奔腾的水声与工厂区的喧嚣叠加。本地人都把克利瓦叫作雷城。

岑跟着妈妈和米卡来到这里时只有十标准岁。之前他们住在圣西拉奇，再之前在卡拉特堡，再之前他已经记不清了；那么多不同的世界；污浊的廉价房间和变换的天空。他们离开时总是很匆忙，妈妈一直说有人在追踪他们，必须逃离。但他们搬到克利瓦时，米卡和岑开始明白追踪他们的人只存在于妈妈臆想的噩梦中，好比有时她说看见从墙上或窗户里流出思想波，也都是幻觉。于是他们在这里安顿下来，尽力照顾妈妈。米卡在工厂里找到一份工作。岑则找些其他挣钱的捷径。

当然，捷径其实没那么容易。在安贝赛集市经历的追捕让他惊魂未定。走出车站时，他还能感觉到偷来的项链把外套一边坠得沉甸甸的。他觉得这不是个好兆头。岑想快点出手，好摆脱霉运。于是他穿过街上的霓虹灯，伴着瀑布的白噪音，来到虫叔开店的街。

他没注意跟踪他的无人机此刻正穿过雨雾、射线和人群在拍摄他。

虫叔其实不是谁的叔叔。他甚至不是一个真的人。他是个虫僧，无数棕色的大甲壳虫紧凑在它们用树枝、线头和鸡骨头搭建的勉强像人形的支架上。岑杵在店后面昏暗的小间里，手里握着那条项链，想“得有上百万只虫吧”。这时一阵窸窣的声音从虫叔脏兮兮的粗麻布袍子下面传来。他的连衣帽下掩着一张纸糊的蜂巢脸，像一张有三个洞的印度飞饼——两只眼睛，一张不规则的嘴巴；油光发亮的虫子，在阴影里密密麻麻地爬行涌动。从嘴巴那个洞里发出的声音，是上千锯齿形虫足和虫翼摩擦生成的。

“这货不错，岑。比你平时给我的垃圾强。”面具上的洞里伸出又长又黑的天线，对岑摇摇。多数虫僧都坐着凯火车去做没完没了的神秘朝圣，开店的很少见。但虫叔擅长这个，砍起价来不比任何人类差。“两百。”他嗡声嗡气地开价。

这比岑的心理预期至少低了一百，但他烦了，再也不想留着那根项链。于是他把项链放在虫叔那油腻的柜台上。一只形状像个挂衣钩的粗手，上面密密麻麻爬满虫子，从粗布袍子下面伸出来，把它拿走了。

岑一边从店里出来，一边数着那叠钞票。每张上面都有大帝的微笑头像视频。然后他往家走，感觉跟每次干完活一样——自由放飞过后，现在又要回到自己的笼子里了。

他没想过回头看，所以没发现那架无人机从霓虹雾中降落到了虫叔店铺的屋顶上。店铺里有光闪了一下，短促的“咔啦”一声，接着无人机又出现了。它在外面盘旋了一会，等来了一个穿红雨衣的女孩。她抬头看看无人机。无人机便调整角度飞向岑，女孩跟在后面走上去。

3

斯塔灵一家今年住在桥街。这片街区建在克利瓦的一座拉索桥上，房租很便宜。这里房子都是生物建筑，由转基因猴面包树长成的。它们乱七八糟地挤在桥上，好像沮丧的大象，想飞向更温暖的远方。多数建筑生根了，长出奇形怪状的阳台或毫无用处的球根小间。岑一家在这样一栋房子里租住在顶楼：几间不规则的房间，对着一条穿风的走廊。他们住在里面就像三只住在橡果里的甲壳虫。前门是一块塑料包装箱板做的，上面印着一家名叫“克洛沙地”的铁路货运机构的标志。

岑推开塑料门走进去。昏暗的黄光照在褪色的地毯和看上去不可救药的墙壁上。曾经有段时间，他的姐姐米卡想把家里搞得舒适宜人一点。她每天都打扫，试着用全息墙纸把起居室装饰成夏约的海滩，或者水晶山里的牧场，当然你得忽略从地板传上来的楼下邻居家震天响的班格拉音乐。但所有这些对妈妈都没有用，妈妈对白色的墙壁感到恐惧，对海滩、对草地也都同样恐惧。后来米卡开始加班没有时间做家务了，岑可不想自找麻烦揽这些事。盘子堆在水池里，死苍蝇粘在窗纱上斑斑点点，而全息墙纸早就关掉了。

妈妈惊恐地抬眼看着他走进家。她身后的窗户透进光来，映得她一头细软银灰的头发显得更凌乱不堪。她说："你回来了！我还以为你不回来了呢；我还以为你出事了……"

"你总是这么想，妈妈。哪怕我去食品店离开五分钟你也这么说。"

（有一天妈妈担心的事会成真，他想。很快他就会攒够勇气和钱，永远离开这里，坐上星际快车，远涉金枢纽，以及更远的地方……）

"他们会抓住你的，我肯定，"他母亲喃喃地说，"那些人……"

米卡从她的小房间里走出来，还穿着每天去厂区上班时穿的灰色罩衫，像上班时一样暴躁地皱着眉头。看见弟弟回来她好像不太高兴。

"你去哪里了？"

"到处跑。"

"坐火车去了？"

"那些火车都是一伙的，"妈妈打断姐弟俩的对话，说，"还有那些卫神。那些卫神什么都看得见。"

“这么多世界上，发生这么多事情，卫神们不可能没事找事监视你我，还有岑的。”米卡不耐烦地说。

他们姐弟俩一点都不像。也可能是同母异父的姐弟——妈妈从来没跟他们说过父亲是谁，他们也没问过。米卡个子大，比岑要高，臀部和肩膀都很宽，肤色更深，一头蓬蓬的黑发，每当她费力梳头时，就会有火花噼里啪啦炸出来。她知道岑穿过凯门都做了什么，她不赞成，但她从没拒绝过虫叔的钱。如果没有钱，连桥街一半都不如的地方他们也住不起。

“她情况很糟，”米卡说，她决定还是谈谈妈妈，而不想谈岑和他的盗窃案，“我回到家时，她的状态真的很……”

“他们又找到我们了，”妈妈说，“他们隔墙监听我们。”

“没事的，妈妈。”米卡柔声说。通常她没那么温柔，通常她对谁都很愤怒，对岑，她的同事，她的公司，那些家族集团，大帝，甚至卫神们。她去参加了反机器人暴动，有时岑看见她对着一些非法宣传册皱着眉头，幻想反叛。但对母亲，她总能控制住自己的脾气。

“有事！”妈妈呜咽着说，“他们在监视我们！我们得从这里搬走了……”

“没人在监视我们，妈妈。”米卡一只手轻轻搭在妈妈的肩膀上，而妈妈生气地嗤了一声，把米卡的手掸开了。

岑想不通米卡怎么那么有耐心。也许因为她更年长些，还记得妈妈的想象力没有失控时的样子。那时还没有人追捕她，也不存在隔墙有耳。米卡只是可怜妈妈。岑也可怜妈妈，但他更生气，生气他自己的生活完全被她的妄想左右，生气这么多年妈妈都要他相信她编造出来的阴谋。

“他们到门口了！”她低声哭着说，“在监视我们！”

他穿过房间走到窗边，透过迷离的纤维窗帘瞟出去。“妈，”他说，“没有人——”

他顿住了。

他往下看桥上两排生物建筑之间的狭窄通道。上面挤满了行人，像他姐姐一样的白班工人从厂区下班吃力地走回家，夜班工人则向反方向流动去上班。人力车和磁悬浮车从行人的雨披、帽子和雨伞间穿过。街的那一头，那个红衣女孩一动不动地站着，直直地盯着他。

每当火车穿过凯门，之前都有一刻安静的瞬间，这时车轮从正常的凯奔轨道换到门内奇怪的老式无摩擦轨道。这个瞬间非常短，只有火车浪子能察觉到。岑认出那个女孩时就是这种感觉：一阵直捣内心的安静，接着他就进入了一个新世界。

“没有人。”他说，尽量让自己的声音不显得害怕。虽然他觉得那女孩应该看不见他，但还是离开窗口后退一步。他继续观察她。她是怎么跟到这儿来的？一定是跟他坐了同一班火车出安贝赛。但不可能啊，他没看见她在克利瓦下车。这不可能是同一个女孩……

这时她抬起脸，似乎直视着他。虽然下雨，她脸也被帽子遮着，他看不清她的样子，但直觉确定就是她。

“跟我来！”她之前说过。

她还知道他的名字。

那她是什么人？警察？杀手？肯定是金店老板娘派来的，岑想。但也没什么道理。他只是偷了条项链，一旦他穿过凯门，保险公司就会赔偿损失。但这是他唯一能想到的解释。一定是安贝赛的金店老板们雇了杀手，对侵犯他们的扒手格杀勿论。

那女孩穿过街道向他的房子走过来。

米卡正在问妈妈晚饭的事。妈妈状态不好的时候总觉得他们没钱吃饭，水电随时会被切断。她不想吃，也不希望别人吃。米卡还是很耐心，问她要不要来点绿咖喱。岑在琢磨，怎么才能警告姐姐有人在监视，但又不能让妈妈听到而更加担惊受怕。

透过窗口污迹斑斑的纤维窗帘，他看见有东西滑过，跟在安贝赛纠缠他的无人机一模一样。

他跌坐在地上。妈妈尖叫起来。同时公寓的塑料门响起了敲门声，一个声音喊道：“岑·斯塔灵！”

岑跌跌撞撞手脚并用地爬过起居室回到他那狭窄的房间里。米卡瞄向他，他对米卡摇摇头。他站在阴影里，像玩捉迷藏的小孩儿一样尽量一动不动。他听见妈妈在抽泣，接着是大门打开的声音。“他不在这儿，”米卡说，“你没看见你把她吓到了？”

那女孩说了什么，太轻了，他听不清，接着就又听见米卡更生气地说："他不在这儿！走开！我们克利瓦不欢迎你这样的。"

岑环视自己的房间：床没铺衣未叠。还有些他小时候起珍藏至今的宝贝：火车模型，还有他七岁时从麦克枢纽的小摊上顺走的一枚别针。他一时冲动偷了那枚别针，内疚担心了一个半月。这之后他就成了惯偷，以此为生：他发现原来还可以拿走别人的东西而不被抓住。

但看来他错了。报应终于来了。他听见那架无人机咔哒咔哒从外面飞过，在他们住的楼周围盘旋。米卡对家中的不速之客重复着岑不在。妈妈也在喊，岑听不清她的话，但感觉到她生气又害怕。

他的床上面有扇窗户，像所有公寓的窗户一样有一层厚厚的污渍。如果豁出去了勉强够挤着钻出去。按本来的设计，这窗不能打开，但使劲砸也就开了。窗面从窗框里坠出去，只靠几缕植物纤维挂着。在无人机下一次转到这一面来之前，岑迅速冲向窗口那一方潮湿的夜色，然后缩起身子把肩膀和屁股也挤拽过去，连滚带爬地在房顶边上落下脚。房顶上的瓦是转基因树叶，厚厚的有点像羽毛的感觉，像蓟的叶子一样层层叠叠。他抓着一根粗电缆，荡到一片稍低些的房顶上，再从那里跳过狭窄的缝隙，逃到旁边的楼上。从那里去桥墩再爬下去就容易了。他边走边往上瞄无人机追上来了没，似乎没有。他跳下去。桥下拉了一张用来接垃圾以及寻短见的人的微纤维网，把他兜住。他手脚并用地在路基下面摸黑爬行。时不时路基上面的通气栅栏会透出一缕缕光线。一堆堆湿漉漉的电缆还有生物建筑交错纠缠的根都是他的路障。他身下的网兜之下，嗡嗡作响的公交飞行器还有肥大的运输无人机川流不息。

再下面，灯火通明的深渊底下，克利瓦河激烈地拍打着岩石。

他就这样来到了峡谷壁，沿着嵌在峡谷壁上粗大的污水管七拐八弯，然后顺着一家餐厅的霓虹灯招牌下到更低一层。服务员们纷纷侧目，但他顾不上担心服务员。他们能把他怎么样？不见得用餐巾把他拍死吧？他回头瞥了一眼繁忙的天空，那架无人机不在，便向虫叔的店全速冲去。

通常人们有难处不会找虫叔。但岑在桥下的微纤维网上荡来荡去的时候考虑过。他寻思着，他唯一的希望是把项链买回来，还回安贝赛，诚恳卑微地道个歉。

他到的时候店门关着。“虫叔？”他大声喊但又得压着点声音，一边拍打卷帘门。

门开了，他看见里面乱七八糟的店铺，有种不好的预感。

他走进去。后屋的房顶破了个大洞，雨水灌进来。一辆火车经过，车窗的反光也从那个大洞里打进来。虫叔还在里面，但已经不是虫叔了。地上散着他的粗布袍、纸面具、几根曾组成他身体结构的破棍子线头。袍子、地板、墙壁、家具上都爬满了虫子。不少已经死了：压扁了或烤焦了。剩下的有的摇着触角四处乱爬，有的摇摇欲坠地飞着。空气里还残留着高温金属的气味，说明刚刚发生过枪战。僧虫只有在足够多并能够组织成虫僧的时候才有智力：一旦打散，它们又变回无脑的昆虫。

这一切够糟糕了。岑瞠目结舌地站着，却看见了更可怕的事。他偷的那根项链还在柜台上。

所以这一切根本和项链无关。有别的大事，但他对此毫无头绪。

4

他离开虫叔的店时，从隔壁商店的二手服装货架上顺手牵走了一件雨披和一顶雨帽。雨衣太小，刚刚过了腰部，不过帽子很合适。他拉下帽檐遮住脸，快步回头往更繁华的街道走，想混进人群。他推测那女孩和她的无人机会继续跟踪，他试着说服自己这么做是为了把她从桥街带出来，这样妈妈和米卡就没有危险了。

但其实他只是想安全离开克利瓦。他要扒上一辆开出城的火车，在奇巴换乘斯皮拉特线，然后再在基申钱德换乘欧连线，趁追他的人发现他出城之前就逃出半个星系开外……

但怎么样才能做到呢？那女孩也许还有同伙。她那架从安贝赛追过来的无人机也许此刻正在街上蜂鸣盘旋。她可能正在监视车站。

他得想个办法。他在峡谷壁上一条潮湿、长满蕨类植物的缝里停了一会。峡谷壁上有卫神们的全息影像，像一串幽灵飘在一排数据圣殿的上方。不停有人从熙攘的街上走到那些数据圣殿前，上传电子祈祷。人类总是梦想有神的指引和佑护，卫神们就是人类发明的最终极最完美的神。古老地球上发明的人工智能，就像古老传说里的神明一样不朽和全能。是卫神们打开凯门，协助一众家族集团铺建星罗上的铁路和车站。过去它们在克隆身体里下载安装自己，混迹在人类当中。如今它们自成一体，完全信息化，散布于每个世界的数据筏中，人类大脑已经跟不上也容不下它们的思想。岑知道卫神们肯定不会管他的破事。

他决定转向人类寻求帮助。他从小贩的货车上偷了个一次性耳机，在那些圣殿中间找个安静的地方。这耳机是个塑料便宜货，但能用。一个终端妥帖地挂在耳后，通过他的骨骼传播声音。另一端压着他的太阳穴，把图像直接导入他脑中的视觉中心。他连接上克利瓦的数据筏，海量的浮夸广告扑面而来，叠加在他眼前潮湿的街景上。他眨眨眼把广告扫开，找到一个通信站。

他想呼叫米卡，但这太冒险了；那红衣女孩肯定在监视他家人的通信。他还能找谁帮忙呢？

岑没有朋友。搬离圣西拉奇时丢了几个，后来再也没心思交新朋友。朋友的麻烦就在于，他迟早得告诉他们妈妈的问题，还有他在桥街的生活，这些伤心事他宁愿深埋在心底。这也符合他对自己的想象——一个孤独的小偷，像只淡定的流浪猫一样，孤身走在午夜的街上。哦，在斯帕特帕腾俱乐部他也和几个孩子聊天谈笑过，但这么大的麻烦他没法指望他们。

这样只剩弗莱克斯了。弗莱克斯其实是米卡的好朋友，也许她看在米卡的分上会帮他。弗莱克斯有他正需要的本事。

他迅速地眨眨眼，用虚拟键盘打出她的联系方式，输入完毕虚拟键盘就从视野一角消失了。他眨眼选择了“语音聊天”模式。显示“正在连接”的灯仿佛闪了几个世纪。

弗莱克斯的声音终于响起：“喂？”

“我是米卡的弟弟。”岑说，他不敢说自己的名字，生怕有人监控克利瓦的通信网络找到他，“我需要帮忙。”

“什么忙？”

“我需要上火车，但我不能穿过火车站。”

“好的。”弗莱克斯似乎不需要任何解释，“在这儿跟我碰头。”

“哔”的一声，岑的耳机收到定位：电池桥。他谢了她，摘下耳机顺手扔到暴雨排水沟里，就往那边赶。

去电池桥的一路上他都在担心无人机截取了他的通信，还好他到的时候只有弗莱克斯一个人在等他。一个矮壮的身影，雨帽闪闪发光像朵潮湿的毒蘑菇。雨帽下面还有个带护耳的帽子，护耳下面是个组装一体的耳机，一片大大的视镜遮住了弗莱克斯的右眼。

岑一直也不确定弗莱克斯是男孩还是女孩，不过他更愿意把她当女孩。她平平的棕色脸庞和完全不显身形的衣服都让她显得雌雄莫辨。但她有种粗暴的温柔，让他想起米卡。她在大烟囱里的某个地方艰苦度日，不过有时工厂会请她进厂给他们装饰车厢和门框边上的墙壁。米卡就是这样认识她的。

其他时间里，弗莱克斯就在涂鸦，和其他流浪艺人一样，喜欢摸进车站列车中转调度区，把自己的创意画在等待装载的集装箱上、客车车厢上，甚至火车头上。火车的维护机器蛛通常会在涂鸦干掉之前就把它们清理掉，但假如画得够好，有些火车头会留下它们，骄傲地穿着它们驶过凯门。弗莱克斯的作品可不止好。岑不懂艺术，但他看到弗莱克斯的涂鸦时能看出她是热爱火车的。她自己从来没有坐过火车穿过凯奔，但她那些又快又好的作品穿过。火车满心感激地在星系里遨游，星罗上所有车站的旅客都能看到火车侧面那些移动壁画上她画的跳跃的动物和奇特的跳舞小人。

对岑更重要的是，她长期和轨道安全系统躲猫猫打游击，知道怎么不经过车站直接上火车。

“你要去哪？”她问。

“随便，”岑说，“离开这儿。”

弗莱克斯哼了一声。“米卡一直说你会遇到大麻烦。”

“麻烦才有意思，”岑说，“再说，你还给火车画画呢。米卡会因为这事怪你吗？”

“那不一样。我又不是她的小弟弟。”

“你会帮我吗？”岑问。

弗莱克斯点点头。“当然。米卡救过我的命。我欠她的。”

他们从一个升紫烟的瀑布边的小巷拾级而上。过往的货车从他们头上面轰鸣而过。岑在想他姐姐是怎么救弗莱克斯命的，怎么从没听姐姐提起过。但众所周知工业区很危险。也许在工业区里人们经常互相救护……

楼梯爬到一半时，弗莱克斯停下来。她应该是从耳机里发出了一个信号，一个生锈的盖子在小巷墙上缓缓打开，现出一个通道入口。她把岑让进去，然后跟在他后面。盖子就在他们背后关上了，她打开一个电筒。

“这儿以前有个加能站，”她说，“一些附近的老线路曾经靠这个站供能，现在这些老线路已经关了。这是其中一条通道。从这儿能通到克利瓦站后面的装货区。”

路程很短，但过道狭窄又憋闷，通向一段黑漆漆的侧通道，四壁都能感受到瀑布被凯奔下面的水闸截住产生的水压。在侧通道的尽头，一段螺旋楼梯垂直向上，顶端另一个出口打开了。凯奔轨道闪闪发光，而两条轨道之间是杂草丛生的废弃空间。岑就像个地鼠一样，从这里探出头来。大约五百米开外就是灯火通明的站台，塞进了峡谷壁上像屋檐一样的突起下方。岑钻出来的地方，这部分线路漆黑一片，只有一个快要褪去的车站天使，像团巨大的鬼火盘旋着，尾随着想必刚刚从这里穿过凯门的火车。

“你在等什么？”弗莱克斯跟在他后面，从旋梯里仰头问道。

“有个车站天使……”

“天使们不会伤害你的。”

“我知道。”岑说。但它们还是让他觉得瘆得慌。看着车站天使渐渐褪去他很高兴——天使离门这么远没法撑很久。他爬出通道，站住，瞭望站台。他从来没从这样的绝佳位置看过凯奔车站。弗莱克斯跟着爬出来，两人一起越过轨道，向边上一排装好货的货车车厢出发。岑这时几乎雀跃起来。坐火车离开后，他就可以到酒吧或咖啡馆里跟刚出道的小毛贼吹嘘自己的事迹啦。“他们派了无人机来追我，但我潜行到凯奔上面，跳上一辆开出的火车……”

那些等着出发的是矿石料斗，上面标有普雷尔家族交叉钥匙的家族徽章，还有一堆艺人们创作的涂鸦。这些涂鸦比起弗莱克斯的还是不行。岑注意到她扫了一眼那些涂鸦，对这些粗糙的技艺皱皱鼻头。

“我要爬到那些车里面吗？”他问。

弗莱克斯摇摇头。“在这等着，有载客的火车进来就跳上去，坐到车站后，等车门打开的时候溜进去。”

“火车不会注意到？”

“会，但它也许不在乎。从这里经过的火车头我都认识。大部分都挺好的。最坏的情况就是它派个维护机器蛛来搜查你。你就告诉它你是我朋友。”

“车来了。”岑说。他听到了引擎的振动声，越来越强。

弗莱克斯往上看。车站的灯光落在她坚毅的小脸上。“那不是火车。”她说。

她说得对。轨道没有像火车靠近时那样震颤。岑听见的声音是从空中来的。

“无人机！”岑说，同时它的探照灯往轨道这边扫过来。弗莱克斯撤了，对他使了个警示的眼色，然后飞奔到集装箱货车后面的黑暗角落里。岑转身想跟上，但灯光已经照到他了。他看着自己的影子随着灯光掠过最近的车厢上的涂鸦和徽章，平滑得好像弗莱克斯用黑漆喷涂的一样。

他回头看看。无人机就在几米外的空中悬着。它肯定看到他跟着弗莱克斯进了通道，算准他们会从这里出来，就飞过来等着。这个灰色的无人机看起来很邪恶，圆钝的机身向下抛出三支大螺旋桨，一整排摄像头和仪器对着岑，把他的图像发回给它的操纵者，谁知道是那个红衣女孩还是别的什么人。

“好吧！”他吼起来，“你想怎么样？”

无人机的甲壳上闪着火花，在空中打转。岑听见咔嚓的声响，还有尖锐的“叮，叮”声。他左看右看。人群在奔跑，大叫。他们灰色的雨衣上反射着光。他一开始还以为是无人机的操纵者来抓他了，接着才意识到这些人在对无人机开枪。无人机试着维持平稳，但它受了一下重击，翻了几下坠落到轨道上了。一道蓝光闪过；残片像蝙蝠一样炸开。岑被人抓住，强光打在脸上。那些灰衣人对他喊话，但无人机爆炸坠落的声音把他震聋了。他们押着他，沿着轨道中间的一条瓷砖小道往车站走。

刚在克利瓦进站的这列车不是一般的客运火车。它没有客车车厢，只有一个长长的黑色双向火车头，刚穿过凯门还冒着蒸汽。站台尽头的那群火车迷都激动得不得了，岑理解他们的激动。别的晚上他可能也会是他们当中一员，想挤得更近一点、看得清楚一点。因为这火车好像是从三维视频里来的。这个庞大无情的机器，一身带尖角的盔甲像只恐龙，外壳密密麻麻布满枪弹扫射架和导弹发射点，还喷着星罗帝国的标记。

战车在克利瓦干什么？

5

大块头的黑色火车头挡住了站台上的观光客，没人看见火车头另一边的岑在轨道之间被追捕，绑上台阶，塞进一道打开的门。他很生气，想不通，隐约还有点害怕，但他内心的火车浪子又为能登上这样一辆车而有点激动。

车里面有个白色的小隔间，普通客运车墙上会开窗，这辆车的这些地方挂着屏幕。多数屏幕在休眠，屏保是帝国标志：一道闪电蜿蜒穿过两条平行线。这样看来这些人是轨道军的，岑想。人们管他们叫“蓝军”，因为他们战斗时穿着蓝色石墨烯复合材料做的盔甲。可是轨道军平常并不关心这些支线上发生的事，除非有反叛之类的大事。他们肯定是不屑于抓小偷小摸的。

“名字？”有人问他。

“岑·斯塔灵。”

一个人站着观察他，秃头上反射出屏幕的光，像个磨光的乌木机座。他的黑脸支离破碎，尖酸刻薄，一条细细的疤痕把他的嘴角一边往下拽。如今疤痕不常见了——街角随便一个美容店都可以修复好。故意留着疤痕的人通常都不好惹。

“你们为什么抓我？”岑大叫，“我没干坏事。我只是……”

“你最好不要浪费我的时间，”那个轨道军的人说，“雷文在哪？”

岑眨眨眼。“是因为我偷的那根项链吗？那个女孩，是你们一起的？”

“跟项链没有关系，”那人说，“雷文在哪？”

岑顶嘴说：“我不知道你在干什么。”

那人又在他身上扫了一遍。“也许他还没联系你。那架无人机给你传什么消息了吗？”

“烤焦了，”另一个蓝军说，“对不起，马立克上尉。那架无人机自毁了，我们还没来得及获得任何信息。”

马立克上尉冷笑了一下：“雷文真会藏。”

“雷文是谁？”岑问。

马立克背后的屏幕全都应声填上了一个男人脸的各种照片：一张苍白的脸，各个拍摄角度都有。这么白的脸在星罗很少见，大部分人多多少少都带些古铜色。岑要见过那人肯定会记得。

“我不认识那人。”他说。

“但那人认识你，”马立克说，“他的机器人今晚在安贝赛跟你联系过。”

现在屏幕上显示的是安贝赛的照片，是从安保监控里抠出来的，画面泛蓝，清晰度一般。照片显示岑在店铺间穿梭，在他身后的人群里站着那个红衣女孩。看起来那女孩跟踪他几分钟之后，才试着在金店那儿截住他。这让岑不太舒服，因为一般有人监视或跟踪他时，他会有直觉，但那天他完全没感觉。她难道只是个机器人？不知为什么他有点失望。

“我没跟她说话。她就是挡住了我的路。”

“她帮你携赃逃跑。”

“她没帮我。她想拦住我。她是跟你们一起的吗？”

“不是，”马立克说，“我们之前跟踪她跟丢了。所以转而盯上了你，跟着你来到了克利瓦。雷文找你干什么，岑·斯塔灵？”

岑耸耸肩。他不知道。今晚之前从没人对他有兴趣。“我跟你说过了，我不认识什么雷文。”

“我们走着瞧。”马立克说，“我的数据发掘师正在搜索你的记录。”他瞥了一眼坐在他身后的一个男人，那人戴着一副精密的耳机，眼睛被耳机上的视镜遮住。“尼科珀尔先生？”

那人笑了笑。他小个子，打理得很整洁，对自己的工作引以为荣。发掘师是一种特别的族群，不怕登出防火墙保护下的安全数据筏，敢于在防火墙之外深不见底的数据海里遨游搜索。只要你足够聪明，能跟生活在数据海里的事物打交道，就能找到一切想要的信息。“岑有个姐姐，在炼油厂工作。”他说，“母亲精神有问题。父亲没有记录。出生地没有记录。现住址没有记录。搬到现在的垃圾场之前，他们一家住在圣西拉奇，也是个垃圾场。再之前……”

马立克抬手示意他停下。“我不明白，岑。你跟这条线路的其他成千上万上蹿下跳的盗贼也没什么区别。为什么雷文对你这样一个废物感兴趣？”

岑一开始想说不知道，然后愤怒淹没了他。“你们没权力把我拖到这儿来！既然你们要找的是雷文和他的机器人，你们为什么不出去找他们？她就在这儿，在克利瓦！她的无人机射杀了虫叔！”

“她不可能在这儿。”尼科珀尔说，“这孩子从安贝赛上火车后没有其他班次开来，而那女孩并不在岑搭乘的那辆车上。”

马立克好像没觉得有什么不可能，反而觉得很有意思。

“哪里？”他问，“你在哪里看到她了？”

岑刚想说“她在我的公寓里”，但他停住了。他不想这帮蓝军接着派出无人机闯进他家去审问妈妈和米卡。妈妈会以为她的噩梦都成了现实。

马立克等他回答等得不耐烦了。他对一个女人说：“费萨，先把他关后面。上点药。药性上来了我再问他。”

他说的药是“真话药”。岑听说过。一针就可以让人把知道的事和盘托出。他挣扎了一下，但费萨和她的战友们很强壮。他们把他在马立克身边摔倒，拖下一个狭窄的走廊，带进一间隔间，里面蓝色的橱柜几乎塞满了空间，橱柜一层做床。他又挣扎了一会。他能感觉到火车开始震动，引擎发动了。隔间墙上有个脏兮兮的小窗，现出外面站台廊檐下的柱子在一根根缓慢滑过，还有火车迷们抓住最后的机会用耳机抓拍这辆神秘的火车，闪光灯此起彼伏。

“我们去哪？”他大喊。

一个马立克的下属说：“回到铁路上。留在这儿也没有用。雷文不会在这儿露脸的。”

那个叫费萨的女人正在打开塑料盒子。火车速度提起来了，窗外一片漆黑；他们进了一条隧道，驶向克利瓦的凯门。费萨把一管清透的液体抽进注射器。“这个会帮你集中注意力去找到马立克上尉需要的答案。”

灯灭了。引擎声也灭了。火车在减速。这不可能是故意的，因为火车靠近凯门正应该加速。那个抓着岑的男人说：“哦，伟大的卫神啊！”

“怎么了？”费萨问。

岑不知道发生了什么，但他敏锐地知道机会来了。他在黑暗中用脚突然猛踢周围那些黑色的人影。一只脚踢到了人。有人叫骂起来。一双强有力的手把岑扭住。手的主人喊道：“给他上药！”他的嘴贴在岑的脸上，呼出安贝赛啤酒的味道。又是一阵混战，注射器“嗞”的一声，一声尖叫。

“别扎我！”

“对不起！对不起！”

“他在哪？”

一阵身体碰撞，手脚相加。有人摔下来。岑摸黑连滚带爬从其他人身边挤过，摸到出口。应急灯亮起来，发出昏暗的红光，岑跌跌撞撞进了走廊。他趁那帮抓他的人还没发现他逃出来，拉上门关死。空气里弥漫起烟味。火车的一对引擎呜咽啜泣，好像它们在努力回到正轨，却力不从心。马立克队长控制室的门开开合合，发出愤怒的吱呀声。岑从门里看去，只见屏幕烧得正旺，劈里啪啦冒着静电。苍白的灯光下，马立克正和尼科珀尔一起搏斗，尼科珀尔在座位里拼命挣扎，鼻孔汩汩地流血。马立克感觉到岑站在那里。他抬眼看，但没等他说话，门就吱的一声关起来，锁死了。

岑转身就走。长长的走廊尽头有个标志着火灾逃生出口的舱门。他跑过去，希望那边没有锁死。

确实没有。他的手刚碰到把手，舱门就开了。

“岑·斯塔灵？”

那个红衣女孩正站在轨道上。她掀开了连衣帽，他发现马立克说得没错，她确实根本不是真的女孩，只是个机器人——一个线偶——一台智能机器。

她对他歪头笑笑。

“哎呀，这可真刺激！”她说，“希望你这次不要再逃走。没必要。我跟你是一边的。我的名字叫诺娃。”

岑还在想她的出现是不是幻觉，她已经把手伸进舱门，托着他的头，把他从马立克的火车里拽出来，拉到寒冷黑暗的隧道里了。

6

他甩开手，在轨道中间站住，回头看那辆损毁的火车。这个大块头还在笨重地移动，在隧道里微弱的光线下显得毫无生气。一对引擎苟延残喘，最后沉寂下来。有时车身轻轻晃动，可能是里面的人在四处跑。

“快点！”诺娃说，“不能让狐狸一直等我们！”

“什么狐狸？”

“雷文的火车。思想狐狸。快点。”

她表现得一点不像机器人，没有鞠躬，没有预先设置的那种微笑，而是匆匆地一咧嘴，然后就转身背向他，沿着隧道出发了。她矫捷的身影衬在深蓝的夜色里。岑跟上她。千万别相信机器人，要是米卡在这儿肯定会这么教育他，但他也别无选择。要么跟她走，要么爬回火车。这个线偶看起来比马立克要友好一点。

“你要是在安贝赛就跟我走，就不会有这些麻烦。”她说。

“你的无人机打死了虫叔。”

她很快地看了他一眼。“对这事我很抱歉。是思想狐狸的无人机，思想狐狸有时……有点失控。但那个虫僧没死，他只是有点被打散了。他会自我修复的。”

“那米卡和妈妈呢？”他说，“她们都好吗？”

“嗯，是的！”她停下来看着他，“我不会让狐狸伤害她们的。但我觉得你姐姐想揍我。她总是这么怒气冲冲的吗？”

“米卡不喜欢机器人。”

“她喊我‘普塔拉·玛达尔’，”诺娃说，“我觉得她很粗鲁。”

“在某种古老地球语言里，那个词的意思是‘模特’。”岑咧嘴笑了，想象着他姐姐吐字的样子。

这时诺娃已经转向隧道壁。岑吃不准她在做什么，但听见门开的声音。接着一阵闷腐的气流迎面扑来。他跟着这个机器人进了一个狭窄通道，地面和墙都是瓷砖的。他们身后的门关上了，压抑的天花板上灯亮起来。机器人回头看看他，他猜她那表情大概算是个鼓励的微笑。她的脸廉价而毫无特色，跟他见过的别的机器人差不多：眼睛太大，间距太远，嘴巴太长。但她的脸上有雀斑的图案，分布在脸颊和小巧挺拔的鼻子上。谁听说过机器人还有雀斑的？

他们继续走。一路下坡，隧道转弯了。四壁不再是布满水渍的瓷砖墙，而是铺着成千上万像浅色太妃糖一样的琉璃瓦。这地方岑一时想不起在哪见过。又过了一会，他们走出隧道，进了一个宽敞阴凉的大厅，他明白了。

这是个凯奔车站。

他环视四周，想找出这是克利瓦站的哪一部分，为什么这么安静。他慢慢明白这里根本不是克利瓦站。高高的拱顶投下阴影，钟是坏的，店是关着的，宽敞的中央大厅也尘封已久，一排排座椅空荡荡的，对面的信息板上布满蜘蛛网……没错，这是一个车站，但不是克利瓦站。这是另一个深藏在峡谷峭壁中的车站。墙上用巨大的字母标着站名："克利瓦副站"。

"这不可能。"他的声音在这个地下大厅内回响，惊起好多不起眼的小生物，在角落的垃圾堆里窸窸窣窣爬动，寻求隐蔽，"克利瓦这个世界只有一个门。只有一条火车路线。"

"现在只有一个门，"这古怪的机器人表示同意，"曾经有两个。"

"我从来没听说过克利瓦副站。星罗地图上也没有……"

"现在没有了。以前从这儿走的那条线，从锯齿山下面穿过凯门。但那个凯门只连接塔斯克，而你从克利瓦主站去塔斯克更快。五十年前这个地方就关了。"

听起来没错。岑的脚下是五十年来的尘土和废墟。五十年间渗水的水渍和钟乳石让咖啡店和候车间的墙面满目疮痍。墙上是褪了色的饮料广告，还有他从没听说过的三维视频。所有东西都打着一个他不认识的集团标志："西琉斯银河运输公司"。这些老旧的东西都是值钱的古董。收藏家对铁路纪念品出价可高了。

但岑知道这个地方的意义远不止这些。一整个不为人知的车站！与其把这里的东西敲下来，搬到安贝赛集市去卖钱，他肯定有强得多的利用方式……

他跟着诺娃走过一段拱廊，上了一个站台。远处还有别的站台，站台之间的铁轨在阴影下闪闪发光。这里也曾繁忙。岑在想为什么他从来没听说过这里，但克利瓦是个健忘的地方；熙攘的人群在短期合约中利来利往。他们不会聚在一起聊当地的历史。他记得弗莱克斯跟他提过一条废弃的火车路线。也许她来过这儿。但弗莱克斯很少跟人聊天。

人行天桥的那边有块信息屏，想必当年用来通知火车的时刻和终点站。干枯的树叶在脚下簌簌作响。随着岑和诺娃的到来，感应灯应声而亮。不过因为能量不足，灯光很微弱。岑看见天桥下面有一些火车：一辆老式的福斯火车头，还有几辆其他的他不认识的型号。死去的火车，死去的车站……

不，没全死。有一辆火车，载客车厢的百叶窗和火车头边上的鲨鱼鳃进风口里透出了灯光。诺娃带他从台阶走下站台的时候，岑听见一声轻微的等待的嘟噜声。这个修长流线型的火车头一身暗黑，上面画满了神秘的数字和字母。接合处的铆钉、排气口、强劲驱动轮的外壳都露在外面。火车头深处的巨大发动机就像心脏一样跳动着。

火车头后面有三节车厢：都是双层车厢，宽敞豪华，但是古旧；这种老式火车头岑只在历史三维视频里见过。

“狐狸？”诺娃说。她的声音在站台里上下回响。“我们多了一个乘客。”

火车没动，但外壳上的一个舱口爬出一只维护机器蛛，把摄像头对准岑扫描了一会。一节车厢门滑开了，开门的风又在站台边掀起一些干枯的小树叶，发出扑簌的声音。岑沉浸在对这辆奇怪的火车的惊叹中，没顾上去想那些树叶都是打哪儿跑到火车下面的。

“这就是思想狐狸。”诺娃介绍道。她一只手拍拍大火车头的身体，另一只手对着岑指向第一节车厢。他也摸摸火车头，指尖轻轻掠过古老的瓷表面。火车头拼接得有棱有角，镀得光亮亮，就像个龟壳。

“这火车真美！”

火车头响了一声。只是引擎深处冷却液流动的声音，但听起来像是警告的咆哮。岑把手拿开，往第一节车厢里看去。只见里面富丽堂皇，像在广告里。没有一排排的座位，也没有行李架。这是——叫什么来着？——一辆国务车，那种家族集团的高级成员的座驾，一个豪华的星际移动会客厅。它看起来很古老：镜子上满是灰尘，镀金失去光泽，躺椅上的皮革破裂褪色。破旧，但破旧得昂贵；是古董店的那种破旧，而不是岑熟知的那种日常的不值钱的破旧。

马立克给他看过的照片里的那个人，正坐在中间对他微笑着。同样空洞的脸，同样的黑色旧西装，同样的修长双手和同样的水平凝视。车厢的灯光照在他的白发上。他那么苍白，一动不动，看起来仍然像一张在相机的闪光灯里定了格的照片。

“欢迎你，岑。”他说，“我本来想在安贝赛和你碰头。因为我不想让严瓦·马立克跟着你找到你的妈妈和姐姐。但别担心，他不会给她们惹麻烦的。他已经让轨道军损失了一辆火车，轨道军现在不会再让他一意孤行追下去。”

“一意孤行地追什么？”岑问。

“追我。”雷文拢着手指摸下巴，笑着说。诺娃走进车厢回头看，也微笑着，伸出手欢迎岑上车。

这些年混迹社会培养的直觉让岑想转身就跑。他小心地压下逃跑的欲望。直觉并不总是正确。雷文打败了马立克。他干掉了那辆战车。他很强大。不管他在这里用这个不为人知的车站和神秘的火车干什么，岑都想分一杯羹。

他没接诺娃的手——他不喜欢接触她时的手感，合成的肉体太逼真了。但他还是上了车。思想狐狸在他身后关上门。

车厢是活木生长出来的，银色的生物灯在弯曲的屋顶上交错结节，让人感觉就像在一个巨大的核桃壳里面。隐藏的扬声器放起音乐。伴着阵阵协奏曲，低沉的声音唱着岑听不懂的歌：老火车上的老音乐。诺娃走开了，去了另一节车厢或这一节车厢的另一部分。岑有点害怕她，但她走了他很失落，因为雷文比她更可怕。

这时雷文从椅子上站起来。他身材高瘦，看起来有点不协调，好像是不懂人体的雕塑师用冷冰冰的白石头雕刻出来的。他打个响指，一张全息地图在他面前的空中展开。

“你知道这是什么吗，岑？”

“当然知道。”岑答道。那是张线路图，每个凯奔车站都能看到一样的，上面的线路交错延绵，形成立体的一团，像生长的大珊瑚。“这是星罗。”

雷文笑笑。“我小时候，我们叫它‘基洛帕雷’。在古地球的某种语言里，意思是‘一千道门’。这是它过去的名字，也是卫神们的名字。现在看来已经过时了。”

“因为这名字不对，”岑说，“没有一千道凯门。一共九百六十四道。人人都知道。卫神们可能起初计划开设一千道门，但后来发现宇宙只能承受这么多的洞，否则它就会像块千疮百孔的旧抹布。卫神们在建造了九百六十四道门之后就停止了，说什么，再造一个世界会影响整个星罗的稳定。”

“对，”雷文说，“九百六十四道门。其中还有三十道弃用了，因为家族集团们觉得用那些门不划算……”

他张开细长的手指，把全息地图的局部放大。在那些五颜六色的支线里，岑看见一条他不认识的。一条粉红色的路线，从西琉斯出发，蜿蜒经过星罗的中心。

“你听说过狗星线吗？”雷文说，“没听说过？我不奇怪。那曾经是一条繁忙的线路，但它连接的工业行星上的矿产都被开采完了，线路上其他重要的世界现在也都有别的便利路线通达。经营它的家族集团破产了，这条路线很久前就被关闭了。但铁轨还在。油也还在当年的老仓库里，足够维持思想狐狸运行。”

“这些跟我有什么关系？”岑问。他不喜欢雷文把他当学校里的小学生一样对他长篇大论。“蓝军为什么要抓你？你也偷东西了？”

雷文笑了。“我更倾向于自认为是个自由战士。”

“你派那个女孩找我。那个机器人。”

雷文平静地笑了。这人不可信，岑寻思，但这人也不好惹。

“那你要我怎么样？”他问。

“我路上会告诉你的。”

“去哪儿的路上？”岑一边说，一边不由自主地跌坐下来，双脚晃荡。思想狐狸开动了。

7

“嘿！”思想狐狸带着他在被人遗忘的隧道里启程了，他喊起来，“你要带我去哪里？”

“离开克利瓦，”雷文平静地说，“轨道军会因为我们毁了战车而大为光火。你要待在克利瓦，罪名就会扣在你头上。还不如跟我离开这里。”

这话好像不假。岑的座位由活木制成，舒服得像是特意为他长成这样的。他就坐在那看着雷文走来走去，丝毫不受火车启动干扰。雷文打开墙上的无缝柜门，拿出杯子和饮料瓶。一段段隧道在窗外飞速退去，有时在隧道之间能瞥见一些灯光昏暗的小屋、废弃的货场。梦幻的音乐响起来。

“这是你的火车吗？”岑问。

“思想狐狸是星座十二宫系列里的最后一个。”雷文说。

“哇！”岑听说过。这是凡尔德月球上阿尔贝耶克家族的引擎商店出品的，史上最快、最漂亮的火车头之一。“我还以为已经全部失传了呢……”

“我在一条旁轨上找到被抛弃的狐狸。线路关闭时被弃用，扔在那儿。”雷文给自己倒了杯威士忌又兑了点别的什么，给岑倒了一杯紫色的果汁，“可怜的狐狸。我帮它修复。现在它同意带我去我想去的地方。”

“它的无人机打中了虫叔。”

“是的。很不幸。狐狸恐怕在控制愤怒情绪方面有点问题；有点破坏欲。是吧，狐狸？”

思想狐狸什么都没说，但岑感觉到它在听。“我觉得没人能真正拥有一辆火车。”岑说。

“确实。”雷文回到桌前放下酒杯，顿了一下，因为思想狐狸正在轰隆穿过一道凯门。有诡异的似光非光的东西让车厢闪烁了一会。然后火车就疾驰在一片蓝灰色的泥地平原上。岑身体向前倾，迫切地想看到这条不为人知的线路把他带到了什么样的世界。远处有山脉，还有死去的生物楼的轮廓。

“卡什。”雷文说。

“什么？”

“这个地方。名字叫‘卡什’。过去是个工业世界，很像克利瓦，几百年前被剥离出来。狗星线上的多数车站都像这样。有时也经过一些还有活力的地方——你知道的安贝赛还有克利瓦，还有桑德尔本，还有其他几个地方，但狗星线的几个车站在那些有活力的世界里早已被深埋。”

他们进了另一条隧道，另一道门，从另一个弃用的车站里呼啸穿过。

“你为什么找我？”岑问。

“你对我有用。”雷文说。

“什么用处？”

“我需要一个小偷。你要为我偷件东西。”

岑喜欢这个回答。也就是说雷文跟他一样也是个小偷。通过那个秘密凯奔，他们可以去任何地方，偷任何东西，然后全身而退。但他不想听起来太急切，于是他只说“好的”，显得他正在考虑。

“别担心。”雷文说，岑正需要他打气，“我出价很高。我会让你发财的。事情结束你就可以开始新的生活。你需要的一切：漂亮房子，新的名字；为你母亲治病。你知道，如果她不是住在克利瓦那样的老鼠洞里，她的病很容易治好。对，我都可以安排。而你要做的只是一件小事。”

这事听起来好得难以置信。岑感觉被耍了。要么报酬不会像他说的那么好，要么事情没他说的那么容易。但像他当初决定跟着诺娃一样，当下他也没什么选择。而且不管是哪种被耍，为这样一个人做事总能把他从旧生活里提升一点，不是吗？

“好的。”他又说了一遍。

雷文笑了，好像是给这笔交易一锤定音。接下来思想狐狸穿过一道又一道门，走过一个又一个世界。尽管岑一直端坐着，而且这条古老线路上的历险对于一个火车浪子来说是那么刺激，新的命运抉择也让他兴奋，但他还是开始觉得困了。他不记得自他乘车穿过凯奔从安贝赛出来后已经过了多少小时，冒险经历应该结束了。于是他渐渐在火车上放松下来。

他把头靠在雕刻装饰的椅背上，看着思想狐狸呼啸穿过的陌生又广阔的风景。经过某个星云里的世界时，正是夜晚时分，天空就像开屏的孔雀尾巴，布满炽热的巨大恒星。而经过另一个世界时却是黎明，沼气海洋上空挂着一轮破碎的月亮。“哐当”，“哐当”，“哐当”。音乐，还有他熟悉的温柔的车厢晃动声，让他很快沉沉睡去。

等他醒来时，火车停下了。金绿色的光斜洒进车厢。门开着。雷文不在，但岑能听见一种声音，好像是一只庞大动物睡觉时的平缓呼吸。

他从座位上跳起来，几乎要撞到天花板。这里的引力比他习惯的要弱。座位扶手上的杯子被他打翻，但下落得非常慢。他在它落地之前赶紧接住了。

那呼吸声其实是远处海岸传来的浪潮声。

他下了车，来到一个大车站。金绿色的光从玻璃天花板上照进来。他沿着站台走，穿过敞开的栅栏进了车站大厅。雷文在那。他站在几根柱子之间，光线时有时无。他在干吗？一开始岑以为他在做什么锻炼。他的重心在两只脚之间变换，像木偶一样抽搐；纤长的身体在黑袍包裹下扭成让岑难以想象的形状。

接着穿过顶棚的光束逐渐褪去，大厅重新暗下来。他看到雷文不是一个人。还有两个车站天使在那里闪烁，细碎的光缕翻转扭结。

车站天使是一种无害的能量，有时会在火车醒来时闪烁。它们看起来可能有点像巨大的螳螂幽灵。但是众所周知，这只是人类大脑的想象；实际上当凯门打开时，正常的时空会受到一些干扰。但是这些天使，并没有像普通车站天使一样徘徊片刻后褪色，而似乎在某种程度上回应着雷文的动作，好像他们三个都在同一个音乐中起舞。

但此时并没有音乐。只有风的咆哮，还有光照着布满灰尘的站台，岑的心怦怦直跳，胸中升起无名的恐惧。

一只冰冷的手挽住他的腰。诺娃把他拖回一个废弃的食品店里。

“你不能打扰他。”她说。她说话时把自己的音量调得太低，他几乎快听不见了。“他很忙。他正在和天使对话。”

岑看着她。“你不可能跟车站天使说话！这就像和沼气说话，或者和彩虹说话。它们没有生命。”

“谁说的？”

“所有人。专家。他们做过测试。”

“哦，”诺娃说，“这个嘛，我也没有生命，至少不是你这样的生命。但雷文也跟我说话。”

岑看着那些舞者。“这是个把戏，对吧？应该只是磁场，或者静电什么的……”

这时天使不见了。岑有一会儿以为又是光线变化让天使隐藏起来了。但不是，它们就是消失了。

雷文站定捋顺他的头发，直直肩膀，拉拉衣服。然后沿着站台走回来登上思想狐狸。过了一会，岑听见这辆凯火车的引擎发动了。

“他要走了！”他说，“他要把我留在这儿！”他开始往回跑向火车，但诺娃又抓住了他的胳膊。

“没事。这是计划的一部分。”

“什么计划？”

“雷文的计划。他让我带你去旅馆，但我不想叫醒你。我们就在这儿等他。”

“这是什么地方？”

“德斯迪莫城，在特里斯苔丝水卫星上。”

这是这条路线的底站。岑的家在广阔星罗的另一端。

“这个世界也废弃了吗？”他问。

“旅馆还有人，”诺娃说，“但他们只是机器人。”

他对她轻蔑的口气有点吃惊：“你知道你也是个机器人吗？”

她皱皱鼻头。“我跟他们可不一样。他们只是执行程序的人偶。我想干什么就干什么。”

思想狐狸的引擎轰隆作响，拉动火车头，加速开离了车站。车站后面隧道张开大嘴，凯门在后面等着它。

“雷文去哪？”岑问。

诺娃耸耸肩，看起来好像她自己刚发明了耸肩这个动作，有些细节还不太协调。

“他是什么人？”

“他就是雷文。”她说。

“他为什么要找我？为什么选中我？”

“我想不出来。”她说，上下打量了他一下，说，“可能是因为名字。斯塔灵和雷文[1]，都是古老地球上鸟的名字。这类事情雷文会觉得有趣。”

1. 斯塔灵原文是 starling，指“八哥”，雷文原文是 raven，指“乌鸦”。

8

“德斯迪莫！”一个低沉的声音在讲述，“西部支线上的珍宝！”这是个大广告屏幕，感应到岑和诺娃从站口进来被激活了。这个城市的建筑细高冲天，可是都废弃了。空荡荡的桥跨越平静的水道。荒废的广场对面的屏幕上放映着拥挤的海滩和欢笑的孩子，欢迎着永远不会到来的游客。最上面的字幕显示德斯迪莫是个海岛，不过岑已经猜到了；他还看不到海，但他能听见海的奔腾翻涌，闻到新鲜空气里海的气息。

他仰头看。大团的云朵在头上扫过。云朵之间金绿色的光不是来自恒星，而是来自一个填满半边天的气态巨行星。

“这里以前应该是个好地方，”诺娃说，“有这么多人！现在却只有雷文一个人来了。”

“可是为什么？”岑问，跟着她穿过广场。他的声音在摩天大楼的玻璃幕墙之间回荡。“我是说雷文为什么来这里？他一定很有钱。有钱人住漂亮房子。他们有朋友、有家庭，还有各种好东西。他们才不会跟车站天使跳舞。他们也不会住在只有线偶的废弃的海滩度假村。无意冒犯。”

“没事。”诺娃说。

他们沿着一条水道一直走到海滩。潮水涨起，水花在空中溅得很高，然后在微弱的重力下缓缓回落。步行街后面小商店的百叶窗早已被暴风雨扯下。沙子刮进小店里面；桶和铲子埋去了一半，就像沙漠墓葬中的宝藏。远处海上，巨大的海浪冲刷着骨色的礁石，岑看到一群难看的鸟，黑色的飞影映在气态巨行星的脸上。

“那个行星叫作汉谟拉比，”诺娃说，“特里斯苔丝是它众多卫星中的一颗。那些鸟也不是真的鸟，而是飞鬼蝠。古老地球上的海洋里生活过一种巨大的鬼蝠虹，你知道吗？这些飞鬼蝠就是以鬼蝠虹的基因为蓝本改造出来的。”

“哦，是啊……”（岑不知道，但他不想让她看出来。）

“它们栖息在海面的礁石上。过去人们乘船出海，带着专用的枪捕猎它们。这片海名叫伤心洋——是不是很美？像在诗歌里。”

又一阵浪打来，从他们头上盖过，像个花式喷泉一样在步行街上倾泻而下。岑后退几步，但诺娃岿然不动，仰面迎着落下的水花。

“你这样没事吗？”他压着海浪退去的声音喊道，“这么多水？”

她只是笑笑，甩甩潮湿的头发。“你以为我会短路吗？我又不是面包机，岑！我有皮肤。看！是防水的，全身都是。”

“这不是真的皮肤。”他说。

“没错，”她说，“但比真皮肤还好。我的型号很先进的。”

“是雷文把你造出来的？”他问。

“他启动了我。如果你说造出来是指这个。”

“这么说，他对你来说就像……爸爸，还是什么的？”

她沉默了一会。他们往回走一点避开水花。她说：“我记得那时是暴风雨季。那家旅馆里有几间球室。他把其中一间改造成工作室。一个实验室。一分钟前我还什么都不是，下一分钟我就成了我。我躺在一个金属台子上，窗上有雨。

“他说我是个试验品。我可以告诉你这对一个人建立自尊没什么好处。他说他试着造一个觉得自己是人类的机器人。只可惜事与愿违，因为我立刻就知道我是什么了。我躺在雨水的反光里，查看脑中的目录。我能感觉到我所有子程序上线了。雷文只是来回走，看着我。雨顺窗流下，雨水的影子也在他脸上流淌，还有闪电的光反射在他的眼睛里。我看过一个讲科学怪人的老电影，雷文那天的样子像极了里面的疯狂科学家。这样我就是他造出的怪人了，我想。对我的自尊来说，这也不是什么好事。”

“雷文把你设置成这样的吗？”

“哪样？”

“这个嘛……”

“没人设定我的程序，岑·斯塔灵。我自己设定。雷文给我密码。他教我怎么打开自己的目录，改写自己的代码。”

“你的雀斑就是这样来的？”

“对！我花了很久才调好着色。你喜欢吗？”

“不怎么样。”

“机器人本来应该看起来完美无缺，”她说，好像没听见他的回答，“就像人偶一样。所以一些愚蠢的人们才把我们叫作线偶，我猜。但我不想看起来完美。那太无聊了。我接下来要再给我弄几颗痣。我还想变胖一点。你为什么不喜欢雀斑？”

岑这会觉得有点尴尬。他后悔也喊过她线偶。他不想伤害她的感情。他之前甚至没意识到机器人也有感情。他说：“从雀斑能看出你努力想做个人类。”

“我就是人类，”她说，“我有处理器做大脑，虽然不是一团肉。我的身体是各种物质做的，但我也有感觉，做梦什么的，就跟人类一样。”

“你会梦见什么？”

“不关你的事。”

他们向凯奔车站走回去。车站在终点站旅馆大楼的底层。这栋楼像一扇高耸入天的玻璃翅膀，上千扇窗上都反射着汉谟拉比行星上的风暴和行星环。大厅里好像有人，但等诺娃把他让进去，岑发现只是机器人。其中一个走过来鞠躬，迎接刚来的客人。她被设置成女性，长脸看起来很知性，穿着蓝裙子，银色的头发挽成利落的发髻。

“斯塔灵先生？我是卡洛塔，这里的经理。雷文先生让我们在此恭候您。”

“这是他住的地方吗？”岑问。

“实在没地方住了他才住这。”诺娃说，“他把这个破旧的地方又收拾运行起来，唤醒这些线偶维持这里的日常运营。”

“雷文先生是本站的常客。”卡洛塔说。（不知被称作线偶她会不会觉得被冒犯，反正一点看不出来。）

“你最好对斯塔灵先生注意点，卡洛塔，”诺娃说，“他是个小偷。数数勺子。保险箱都锁上。”

卡洛塔现出设置好的耐心微笑。“先生请跟我来，”她说，“我带您去房间。”

9

大中央坐落在伟大星罗的中心。星系中所有主干线都在这里交汇，也就是说不论哪个家族集团，只要控制了大中央，就控制了整个星罗的网络。这些年掌权的是努恩家族。历代努恩大帝和努恩女王们的肖像投射在全息屏幕上，印着努恩家族标志——微笑的金太阳——的明亮旗帜与横幅，在这个占据半个行星的花园城市上空猎猎飘扬。这个城市中建筑群散得很开，装有钻石幕墙的摩天大楼和车站的黄金廊檐从一片林海里拔地而起。皇宫、参议院、凯奔时刻表管理局，所有维持伟大星罗运营的单调繁复的部门，都把总部设在大中央。卫神们自己也把数据中心设在这里：计算机地基深埋地下，这些智慧的古老的人工智能可以靠它监管人类的行为。皇家数据发掘学院时刻待命，准备把卫神们的建议和指示传达给大帝。不过近来卫神们似乎满足于让马哈拉克斯密二十三世不靠建议和指示而自主管理。星罗运行正常，岁月静好。

在大中央，不停有银色的火车在连拱桥上蜿蜒穿过一个又一个凯门，天上永远布满无人机和空中的士。清晨和傍晚，绿色的小鹦鹉也来了，它们从树顶上成群起飞，在摩天大楼间喧闹盘旋。建筑用磁场驱赶这些鸟；鸟群不能靠近，就像裹住巨轮的船头的水一样，环绕着建筑飞。

它们翅膀的影子落到严瓦 · 马立克身上。他正站在轨道军指挥大楼的窗边，从高处远眺这个星际首都的公园、湖泊和购物中心。这个地方的安静和奢侈让他不自在。他属于更冷酷、更残忍、更肮脏的世界，被召回大中央让他很生气。

“严瓦！”

轨道军元帅德利厄斯走进了房间，马立克从窗口转过身。元帅是个高个子女人，比他还高，皮肤颜色很深，一头白发抹得油亮，梳成高高的拱形，像个古代战士的顶饰。她的脸也是张战士的脸：严厉飒爽，但笑起来很可爱。她见到马立克就笑了。他让她拥抱了一下。她的制服上挂了一串勋章。这让他想起小时候，他和轨道军元帅德利厄斯一起在拉克希米的勒门特的车站调度区里玩耍。他们爬到铁轨边，把硬币像诱饵一样撒在铁轨上，然后躲起来，等凯火车开过……

马立克很少把别人当朋友，丽萨 · 德利厄斯是其中一个。他们一起加入轨道军，并肩对抗帝国的敌人，战场遍布整个星罗。但他怀疑她的友谊此刻也帮不上什么忙。战车被毁，事态严重。他从克利瓦过来一路上都试着计算那辆装甲火车头会带来几百万损失。帝国一定会问罪，而丽萨没那想象力会相信这是雷文的错。跟轨道军指挥部的其他人一样，她甚至不相信雷文的存在。

“看见你没事，我很高兴。”她告诉他，“把你拖来这儿真对不起，但这事很严重……”

“那是个火车杀手，”马立克说，“它直接切入我们的防火墙，杀死了我的数据发掘师……”

“我看了你的报告。”德利厄斯在一个灰沙发上坐下，轻拍身旁的靠垫，示意他也坐下。马立克还是站着。她说：“我们的技术人员把你的火车系统残留全检查了一遍。没找到任何病毒迹象。”

“他要是能设计出那样的病毒，”马立克说，“他就能设计得不留痕迹。”

“唔。”他的长官朋友说，似笑非笑，但他知道她不相信他。他注意到她把疤痕修复了；她前额上曾经有个半月形疤痕，是在班达派特的一次交火中留下的。可惜，他心想，老兵的疤痕应该留着，那是老兵的骄傲。

“你本来应该只是在与奇巴交错的那些支线上例行巡逻……”她开始说话。

“我本来是在巡逻。在安贝赛时我发现了雷文的机器人，在集市上跟踪一个小孩。”

“是的……”长官有点尴尬。她苦笑着。“严瓦，你这个关于雷文还逍遥法外的理论……”

“这不止是理论。”

轨道军元帅叹口气。“我们的数据发掘师和卫神们交流过了。它们对雷文一无所知。”

“它们告诉你的？”

“没有明说——你知道卫神们的风格——但如果雷文还逍遥法外，它们会告诉我们的。”

“雷文知道怎么躲开它们，”马立克说，“它们以为他不再在数据海里活动，所以就不危险了。但其实他还是很危险。”

“哦，严瓦，”轨道军元帅温柔地说，“如果你汇报更勤快，去该去的地方，结交些人，搞搞关系，你现在可能已经是马立克上将了。轨道军在大中央需要你这样的人才。但你总是去地方上，去支线上追踪这个……这个……幽灵。雷文死了。我们把他杀死了，严瓦。这已经二十年了。”

“雷文不是幽灵。他一直有所图谋。他和这个克利瓦的孩子联系了，是个叫岑·斯塔灵的小毛贼。我把那男孩带上火车讯问。就是这时被火车杀手袭击了。”

“那这个男孩现在在哪？”

“他逃走了。”马立克说。

“你们搜了克利瓦？”

“他不在克利瓦。”

“那他怎么离开的？要知道你的火车当时堵在克利瓦唯一的凯门隧道里？”

“那里还有一个凯门。克利瓦副站，在过去的狗星线上。雷文就是这样转移的。狗星线是他的藏身之地。”

“那你有什么确实的……”

“没有证据，丽萨。但我知道这是真的。如果你再给我一辆火车，让我带去狗星线……”

她把目光移开，叹了口气。小时候，她会和马立克一起找个阴凉的地方躲着，笑着等凯火车经过。然后急不可耐地跳到铁轨里找之前扔的硬币，看它们成了什么样子：被车轮一压，硬币变得薄如树叶，光洁透亮。四十年来，一些相似的变化也发生在丽萨·德利厄斯身上。她已不再是当年和他一起长大的那个小女孩。他们不一样了，他终于意识到。岁月和野心磨平了她的棱角；她在这个文明城市里玩着政治游戏，得心应手。但马立克的棱角更锋利：这是个暴力、充满复仇之心的男人。他想伤害，他需要一场战争来满足伤害的欲望。他需要一辆火车。

“让我把雷文抓来。”

丽萨·德利厄斯看着他，还没开口，他已经知道她要说什么。“对不起，严瓦。不要再捕风捉影了。你的部队已经被分配了别的任务。要不是我从中周旋给你说好话——你会被重罚。现在的情况是，你强制休假六个月，并且做精神状态评估。”

突然像是开火的声音充满整个房间，她吃惊地停下来。马立克回头看看。那群绕着楼转的鹦鹉里有一只，把长官办公室的窗户错当成了天空，飞过来径直撞上了钻石幕墙。

“我们的磁场大概又跳闪了。”丽萨·德利厄斯说，“你看见了吗，严瓦？这就是和平年代的问题。大帝一直在削减我们的预算。我们连驱鸟器都付不起了，更不要说仅仅因为你的直觉就让你在外面晃荡，弄毁凯火车……”

马立克走向窗户。死鸟纷纷向树端掉落，幕墙上血肉模糊。他把轨道军的胸牌从夹克胸前摘下，小心地放在窗台上。

“我会自己找到雷文的。”他说。

他向电梯走去。丽萨·德利厄斯喊他，他也没有回头。

10

那天晚上终点站旅馆的玻璃扇叶割出尖锐的风哨声，吵醒了岑。卡洛塔安排他入住的套房几乎与整个克利瓦城差不多大。他的床和他在桥街上的公寓一样大。他躺在床上，听着风声、海浪的轰隆声和飞鬼蝠的嚎叫声。他在床头柜的抽屉里找到个耳机，撕开包装袋，戴上打开，但是本地数据筏是空的。

德斯迪莫不仅仅是与星罗不再相连，它甚至都没有连接数据海。岑从没想到会有这么孤独的地方。

黎明到来，鳞片般细密的云彩飞快地涌动，闪闪发光的河道像个湿铅块。岑下楼去吃早餐。诺娃一个人在空旷的旅馆餐厅里，正在对一块三角形面包纠结从哪个角先开始吃。她面前悬着一个像光帘一样的全息屏幕正在放电影：这个老电影还是黑白的，更不要说立体效果了，所有演员都很白。他们奇怪的声音充满房间，说的话岑都听不懂。有个人在说："世之癫也，人之患也……"

"我喜欢老电影。"诺娃说。

"你不能直接把它们接到你大脑里吗？"

"可以，但我更喜欢这样。这个电影是千万年以前在地球上拍的，比卫神们打开凯门把我们带到星际来还早。"

"是卫神们把我们带到星际的，又不是你，机器女孩。"岑心想。他说："什么时候开始机器人也吃面包了？"

"我可以消化有机物质来支持我的能源供应。"诺娃说，像在引用自己的使用说明书。她小心翼翼地小口咬面包，不让屑屑掉到衣服上。"雷文特意改的。他说他喜欢吃东西的时候有人陪着一起吃，而不是他吃别人坐在边上看。"她突然把目光从他身上移开，好像听到了什么。但岑只听到了窗户上的雨声，还有呼啸的海，机器人的耳朵比人类更灵敏。

"那个凯门刚刚开了，"她说，"雷文回来了。"

"他去哪儿了？"

"我不知道。他去很多地方。"

"为什么？他去干什么？"

她耸耸肩，眼睛看着电影，回答道："我不知道。"

过了一会，雷文走进早餐厅。他没有意思要解释刚才去了哪儿、为什么去，只是说："安顿下来了，岑？诺娃把你照顾得怎么样？我觉得你们两个孩子在一起多待待挺好的。你知道，我有点担心诺娃。

她让我别担心，但我没办法。她需要跟同龄人聊天。”

诺娃脸红了。

“所以你就把我带到这儿来了？”岑问，“我还以为你要我帮你偷什么东西呢。”

雷文挑了挑眉毛。他的客人不想闲聊，这好像让他有点尴尬，他说：“这个嘛，是啊……”

“那要偷什么？”

“哦，只是一个小盒子。大概这么大。”雷文抬起一只手，大拇指和食指张开八厘米。

“盒子里有什么？”

“没人知道。”

“好吧，”岑说，“那它在哪？”

“在努恩家族火车专列的一个私人博物馆里。”

岑看着他，想知道他是不是在开玩笑。

他是认真的。

“那你觉得我可以登上努恩家族火车，然后就开始偷车里的东西？”

“我觉得你是我唯一可以派去偷它的人，岑。”雷文笑了，转身去跟机器人服务员点早餐，留下岑独自寻思。

岑从没见过努恩家族火车，但他听说过。所有人都听说过。参议院休会的时候，马哈拉克斯密二十三世，伟大星罗的大帝，努恩家族的掌门人，就离开大中央，从一个世界到另一个世界不停巡游，让整个星罗的人都有机会一睹尊容。他巡游时就坐着他的私家火车：五公里长，一对动力火车头，还有很多只有卫神们才数得清的附加动力车。

“只有两种人能上这辆车，”雷文说，“皇家成员，还有他们信得过的客人。想赢得大帝的信任要花很长时间，但我现在就想要那个盒子。所以我要想得到那个盒子，我就需要一个努恩家族成员入伙。问题是，努恩家族的人总是倾向于聚在自己的圈子里。他们太有钱了，行贿没用；又太聪明，不好欺骗；还太危险，不能勒索。”

岑还是不懂。“那我怎么才能帮你？”

“你母亲从没跟你说过她是谁？”雷文问，“你是谁？”

“没有。她不说这些事。”

雷文想了想，说：“早在六五年代，来自金枢纽支线上的努恩家族的年轻的莫拉 · 努恩，和李 · 孔索尔蒂欧姆的一个儿子联姻了。无论从哪个角度看，那都是件大事。盛大的婚礼在努恩家族远在西娜巴上的行宫里举行。庆祝活动持续了整整九天。当然，莫拉一旦结婚大家就期待她生孩子。但莫拉 · 努恩这样有钱有势的人没时间怀孕。于是家族的遗传学家找了个代孕妈妈移植受精卵。一个叫拉蒂卡 · 克塔伊的穷亲戚被找来，她是某个努恩家族成员的私生女，在家族乡下的庄园里做工。”

岑的母亲确实叫拉蒂卡。他小时候母亲给他唱过西娜巴的民歌。他开始明白雷文讲的故事的走向了。

雷文摊开手。“但出了点差错，”他说，“我猜代孕妈妈喜欢上你了，她觉得千辛万苦生下你之后，应该把你留在她身边。于是她逃走了。她带着你去了凯奔车站，消失在星罗中。她一定颠沛流离了好几个星期，能换乘的时候就换乘。努恩家族当然会派人追她。努恩家族的基因很珍贵；各大家族集团都小心翼翼地保护着自家的血统。但拉蒂卡在逃亡的过程中制造出假象，让他们相信你们母子都死了，他们才不再找你。我也花了很久才跟上你的行踪。”

岑说不清自己的感觉。很难相信如今状态不堪的妈妈曾经那么坚强勇敢地带着一个努恩家族的婴儿逃过努恩家族的追踪。这样的事太难，妈妈得爱他到什么程度才冒这样的险。他觉得他应该感激妈妈这么想留下他，但他更想快点弄清知道这个有什么用。他是努恩家族成员。他有权住在宫殿里，继承一个大交易所。他是努恩家族成员！他是皇亲国戚啦！

现在他才明白为什么妈妈总是害怕。努恩家族放弃追踪她了，但她却从没有停止逃亡。

“我怎么知道这是不是真的？”他问。

“你愿意的话，我们会给你验血，”雷文说，“你就会发现你有努恩家族基因。话说回来，这就是我需要你来帮我做这件事的原因。”

他从口袋里掏了个小东西出来放在桌上，是一个巴克三丁牌全息投影仪，木质外壳做成个光滑的大豆夹形状。它在桌子上空投射出一个年轻男子的图像。

岑盯着那画面看了好几秒，才意识到画面里不是他自己。他从没花过那么多钱精心修理怪异发型。他从没穿过肯多·伯波瑞安牌的智能乙烯基夹克，他也从没在蓝宝石湖上的珊瑚花园里对着镜头笑。不，这是别人，一个跟他长得很像的有钱人家的孩子。

“他名叫塔利斯·努恩，”雷文说，“你看出像一家人了吗？”

“有百分之七十六的相似度。”诺娃说。

岑点点头，心怀戒备。他猜到了剧情要怎么发展。

“其实有大约百分之三十的努恩家族成员跟你长得很像，”雷文说，“凭他们的基因你就能到处溜达。我这次选了塔利斯，因为他来自努恩家族比较远的一支，那一支人丁不是很兴旺。他们家住在金枢纽。”

屏幕上继续放着这个努恩家孩子的照片。岑已经开始恨他了，恨他穿着考究的衣服，恨他脸上快乐的笑容。过他那样的日子，谁不快乐？你能看出他一天也没有认真劳动过。（当然岑也没有。但他觉得他能想象认真劳动一天是什么滋味，他觉得塔利斯·努恩肯定想象不出来。）

雷文说：“一标准年之前，塔利斯大学毕业。他现在本应接管家族事务了，但他是个梦想家。相比经营获利，他更喜欢诗歌绘画。他觉得他应该在安定下来之前先旅行一阵子。其实他也是个火车浪子。

你们俩有不少共同点！”

岑想起他逃离安贝赛坐的火车，坐在他对面的那群孩子。星罗里有很多有钱人家的孩子，漫无目的地从一个世界穿梭到另一个世界，追寻家族财富无法购买的满足感。

“如果塔利斯登上努恩家族火车，没人会觉得有什么不对，”雷文继续说，“那是他们家族最有名的资产，而且据我所知，他还没来坐过那辆火车。”

“但他们会发现我不是他！”岑说，“我可能跟他长得有点像，但我说话方式跟他完全不一样，我对他的生活、他的家族一无所知……”

“我会教你。模仿塔利斯的仪态会让你通过安检。一旦你上了火车，你就直接去找那个盒子。它在一节用来存放家族艺术收藏的车厢里。你想去看艺术藏品也没什么奇怪的。”

“那么这盒子是件艺术品喽？我们是艺术品大盗？”

雷文笑了。“比你原来做的事高级一点，是不是？”

全息投影换了，投放出岑要偷的东西：是个很小的、不起眼的金属块。

“这叫作匹克西斯，”雷文说，“别被它的华丽名字唬住。这个词的意思是盒子，是古老地球上的语言，罗马语，还是西班牙语，还是克林贡语……”

“我认为是古希腊语。”诺娃说。

“它很值钱吗？”岑问。(看上去一点不值钱。)

“它是举世无双的，”雷文说，“这确实让它很值钱。”

他又切换了画面。现在他们眼前是星罗的地图。一个红点标出努恩家族火车当前的位置，在银河线上。

“过几天，思想狐狸要带我们去苏尔特。你从那里搭一辆普通火车去阿德利，努恩家族火车会在那里停一两天。你可以在那儿上车。努恩家族火车接下来会开去然加拉、斯平德尔桥，还有桑德尔本。路上，你把匹克西斯偷出来。我会在桑德尔本接应，把你带回狗星线上。然后你就发财了，岑。”

“但我做不到。”岑说。他的手朝全息投影一挥，投影仪感应到动作，切换成一段家族火车的视频，火车就像一条雄伟建筑组成的河，在闪闪发光的三角洲上沿着高架桥流淌。“你看看它！”他说，“你觉得我能像无事人一样就这么上车，然后带着那个盒子出来？会有监控、保安……”

“这些诺娃会搞定。”雷文说。

“诺娃也来？”

“当然。你们会紧密合作。塔利斯·努恩这样身份的人不会独自旅行。你会随身带着你的机器人助理。”他递给岑一副黄铜和象牙做成的精巧别致的耳机，“诺娃可以通过这个和你保持联系，告诉你所需要的任何信息。现在我们只需要让你看起来像他。你去换身衣服，这是第一步。你的套房的衣柜里有衣服。塔利斯·努恩这样的年轻人死也不会穿你这身破烂……”

岑上楼回房间，穿上新衣服站在镜子前。一共有六七套衣服。他选了水洗牛仔裤、红色短靴和一件镜布风衣。他挺直身体，假装自己是努恩家的年轻人。他的发型不太像金枢纽发型师的作品，但是塔利斯·努恩那时应该已经乘火车出来一阵子了。岑也知道他去了哪些地方：雷文给他的耳机里提前下载了塔利斯的旅行证件、观光照片——应该都是雷文伪造或者偷来的，岑猜。

他第一次开始觉得这计划也许能成。这是个非常艰巨的任务，让人怯步，让人生畏。但没什么事能难倒一个雷城的孩子。就这一桩活，雷文说过，但岑觉得这更像是个考验。如果他能带着匹克西斯全身而退，就会有新的活。这样一次星际旅行的机会，能见到有意思的人，偷他们的东西。有了雷文的帮助，他就不再是个小毛贼，而将成为通天大盗。

而且就算这事没办成——就算努恩家族识破了他的伪装把他抓起来——至少他也可以吹嘘自己坐过努恩家族火车。至少他能看到然加拉，还会穿过斯平德尔桥……

他手指摩挲着牛仔裤上的水洗印。他觉得太干净了。他穿着它在德斯迪莫附近转悠了一会，让它沾点灰，磨损一点。如果他的衣服进入角色了，他的其他部分没准也会跟着入戏。

11

岑以前住在圣西拉奇的时候，曾经梦想过当名演员。那时他还是个小孩子，对“有志者事竟成”这样的鬼话还存有一丝信念。那时妈妈多少还能控制住她的恐惧，米卡找到了满意的工作，岑去他们租的住所旁边的一个破剧院里参加演艺课程。老师叫阿诗文 · 博兹，过气落魄了。但他也曾经辉煌过。剧院的走廊两侧满是他表演的海报和全息投影。

其他学生家境都比岑要好些。博兹分配给他们什么角色，他们都会谦和地接受，练习扮演树、火车或者微风。这让岑觉得难堪。他从来不想成为树或微风。他只想穿好一点，假装自己是个重要人物，至少做个别人，而不是生活很潦倒、妈妈被吓坏的岑 · 斯塔灵。他在做自己的时候，永远不知道该说什么。他害羞地结巴着，或者干脆什么也不说。但在舞台上，他觉得一切都不一样：台词张口就来，所有对话烂熟于心。

阿诗文·博兹一定在他身上发现了某种特质。几个月之后米卡的工时减少，付不起岑的学费了，但博兹还是把他留下跟着学。博兹说他很善于观察。“你能看见微小的细节，”他跟岑说过一次，“那些小习惯最能体现人的性格。但仅仅观察还不够，你还要理解人们脑子里在想什么，理解他们的动作和表情背后的情绪是什么，他们秘密的内心戏。”

岑并不太理解老演员的意思。他一向不擅长理解他人。现在也一样。也许如果他们一直待在圣西拉奇，博兹能教会他。但妈妈的恐惧又来了，米卡也因为工厂换上了机器劳工而失业了。斯塔灵一家又卷起铺盖，把生活塞进塑料行李箱，再次出发了。那是一个冬天的清晨，他们在粉红的朝霞中离开了圣西拉奇。海边泥滩上的炼油厂喷闪着荧光火花，一辆长长的银色火车穿过凯门把他们带到了克利瓦。

从此以后岑很少想起旧时梦想，就算想起，也只是觉得当时怎么会有这么傻的梦，还会遗憾没能和阿诗文·博兹道别。但如今在德斯迪莫，他准备着雷文交代的任务，当年表演课的记忆全都回来了。他变得开心起来。一部分是因为这里宽敞宁静、空气清新，这些对雷城的孩子来说都弥足珍贵。但更重要的原因是穿上戏服成为另一个人的感觉让他激动。

他每天都在德斯迪莫排练塔利斯·努恩这个角色。他通常和雷文一起吃晚饭，雷文让他就当自己是塔利斯·努恩，询问他在努恩家族火车上一路走来看到了什么风景，走了哪些路线。有时雷文乘坐思想狐狸进行他的神秘旅行，这时就由机器人陪岑吃晚饭——诺娃、卡洛塔，还有旅馆的物理学家。物理学家是个庄重的老机器人，叫维布哈特博士。他们对岑的排练帮助不太大。诺娃是他们当中唯一能发现错误的，但她通常懒得帮他纠正。雷文在的时候就严厉些，岑也接受挑战，很享受这个游戏。

“家里怎么样，塔利斯？你的卡琳达姨娘可好？”

“还在培育她的翼手龙。她从故纸堆里翻出基因样本。布哈斯瑞姨夫说，姨娘她有自已的爱好他很高兴。但他们的空中花园都快被毁了。”

“不错，岑。但你的口音还要改进。”

于是岑改进自己的口音。他也注意自己的仪容。他让旅馆的理发师给他剪了个发型，让维布哈特博士帮他修改耳垂，因为他的耳垂比塔利斯·努恩的稍微大了一点。他每天都穿着那些新衣服，有时甚至睡觉也不脱，好让衣服显得不那么新。诺娃帮他从终点站旅馆弃用的清洁室里找来些皱巴巴的旅行包。他把衣服摔在地上，再塞进旅行包里。他穿着那些衣服歪在大厅的沙发上，读着雷文给他的资料，看视频和全息影像，如饥似渴地把金枢纽的历史、塔利斯·努恩的生活和他的时代一起塞进自己的脑袋。他把那个抢眼的耳机从阳台扔下去，然后跑下楼看摔坏没有。没摔坏：他把耳机重新戴回头发下，按下接收按钮，诺娃的轻声细语通过他的骨头传输进来。他眨两次眼睛来激活画面输入，他所看见的图像就从他的眼睛直接传输到她的聪明脑袋中。

“衣服怎么样了？”她问。

岑低头看看自己。智能纤维裤子，樱桃红的靴头。知道她能看见自己正在看的东西，这感觉很奇怪，好像她是他肚子里的蛔虫。

“还是太新了，”他说，“我们去海边吧。”

于是他们一起去海边，穿过德斯迪莫错综复杂的水道，经过关门的商铺和死寂的旅馆。他们每次走不同的路线，就会通向不同的海滩。海草挂在步行街两边的栏杆上，像是浮夸的彩旗装饰。台阶下面的地方凹下去，波浪时时拍打着，潮水退下的时候就现出更多的步行街，折叠的自动咖啡售货机像花盛开一样从地上伸展开。岑喜欢这里金绿色的光、清新的空气和大海。他甚至喜欢这个机器人女孩。她走在他前面，指给他看各种景色。

他开始习惯了和诺娃在一起。他甚至发现自己有时觉得她有点好看。他很快把这样的念头打消——岑·斯塔灵可不是那种对机器人有幻想的可悲猥琐宅男。但他喜欢有她陪着。他想象发财致富后远走高飞能碰见很多真的女孩，现在就把诺娃当成这些真女孩的替身。

“跟我说说你小时候吧。”她在他的脑中说。

“为什么？”

“因为我感兴趣啊。”她转过头面向他，微笑着，这回说出了声，“这就是你我两种人之间的区别。我一直都是我现在的样子。但你有过童年。那个曾经的小孩还在你的内心里，从你的眼睛里偷窥外面的世界。”

岑不屑地哼了一声。“我不是。我当年得快快长大。小时候的事我不大记得了。”

但其实他记得。在德斯迪莫的这些天，他一直会想起从前。他一边走一边告诉她一些。他跟她讲上过的表演课，还有他搭过、画过的火车模型，还有他记忆里第一次从卧室窗口看到的风景。他以前从来没跟别人说过这些。他开始跟她讲起妈妈和米卡，但这些回忆并不让人愉快；这让他怀念自己很小的时候，那时还察觉不到米卡的愤怒和妈妈的疯癫。那时他很爱她们，但这爱不知怎么褪了色，他知道她们对他很失望。他转换话题，聊起他记得的游戏。

“我以前有时会玩一个游戏。”诺娃说，好像她也在回忆自己的童年。

他们站在步行街上。海潮退去，潮湿的沙子反射着月牙形的汉谟拉比行星的绿光。“我走到那边的沙滩上开始跳舞，”她说，“猛甩手臂，狂转狂扭，大笑大喊……这样飞鬼蝠就会注意到我，俯冲过来。而我会一直跳舞，等到最后一刻，突然摔倒，躺着一动不动，那些愚蠢的飞鬼蝠就会从我身边掠过，在海滩上拍打盘旋，想知道我跑哪去了。我就像个雕塑一样躺在那儿一动不动，看它们笑话。它们只攻击在动的东西。肉食动物进化出的这种本能很好玩，不过当然啦，它们没有进化，它们是被设计成这样的。可怜的飞鬼蝠。”

岑还从来没近距离见过天上的那些飞鬼蝠，他只听过它们的叫声。没有天敌控制数量，它们已经从海滩外的悬崖上扩散到岛里面，在岛最南端那些废弃灯塔的顶篷里筑巢。

“我们不如一试。”他说，拖着完美的金枢纽长腔口音。

“我觉得雷文不会……”诺娃刚开始说，他已经爬过栏杆，跳到沙滩上，开始跑向远处沙滩边缘的白色碎浪。他觉得这像是塔利斯·努恩会做的事。

她跟上他。他们每一大步都跨上两三米。深深的脚印洼很快就填满了水，就像一串反光的小镜子在他们身后的步行街上延伸。他们跑过潮汐池，跑过被沙子半埋的游船废墟。快到海边的时候，诺娃大喊：“岑！”

他往四周一看，怔住了。有一只飞鬼蝠，那么近，那么大，从那些旧灯塔上的老巢里悄无声息地俯冲下来。它身体是棕色的，宽大的翅膀上有像蜘蛛背一样的花纹。(奶油色的斑点还留有某家基因技术公司的模糊标志。）弯钩一样的喙张开，发出凌厉的叫声，仿佛可以速冻岑的血液，也可能是向追过来的同伴宣布岑已经是它的猎物，其他同伴只能捡点别的漏子。

这时诺娃撞向他，把他撂倒。她什么也没说，但她的声音钻进他的脑袋，像是个视频背景音，又或者是他母亲会听到的那种声音。“躺下别动，记住！”

于是他尽可能一动不动，脸压在潮湿的沙子里半埋着，品味着特卫斯蒂丝大洋的咸涩。飞鬼蝠从上空掠过时拍打着带刺的尾巴，给岑留下温热羽毛的气息。他这时可没有再假装是塔利斯。这冲击让他完全出戏了。

其他飞鬼蝠跟着第一只，困惑地嚎叫着，好像在问它们的猎物去了哪儿，然后沿着海滩飞走了。领头的那只继续盘旋了一会，对沙滩上的静物充满疑惑，但这蠢货不明白那些静止的物体就是几秒钟前它还在捕猎的奔跑着的猎物。过了一会它不甘心地又叫了一声，就跟着同伴一起飞走了。

岑等到确认飞鬼蝠全走了才坐起来。从那里的沙滩能看见整个德斯迪莫，滨水建筑的白色墙面向南延伸，好像海边悬崖。他还从未去过这个城市的最南端，那里一座高耸的高架桥从海上延伸出去，最后隐入模糊的海天交际线。

“那是什么？”他问，“我还以为德斯迪莫就是这条线的终点站。”

诺娃摇摇头。“这是凯奔路段的终点站，但单轨列车从城里穿过，从这座桥上开出去。”

岑抬手拢着眼睛，看向那座桥。

“也就是说那边还有别的岛？”

“我想是吧。不在地图上。我想大概以前是狩猎场之类的娱乐场所。”

“我们应该过去看看探索一下。”

她对他笑了。“好啊。如果有时间的话。”

潮水涨起。柔和的海浪在他们周围泛起浪花。他们一边当心飞鬼蝠，一边穿过地上水洼里汉谟拉比的倒影赶回海岸上。

雷文很不赞成飞鬼蝠游戏。他的一架无人机在海滩巡逻时录下了全过程。岑和诺娃一身湿透地笑着回到终点站旅馆，还在抖落藏在衣服褶皱里的沙子。雷文生气地瞪着岑，说：“你很宝贵，岑·斯塔灵。你要更爱惜自己一点。”

“那诺娃呢？”岑问，“她不也宝贵吗？”

“你没法做到她那样完全静止。万一哪只飞鬼蝠看见你，它会把你当饼干一样嚼掉。你就不会在这儿笑了。”

“我也得找点乐子。”岑厚着脸皮但又很笃定地说。飞鬼蝠游戏让他亢奋。“我们到底还要在这里等多久？还要多长时间才能见到努恩家的人？”

“快了，”雷文说，“你觉得准备好了？”

“噢，准备好了。”岑用上流社会的腔调说，双手插兜，学塔利斯·努恩懒散地倚墙站着。

雷文只是看着他。接着他大步流星地走去旅馆的枪室，拿出一把来复枪。这是一把优雅的老式枪，木制的枪杆和陶瓷的枪头。“如果你想玩弄飞鬼蝠，”他说，“刚才你应该带上这个。一个好射手用这样的枪能从三公里之外打下飞鬼蝠。当然你不是好射手，所以你可以把这把枪的电脑连接到我给你的耳机上；诺娃可以帮你瞄准，并告诉你何时扣下扳机。”

“我能搞定。”岑说，虽然他以前甚至从没碰过枪。有些克利瓦的孩子会带上三维打印的便宜手枪，但他从来不需要，因为他觉得没什么用。他是小偷，又不是杀手。“你觉得我到时得杀出一条路吗？”他问。

“我觉得有备无患。”雷文说，并且教他怎么把指纹录入进来复枪的内存，这样岑就是唯一能解锁这把枪的人。“努恩家族的大部分车站都有大型狩猎场。你可以跟他们说想去活动活动。年轻的努恩成员带着复古的来复枪，没人会觉得奇怪。最好的隐藏，岑，就在眼皮底下。”

12

严瓦·马立克第一次杀死雷文是在瓦赫，在一个钻矿附近的破房子里。这刺杀像是无人机的任务，但轨道军派了人类去完成：马立克和五个同伴，乘着一辆叫派斯特·肯秋尔的火车呼啸着穿过凯门。任务是最高机密。有传闻说命令直接来自大帝，还有的说是卫神们的意思。

马立克还很清楚地记得那个破房子：高高的屋顶，内墙上繁复的雕花；瓦赫的太阳透过破烂的窗纱射进病恹恹的光线。当时的场景还历历在目。雷文看见马立克闯入，吃惊地从椅子上站起来，完全没想到马立克对着他胸口就是两枪，接着头上再来一枪。那里引力小，用过的子弹壳在空气中缓缓翻滚，雷文的身体从容倒下。

几天之后，他们在加纳塔瓦的一个度假村又一次杀了雷文。他那一次看起来还是很吃惊。但从那以后，任务就变得更难了。轨道军说雷文不敢再用数据海了，但他似乎还是知晓天下事；他们要去他都知道。有时他会逃——马立克记得有一次雷文在伊希码·普拉尔姆水城的船屋顶上飞奔，他对着雷文的后背开枪。还记得一次在基申钱德，雷文飞车逃走，马立克呼叫了导弹拦截，在山路上把车炸成了一个黑点。有时雷文会试着谈判，或贿赂他们。谈判不成他就反抗。他在纳盖设下机关陷阱杀死了马立克的两个同伴，然后放他们剩下的几个逃到一个处于死角的空气稀薄的世界里，把他们逼上一片薄薄的甲烷冰海，在那里马立克的另两个同伴掉进深海里冻死了。在沙码九号，他用一种可怕的病毒，直接穿过防火墙摧毁了派斯特·肯秋尔火车的意识。(那一次马立克在杀死雷文之前好好折磨了他。马立克很喜欢那辆火车。)

起初这只是个任务，但渐渐变成了个人恩怨。不仅因为雷文杀了他的同伴，也想杀了他；想杀马立克的人多着呢，他却并不因此恨他们。但反复杀死同一个人，在不同世界里用瞄准镜一直对准同一张脸——就好像陷在梦魇或是一种让人生厌的重复游戏里。

而且他还有种感觉，雷文作弊了。马立克已经不再是毛头小伙子了。他的身体能感觉到年龄增长：伤痛恢复变慢，做有难度的动作关节会疼，头发掉得厉害。他开始意识到一辈子不能回头，而自己半辈子已经过去了。但雷文似乎没有。当雷文开始感觉到年龄增长让他反应变慢，他就放弃那个身体，再克隆一个。当马立克意识到这么多身体让雷文有这么多次机会，杀死他就变成了乐趣。

“为什么你的身体都一个样子？”他在歌兰德月球上射杀雷文之前问他，“要是我，我会希望我的克隆体有不同的样子。不同肤色，不同性别。”

雷文说：“我想把握我的身份。要是我每次照镜子都看见不同的样子，也许我会忘记我是谁。”

“马上你就谁也不是了。”马立克瞄准了，又杀死他一次。

雷文总是一个样子，这肯定让马立克的工作容易些。雷文顶多染染头发，做些电子化妆。马立克迟早总能找到他。

“你为什么不做点大事？”在弗劳斯特弗的帆船赛上杀死雷文的那次，他抱怨说，“你本可以改变世界。你却把时间都花在聚会享乐上。”

“我试过改变世界，”雷文说，无可奈何地看着马立克在他身上打出的枪眼，“这就是卫神们派你来追杀我的原因。”

在伊波，雷文说：“关于我这个人，我做过的事，不管卫神们对你的长官说了什么，全都是扯谎。”

但从没有人对马立克说过雷文做了什么。他们只是命令他杀死雷文。

最后他的部队被派到了伊斯卡兰，他们坐上飞船，被发射到卫神们的数据中心里。这是个孤独的系统，里面一片漆黑，数不清的计算机主板构成一颗颗暗黑的行星，无序地挂在空中。那里有个被挖空的小行星。他们登陆之后，直接爆破进入一个基地，里面成百上千的躯体躺在冰花覆盖的冰棺里。

马立克记得手套擦拭棺盖时冰碎裂的声音。很奇怪，这些小细节会一直萦绕在他的脑海里。他记得透过冰层，看见雷文躺在里面：同样的脸，这个人已经被他杀死过无数次。几百个沉睡的雷文躺在冰棺里，所有冰棺都一样，列在充满房间四壁的架子上。也许还谈不上沉睡，也许只是还没有成活。这是个储藏室，雷文存放他的克隆体的地方，他需要的时候就来取。

“我想不出来他怎么能把自己下载到这些克隆体里面，”丽萨·德利厄斯说，她是马立克队伍原班人马里除他之外的唯一幸存者，“他都已经不在数据海里了。还有什么可下载的？这些只是些无意识的肉体。”

“不管怎样，轨道军要除了他们。”马立克说。但真相是，想把他们除掉的是他；所有这些英俊而无生气的雷文，他想把他们都除干净而后快。他们在房间里留下很多爆破炸药，足够把整个小行星化为灰烬。

他们回到伊斯卡兰的车站时，被告知任务结束。不管雷文做过什么，他已受到应有的惩罚，卫神们很满意。他终于死了。

于是他们在车站的一个小酒吧里伤感地稍稍纪念了一下：缅怀失去的战友，回忆不能对别人说起的战斗。接着他们就被拆分到其他部队，开始新的生活。据马立克所知，其他人都没有被噩梦困扰。其他人都没有事业未竟、结果未卜的感觉。卫神们说雷文死了，那雷文一定死了。

马立克升职了。他找了个同性伴侣，在大中央置了房，还养了一只猫。

但那种感觉一直没有消失，他在梦里还在杀死雷文。他离婚了，换了一个在支线火车上长线巡逻的岗位。慢慢地他察觉到了一些蛛丝马迹。在阿什托雷斯的一座生物建筑里发生了一起抢劫案，目击证人描述了一个高个苍白的男子。两年后，在星罗的最远端，一整火车的建筑设备在诺科米思车站失窃。有人声称看到过案犯，听描述是同一个人。这两起抢劫案都无法解释；安保系统本应阻止案子发生，却被病毒毫无痕迹地抹掉了，监控镜头里完全没有窃贼的图像。

雷文还活着。他让轨道军，甚至卫神们都以为他死了，但他确实活着。

马立克讨厌虎头蛇尾。他开始搜集一切可能指向雷文的报告，试着找到能说服别人的证据。但没有任何证据：仅有线索和口供。只有一个长古莱的醉汉声称看到过一个穿红雨衣的机器人女孩从某个阻塞的通道里钻出来，那个通道通向过去的狗星线。还有一个叫岑·斯塔灵的街头小毛贼表示对于雷文一无所知，然后就消失了。

“岑·斯塔灵是我唯一的线索，”他想，“雷文要这个小毛贼做什么呢？”

他的无人机在安贝赛和克利瓦拍到的这孩子的照片都跟着他的火

车一起被毁了，还有可怜的尼科珀尔找到的一些信息碎片也被毁了。马立克要想继续，只有靠自己的记忆。岑有个在炼油厂工作的姐姐。如果他能找出为什么雷文需要那个男孩，也许他的谜题就会开始有头绪。而唯一的办法就是老办法：跟人打听，再把零碎信息拼起来。

他看向车窗外，对大中央楼群的诱惑再看最后一眼。火车加速了，载着他穿过凯门回克利瓦。

13

之后的一天晴朗无云。汉谟拉比清新地挂在晴朗天空下，让岑觉得站在房间阳台上就伸手可及。他打算花一天来探索一下城市南头的老大桥。他自己也没料到这个计划让他雀跃不已。他跑下楼去找诺娃。

但雷文正在早餐厅等他，有事情要宣布。“岑！该出发了！带上你的行李。我们去苏尔特。”

就这样，岑在德斯迪莫的日子，就像他以前的平静时光一样，戛然而止。他跟着雷文和诺娃穿过空荡荡的车站，胃里像吃了干叶子一样翻腾。他知道这感觉：是演员要出场的紧张。

“万一真的塔利斯·努恩出现了怎么办？”他问。他之前也想过几次，但很快就打消了念头——这能有多大几率？如今危险似乎近在眼前。“万一我冒充他上车之后，真的塔利斯也上车了，那怎么办？”

雷文摆摆手打断他。“你以为我没想过？你以为我没考虑过这件事的所有周折细节吗？塔利斯上周在普热德维奥斯尼，从那里到阿德利只有几站路。他可能本来确实打算换乘努恩家族火车，但他耽误了一下。一个叫钱德妮·汉萨的女孩上了他那班车。非常漂亮。她和塔利斯聊起来。俩人一起在卡拉维娜下车了。你知道卡拉维娜吗？那里很浪漫。房子都是水屋，月光照映气体湖泊。钱德妮会保证塔利斯在那里待上好一阵子。”

“你怎么知道？”

“因为是我花钱雇她这么做的。”雷文说。

“好吧。”他入戏成了塔利斯，不太自在地表示。看来他不是雷文唯一的雇佣。他说不清自己的感受。还有“待上好一阵子”是什么意思？非常奇怪，扮演塔利斯·努恩让他觉得真的和塔利斯·努恩很亲近，好像他们是兄弟一样。塔利斯真的会喜欢卡拉维娜的艳遇吗？也许他正躺在某个气体湖底，后背上插了把刀？一旦雷文不再需要他了，岑也会有如此下场吗？

他们到了站台。思想狐狸为他们打开车门。雷文转身用他瘦削的手搂住岑的胳膊。他的眼神和善，微笑恰到好处。“会成功的，岑。我们会各自得偿所愿。我会拿到匹克西斯，你会发财。”

“那诺娃呢？”

“诺娃只是个工具，你不用带着别的做贼工具，只需要带着诺娃。”雷文说。

过了一会，思想狐狸像针线缝合破布一般穿过破碎的时空时，岑看出诺娃已经很满足了。思想狐狸呼啸着穿过凯门，在两段漫长地下隧道之间的空当里，不时会有新世界一闪而过。诺娃的眼睛看着窗户，目不转睛地等着。星云悬浮在白色沙漠上空，也许是不愿飘进废弃的车站和隧道里。她的眼神如饥似渴。她也是个火车浪子，以她的方式。

狗星线在苏尔特站比其他线都更深入地下。通向站台的扶梯全都废弃不用了。楼梯也被封闭，被遗忘了。甚至这条旧线路上的隧道都有铁艺和陶瓷的栅栏挡住。思想狐狸一进凯门就感应到了前方的障碍物。它没有减速，只是从外壳一侧伸出一把大枪，把栅栏打得稀巴烂，然后从冒烟的碎片旁径直穿过。

这个火车头话不多，也不会像其他火车头那样在加速的时候开心地唱歌，但把栅栏打烂后，它自己轻轻笑了。火车激动的咯咯笑声从车厢天花板上的扬声器里传出。岑正襟危坐在座位上，盼着快点到站，被这笑声惊得目瞪口呆。几分钟后狐狸就开进了废弃的地下站台，它的武器还伸在外面没收。

“我在桑德尔本等你们，”雷文对他的乘客们说，“现在起你就一个人了，岑，但诺娃能给你提供一切支持。”

有一刻他几乎像父亲一般慈爱地看着岑。但当他们下车后穿过死寂的站台，岑再回头看，只见雷文在火车门口凝视着，毫无表情。思想狐狸的枪来回挥舞，瞄准废弃的零食摊和横跨铁轨的人行天桥，这辆老火车好像在搜寻新的破坏目标。

第二部分

星罗帝国

14

特伦诺迪·努恩觉得百无聊赖。她觉得无聊已经有一阵子了，但今天她刚开始能面对这感觉。毕竟她对这趟旅行期待了好几个月。她厌倦了住在安静的家里，他们那栋靠湖的珊瑚房子位于马拉派特。她母亲在家里画花儿，对卫神们上传数码祈祷，而卫神们从不屑于回应。她渴望去父亲的火车上生活，去折腾，寻找刺激。可等她上了火车——当她习惯了车厢里的豪华和其他乘客的魅力之后——她似乎立刻又不满了。她父亲不停地对人介绍“我女儿，特伦诺迪”，但谁都能看出，她并不是他的嫡生女儿。他和特伦诺迪母亲的短暂婚姻只是用来完成两个家庭之间的一桩交易。要不是女儿到了可以谈婚论嫁的年纪，而他想把她嫁给科比·陈-图尔西，好再促成一笔交易让女儿的后嗣来继承一家桑德尔本的小行星矿产公司，他是无论如何也不会邀请特伦诺迪登上这辆火车的。

科比这季节正好也在车上，他同样让她感到无聊。有时候一想到她不得不和他结婚，将来一起生活，她就希望自己不是出身努恩家。这太可怕了——还好科比本人并不可怕，只是无趣而已。她蜷在飞驰火车上的座位里，浮想联翩，“我还只是个女孩。”她十七岁，但她感觉和十二岁时没什么区别。“我不想订婚，”她想，“不想和科比·陈-图尔西订婚，不想和任何人。我想先见识一下星罗。”

当然，她正在见识星罗。银河线上的众多世界在她的窗外飞驰而过；一道道凯门那无色的光洒在她身上。每次火车停下，都会有人组织户外活动：野餐、钓鱼、参观古堡、游访名山大川，但她觉得那都不算见识。

于是当火车到达阿德利，她假装累了。别人都冲下车去岛的顶端打猎聚会时，她落在后面不动。她决定自己玩。但她还是觉得无聊，于是当火车宣布接到消息：一个年轻的努恩家族成员游历到此，请求在阿德利上车时，这对她来说就像是走了几千光年以来的第一大趣闻。从金枢纽来的塔利斯·努恩。她对家族的那一支一无所知。她穿过廊柱林立的车厢，找到火车指派的负责接待新人的机器人。

“别担心，”她说，“我亲自来迎接他。”

阿德利这个世界雾气重重。生活都在山顶上进行，山顶周围全是闪闪发亮的尘雾海：一片片云隔出天然的一块块空间，微尘粒穿过这些空间，突然划出闪亮的轨迹。一座高架连拱桥穿过迷雾通向阿德利站的山顶之城，努恩家族火车就沿着桥蜿蜒停下。亮着灯的观景台在夜晚的星空下闪耀，车顶上的上百个奢华的小炮台上飘扬着标准的皇家长幅，上面是努恩家族的微笑太阳标志。

岑之前一直在研习这辆火车的图片和视频。他记住了主要车厢的结构平面图、所有的门和通道。但他真见到火车时，还是为这美丽的外观震撼不已。他在阿德利站的站台上，站在火车迷和激动的小孩子中间，目瞪口呆地看着火车驶入。这个巨大的双子火车头——野火和礼物时光，在努恩家族服役几个世纪了。它们精密的流线型整流外壳在时尚浪潮里几经沉浮，终于超越了时尚的评价，成为了它们自己：宏大、古老、蜜色，像老建筑一般透着股洗尽铅华的美感。它们身后是五个巨大的双层甲板车厢，是大帝的禁城和内城。再之后延伸出站台，停留在外面大桥上的是一些次要的车厢，但同样美轮美奂。

“岑？”诺娃在他的脑海里说。她就站在他的身后，没有观光客注意她。“我已经给努恩家族火车发了消息告知你在这里，请求上车。”

他回头看看她，但她正扮演着温顺机器仆人的角色，没有和他对视。

当然他也有他的角色。排练已然结束，表演即将开始。他穿着智能乙烯基做的短夹克，此刻调成默认的黑色。一件黑色针织上衣，领口裁剪得很低，恰好露出他的锁骨。紧身裤。方头靴。他从努恩家族火车窗户里看见自己的影子，相当自信自己能以塔利斯的身份通过。

显然他看起来已经不再是岑·斯塔灵了。

他对诺娃点点头示意自己知道了，就沿站台走起来。他这样级别低的旅客要从很后面的车厢上车。诺娃提着他的行李跟着。火车车身两侧有雕刻装饰，孩子们从站台爬到火车上去，摸摸动物雕像的头。火车的维护机器蛛善意地看着他们，岑能感觉到野火和礼物时光不介意，甚至欢迎这样的小访客们。他想知道哪个孩子要是敢往思想狐狸身上爬会怎么样……

“塔利斯？”旁边有人说。

从德斯迪莫过来的一路上，岑都在提醒自己：我的名字叫塔利斯·努恩，我的名字叫塔利斯·努恩。但见到努恩家族火车的震撼让他把这些都忘到了脑后。诺娃来救场，她通过耳机给他发了一则警示，并用温柔尊重的口吻大声说：“塔利斯？”

他看看周围，终于醒悟记起自己的角色。这时他才看见身边一个年轻女子微笑地看着他，仿佛他是几周以来她看到的最美好的事情。她的微笑让他神魂颠倒。等他回过神来，他还在暗自感慨：这是一个女孩，真的女孩。年纪不比他大，但命运比他好多了。她一头时髦的碧蓝短发。她的紧身闪光套装流淌着孔雀羽毛的纹样，靴子上好像装饰着金叶子。

她对岑笑得更欢了，说：“我是特伦诺迪。”她合拢双手，低头致敬，“我们某种程度上是表兄妹，中间隔着无数代……”

他在德斯迪莫看过她的简历。他不知道为什么她会拨冗从富丽堂皇的车厢里下来迎接他这样偶然造访的火车浪子。

“很高兴认识你，特伦诺迪表妹。”他说。

她挽着他的胳膊，一路微笑着带他穿过层层守卫的站台，走过闪亮巨大的皇家火车车轮。诺娃提着岑的行李跟着。“你刚才乘的火车一出凯门，我们就收到你的消息了。”特伦诺迪说，“抱歉其他人都很忙。今晚有个野餐狩猎会……黄昏是阿德利最美的时刻，你觉得呢？”

车站外面，尘雾海中有微弱的火光闪烁。山峰从尘雾海中升起，山顶上亮着灯光。他听见轻微的咔嚓声，也许是远处狩猎的枪声。尽管准备充分，但他还是有些晕眩；夜色绚烂，火车壮丽，女孩可人——这桩差事跟在安贝赛偷小商铺实在没法比。

“可惜你没有让更早的一班火车捎信来，”特伦诺迪说，“不然家族会安排一个欢迎会。”

“不敢过多叨扰，”他说，“而且本来我也不知道我会过来。我是说我到处走走看看，也不知道啥时会到达这里……”

“注意口音，”诺娃在他的脑海里说，“你开始听起来像个三维视频里装富豪的喜剧演员……”

特伦诺迪·努恩说：“你真的变了！”这让岑的心提到了嗓子眼，因为雷文跟他保证过这辆车上没有人认识塔利斯·努恩。然后她接着说：“上次我们见面时都还是小婴儿。是在克洛沙地的烟火节？我看过照片。你那时胖得像个饺子。”

岑克制地轻声笑了，说不记得了。他当然不可能记得。

“那么你从金枢纽过来的？”特伦诺迪问，还不等他回答就接着说，“我还从来没去过东边的那些支线，一定很有意思。你们那里有车站天使吗？我们在昆罗中心就没有，我很想看看——它们真的看起来像天使一样吗？”

她径直把他带向近处的一节车厢，这一段车厢上车的台阶都是白色的，穿制服的机器人已经在阶前恭候。这些愚蠢的安保机器人样子很呆，但这些毫无表情的脸之后连接的支持硬件估计能装几大车。假如岑的脸或是他走路的样子不符合那些硬件里保存的塔利斯·努恩的记录，他的造访就到此为止了。在车站巡逻的武装无人机很可能用激光把他从站台上清理掉，就像清理一个口香糖污点一样。

但特伦诺迪·努恩甚至都没给机器人扫描他的机会。“家里人。”她呼叫道，还用家族密码附加了一段备注，最近的安保机器人向他致敬，并让出道，由她带着岑登上火车。

“他们不用检查我吗？”他吃惊地问。

“谁都能看出你是努恩家族的，塔利斯，”她笑着说，“为家里人总是可以破例。”

岑耸耸肩，跟她一起笑了。目前为止，这桩冒名顶替的差事的内容似乎就是嘲笑规则，他觉得这事他完全胜任。几秒钟后他上了台阶回头看，安保机器人拦住了诺娃，他又慌了，但特伦诺迪告诉他，这只是在扫描他的行李，并检查他的机器人的主机是否携带病毒。

他们没找出任何异常。诺娃仔细地检查过，确保自己的系统升级和人格设置都隐藏得很好。至于行李，除了一堆皱衣服，还有几件雷文加进去的小东西，好让他们看起来更像是从金枢纽来的，其他就没什么了。唯一一件安保机器人有兴趣打开的行李是他装着来复枪的皮质枪盒。

“我希望能有时间打打猎。”岑说。

“那是把漂亮的老式枪，对吗？”特伦诺迪问。

“是我祖父的。打飞鬼蝠的枪。”

“很快我们会在然加拉停靠。我不知道那里有没有飞鬼蝠，但那边的狩猎场里有各种各样的东西可以打……”

安保机器人合上了枪盒。诺娃拎起枪盒还有其他行李，上台阶跟上岑和特伦诺迪到了车厢后面的露台。

“你这机器人的脸怎么了？”特伦诺迪问。

“那是想做成雀斑，”岑说，“她觉得雀斑让她看起来更像人类。”

“她好像有毛病啊。你想要个新的吗？”

“哦，我习惯诺娃了。”他说。

她对他笑笑，意思是“随便你”，转身进了车厢。门没有把手，只在中间装了一个镀金的微笑太阳。特伦诺迪在太阳的眉心轻轻一拍，门突然悄无声息地开了，就像消失了一样。岑闻着努恩家族火车里熏香的空气，视线越过特伦诺迪，看向充满廊柱的车厢。

“真美！”诺娃在他的脑海里说。

“真美。”他大声附和着。之前他不知道为什么觉得有些悲伤，现在他知道了。有一刻，他觉得自己就是塔利斯·努恩，这个漂亮女孩热情迎接上车的就是他。他觉得这些都很适合他。如果他母亲没有把他从努恩家族偷走，这本就是他的生活。

但自怜没有意义。财富不会从天而降。他得自己动手。这是他擅长的。他要偷这些人的东西，然后全身而退。

他上了火车。

15

他到得正是时候。晚一点他会想这一切是不是雷文安排的，但也许只是运气。皇室成员和客人们多数正在野餐，地点在尘雾海上升起的山顶上的茂密树木里。这让岑有了机会看到努恩家族空荡荡的中央车厢，没有人，只有机器人侍者和安静的打扫机器。特伦诺迪带着他从一节车厢走到另一节，她的声音在车厢里回荡：车厢墙壁上镶嵌着黄金、活木树皮和鹿角。那些玻璃车厢像是移动温室，里面长满苔藓和小树，还有漂亮的蝴蝶飞舞盘旋。

岑从没见过这样的车厢。它们并不比常规的车厢更宽——两墙之间十米的距离——但经过星罗最好的设计师之手装饰，十米的距离就看上去宽敞得多。只有成排的窗户会提醒你这不是在一栋奢华的房子里，而大部分窗户的窗帘也是拉上的，或者装了百叶窗。有些车厢是开放式的，铺着地毯或活木地板的地面上零星放着椅子、桌子。还有些车厢，走廊两边是一些较小的私人空间：地面是大理石的，天花板是生物技术合成的玳瑁和珍珠母的，台阶旋转通向卧室和高层的观景阳台。

特伦诺迪带他走上一条台阶，到访他的房间。“恐怕这是比较小的客人套房。希望你喜欢。卧室在那儿……浴室在这儿……放下行李，诺娃，去机器人区报到，在五十九号车厢。”

诺娃照做了。她刚走出去，她的声音就在岑的脑海里轻轻说：“别摘耳机。如果需要我，你只要吹口哨。你会吹口哨吧？”

特伦诺迪等着他打开几件行李。然后一起回到大厅车厢，花园车厢。他试着跟特伦诺迪聊聊他的旅行——他准备了好多趣事——但她更想聊聊家族，还有同车的朋友亲戚。“从七獾山来的阿尔贝耶克-努恩一家在车上——他们很有趣，不过鲁伊奇心情不太好，因为他和福斯家的男孩签了婚约。蒂伯尔叔叔之前也在车上的，但他已经回大中央了……”

“那一共有多少乘客？”岑问。

“目前大约三百吧，我想。”

很好，他想。有这么多来来往往的乘客，再多一个又有谁会注意？而且他们好东西这么多，等他顺走了匹克西斯，他们可能根本不会注意到。也许他到时还能顺便给自己也拿几件物什，在离开前把口袋装满首饰，以防雷文不认账……

“艺术博物馆在哪节车厢？”他问。（他早知道了，因为雷文让他研究了整列火车的三维地图，但他不想让人看出这点。）

“哦，回头往那边过去一点。”特伦诺迪说，艺术品只要没法穿戴在她身上，她就没什么兴趣。

“我想……”他说，然后觉得应该换个更像努恩家族的口气，“我很希望这次能看看那些收藏！”

特伦诺迪皱皱鼻子。她的鼻子就算皱着也很好看。她说：“就是些旧罐子、全息图什么的。你想的话，有时间我带你转转。”

“不如现在……”岑刚开始说，这时几个阴影从窗帘外掠过。昂贵的天行车像珍鸟一样从大桥上空俯冲而下，降落在阿德利站的站台上。家族的其他乘客回火车了。

车里渐渐被乘客充满。他们成群结队地上车，有说有笑。机器人侍者默默地出来迎接他们，奉上一杯杯调味酒。努恩家族的长者们身着长袍和头巾，尽显雍容。他们谈论着生意，交流着最新丑闻。奉职于家族海军的军官们身穿华丽的制服昂首阔步。外省车站的长官和他们的家人受大帝邀请乘坐努恩家族火车，跟岑一样惊叹于火车的美。年轻的努恩成员还一身狩猎装备，喧闹得像小狗一样。岑想象如果成为他们中的一员会怎么样，除了在家族保护区里围猎用生物技术合成的昂贵的动物之外，他们无忧无虑。这消遣看起来很适合他们。他们看起来比他在克利瓦见过的小孩都漂亮快乐。

他跟着特伦诺迪在突然拥挤起来的车厢里挪动，她不时地把他介绍给这个那个亲戚。这位是她的姑妈，苏富拉·努恩夫人。这位是她的格塔叔叔，她的尼夫表兄。这是她的同父异母的妹妹普里亚：骄傲又神经质，像匹优渥养育的赛马，她穿着光做的礼服，生物技术做的凉鞋，鞋带缠绕在她棕色的大腿上，像银色的常春藤。这个穿着家族海军小制服的得意小孩是她同父异母的弟弟普雷姆。哦，这是他们的父亲，马哈拉克斯密二十三世，努恩家族的掌门人，伟大星罗帝国的统治者，千门的主人，崇拜他的臣民称他为星罗之父，不敬的人称他为肥总管。

这一刻很奇怪很不真实。这张睿智的双下巴脸曾经在上千张油花花的银行票据上庄严地对岑笑过，现在这张脸近在咫尺对他庄严微笑着，近得他能闻到昂贵的皇家香水掩盖下的皇家汗水的气味。一群蓝色电子蜂鸟，比岑的大拇指大不了多少，在大帝周围扑腾着翅膀徘徊，有时会停在大帝上衣的肩章上，看起来就像徽章装饰。它们用黑眼睛仔细研究着岑，岑才意识到它们根本不是鸟，而是隐蔽的安保无人机。它们一定会看穿他的伪装吧？马哈拉克斯密大帝会猜到他刚刚握的这只手来自雷城的顽童吧？

但没有；他只是点点头，欢迎岑，想必跟他这周以来欢迎上百名其他远亲时没什么差别。“金枢纽的情况怎么样，塔利斯？你都说给我听听。”他说，但不等回答就头顶着那团蓝鸟继续往前走了。他对岑没有兴趣，这让岑很庆幸。他来这儿不是为了引人注意。他只想做人群中的一员。

但有位客人对他感兴趣。是个和岑差不多大的小伙子，高大魁梧，顶着一头鬃毛般的棕色头发，眼睛是当下流行的紫色。他一点都不喜欢岑。“你这位新朋友是谁，特伦诺迪？”他边问边向岑走来，像是立刻就想打一架。岑不知道自己怎么冒犯了他。难道他跟特伦诺迪一样见过真的塔利斯·努恩？难道塔利斯小时候扯过他那一头愚蠢的头发？岑觉得那头发确实让人很想扯一把。

这时诺娃在他脑海里说：“他是科比·陈-图尔西。陈-图尔西家族在桑德尔本的好几个卫星上经营矿产。科比下个秋天要和特伦诺迪·努恩完婚。”

原来如此，岑心想。特伦诺迪和她又有钱又帅的男友吵架了。所以她没有参加狩猎聚会，所以她去车站接他。她只是利用岑来让科比嫉妒。

好像有效果。

“金枢纽？”科比冷笑道，（特伦诺迪只告诉他塔利斯表哥从哪里来，他就抓着这一点装腔作势。）“我不知道努恩家族在那么远的地方还有产业。那边什么都没有，不是吗？”

岑只是友好地笑笑，说：“确实没多少。和这辆火车比不值一提。这车太美了。刚才打猎怎么样？特伦诺迪说你枪法很好。”

科比好像有点摸不着头脑，但还是很生气，好像他觉得岑可能在嘲笑他。这是个简单的人，岑心想，就像只大狗，狂哮以捍卫自己的领地。但他至少让岑学到了一件有用的事情：金枢纽来的亲戚在这里的人看来就是没钱的乡下人，家族最远支的乡下穷亲戚。如果塔利斯在光鲜的人群中显得拘谨，没人会觉得奇怪。

他退到一边，好让特伦诺迪和科比有机会说话，最好能解决一下他们之前的莫名争吵。他拉起最近的百叶窗，发现车站已经不见了。火车启动时平稳得他完全没有察觉。现在它正在闪光尘雾之上的崇山峻岭中蜿蜒而行。

“你还好吗？”诺娃在他的脑海里问。

“没事。”他说谎了，他知道也许她正在监测他的心率和其他指征，她清楚地知道刚才他有多紧张，“安保这关算过了，连大帝都见过了。”

“你能相信吗，”诺娃说，“那个吸血蚊子在你腰上咬了一口？”

岑都没注意到自己下意识地挠过。“怎么回事？”

“那不是吸血蚊子。而是个微型无人机，我们上车后它就采集了你的血液样本，好让火车验证你的基因里有没有努恩家族的安保标签。”

“我要是没有会怎么样？”

“它早就会——这个嘛，你是有的，那还担心什么？放松点。享受这段旅程吧。我很享受。我爱这辆火车。”

岑笑了。他也爱这辆火车。哪个火车浪子会不爱它？穿过努恩家族和客人们的交谈声，他捕捉到一个声音，是高昂的重叠音符，伴随着火车飞驰，二重唱响彻山间。野火和礼物时光用火车的歌声填满了这个闪光尘雾中的夜晚。

16

在克利瓦工业区一家工厂的墙上，一片森林正在生长。树木在老旧的陶瓷墙面上伸展出苍白的枝桠。兰花在这个城市的毛毛雨中发光，像朵朵小太阳。

弗莱克斯不介意毛毛雨。她用的画笔本来就是用来装饰火车外壳的。如果她的画能承受穿过凯门的冲击，那克利瓦的小雨就不会有任何威胁。她从脚边的包里选了亮蓝色，一边想像着蝴蝶明亮的彩色翅膀在斑驳的树荫里颤动的样子，一边开始素描一群飞舞的蝴蝶。工厂经理怀念她的家乡——遥远丛林中的吉哈娜，于是雇了弗莱克斯来给这个地方增添一点亮色。

“我要是会画画就好了。”米卡 · 斯塔灵说。她穿着雨衣站在艺术家身后，看着树木逐渐成形。她头上的宽边帽子还滴着水。

“你可以的，”弗莱克斯说，“每个人都可以画，真的。试试！帮我在那边画棵树……”

米卡摇摇头。“我的头脑跟你的不一样，弗莱克斯。我的手不会画。”

米卡是推荐弗莱克斯来画画的人。她每天晚上下班都来看看渐渐成型的壁画。这让人心绪宁静。不像在家里，自从岑出走后，妈妈更疯癫、更焦虑了。

于是她就站在那儿，静静地看。画笔嘶嘶划过。弗莱克斯从口袋里掏出新的画笔，红色、金色、宝石蓝色。一只奇怪的鸟儿从墙上迎风展开翅膀，张开长长的嘴巴开始唱歌；你几乎能听见那歌声。这个艺术家朋友的技艺让米卡惊奇不已，引以为豪。她甚至都想象不出弗莱克斯的脑袋里在想什么，为什么和自己的会如此不同。她看得入了神，过了好几分钟她才注意到还有别人也在看。

一个男人站在她身后升腾的水汽里。他个子小而结实，看样子不是本地人。因为他没有戴雨帽，细雨在他的秃头上汇聚，流到他的脸上，再淋进他破旧蓝色上衣的领子里。

米卡不认识他，但看出来者不善。她转身面向他，调整了一下她宽阔的肩膀。她的块头有他两个那么大。他似乎明白了自己的危险处境，手上变戏法般地多出一把黑色的大枪。

“我是轨道军，”他说，“你好，米卡。你的弟弟还好吗？”

“就算我知道也不会告诉你。”米卡说，看着那把枪。

弗莱克斯从她的树林前转过身，说：“米卡，他是他们一伙的。

那天晚上在车站调度区里，岑消失的时候，他跟那帮乘武装火车来的蓝军在一起，后来火车在隧道里毁了。”

“我叫马立克。”严瓦·马立克自报家门，把枪向下压了一点，看着弗莱克斯。他戴着某种军用耳机，上面有小绿灯在闪。弗莱克斯不喜欢别人看她，下意识地把自己缩进了她的破衣衫里。

“你一定就是那天帮岑去铁轨的人吧，”马立克说，“你是个好画家。我到处都能看到你的画。”

“什么都别说。”米卡警告她。弗莱克斯有秘密，只有米卡知道她的过去，米卡觉得最好继续保密。她对马立克说：“弗莱克斯不知道你在说什么。”

马立克笑笑。“别担心。我不在乎给火车画画的人。我只想找到你的弟弟。”

“为什么？”

“因为我觉得他有危险。他近来交友不慎。”

米卡嗤之以鼻。“好吧，岑向来这样。”

“你知道他在哪儿吗？”

“不知道。”

“你没有他的消息？”

“没有。”

“他跟你提过一个叫雷文的人吗？”

“没有。”

“他有什么特长吗？”

米卡耸耸肩。“偷东西。睡觉。惹我生气。他很正常。不是个坏孩子。他喜欢乘火车。他就是个真正的火车浪子。”

“你见过他和机器人说话吗？一个看起来像女孩的机器人？”

“穿着红上衣？他离开家的那天晚上她来过家里，就跟你一样问了些问题。岑就是那时走的。他不想跟它说话，宁愿从窗户爬出去。在克利瓦我们不喜欢机器人。”

“当然，”马立克说，“你经历过那些骚乱，是吧？所有线偶见一个砸一个。我估计在这儿谁要是跟机器人说话，就会在工友中有麻烦。”

“你什么意思？”米卡问，一边走向他。

他把枪又抬起来，就抬了一点点以提醒她自己有枪。他皮笑肉不笑地问：“你有你弟弟的照片吗？我在数据海里找不到他的图像。”

“妈妈一直告诫我们不要往数据海里放任何我们的信息。她说卫神们或其他什么人会利用那些信息跟踪我们。”

“她说得很对，”马立克说，“也许我应该跟你妈妈谈谈。”

“你别烦她。她帮不了你。”

“但是你可以。”

米卡哼了一声。过了一会图像开始从她的耳机里传输给他：岑的图像，看起来比那晚在马立克的火车上更年轻快乐。他点点头表示感谢，回传了他的联系地址。“要是有了他的消息，你给我递个话。”

他走了，消失在微光细雨中。

“你抓不到他的，蓝军！”米卡大喊，“我弟弟很厉害。”

马立克头也不回地走了，但他的声音回答她：“你最好祈祷我比他更厉害。这是为他好。”

马立克乘下一班车离开了克利瓦。他还没想好要去哪，但在克利瓦逗留似乎不是个好主意，万一当地新闻推送调查出他就是前几天火车被毁了卡在凯门里的那个老笨蛋，可就不好了。不管怎么样，旅行让他觉得宽慰：变换的位置和不同景色。跟岑·斯塔灵一样，他也是个十足的火车浪子。

他又过了一遍米卡给他的照片。这是他第一次好好端详岑。这孩子很年轻，加入雷文团伙不可能太久。也许他只是被利用了，雷文一直这样，利用人就像利用游戏道具。马立克上次和他说话的时候，他脏兮兮的，很害怕，当时光线又暗。在照片里这孩子要么放松地笑着，要么是抓拍到了他转身或说话的瞬间。马立克注意到他的样子和姐姐不太像，但他看起来有点像某个人。

他眨眼关掉照片，然后在另一个窗口打开本地数据筏。火车这时到了塔斯克；塔斯克新闻推送的标志和提示音充斥他的头脑。他把这些扫开，专心找到他想要的：一份来自大中央的报道，里面是蒂伯尔·努恩议长，大帝的双胞胎弟弟正在演讲。蒂伯尔比马哈拉克斯密晚出生三分钟，没能继承皇位。他这时看起来特别生气。他丰满的脸还是很英俊，努恩家族的外貌特征很明显，而且都有着挺拔的骨架，就像家族品牌一样让人过目难忘……

“哦，卫神啊！”马立克突然说。（坐在对面的女人笑了，以为他定是刚刚打通在线游戏里的一个难关。）

他在数据筏里浏览，调出其他图片：马哈拉克斯密大帝本人的，还有他的孩子们和祖先的，然后把这些图片和岑·斯塔灵的对比。

之后他关了耳机摘下，看着窗外的世界退去，琢磨着。

雷文为什么要找个能冒充努恩家族后代的小孩？

17

第二天，努恩家族火车经停了布尔季阿勒巴德尔和图瓦。大帝做了几场演讲。地方议员和站长们纷纷表忠心，他们中的一些也上了车，开启前往桑德尔本的旅程。

在布尔季阿勒巴德尔，世界一片荒凉，凯门没有深埋在地下隧道中，而是露天裸露着。从努恩家族火车的观景台上，岑看见旧时的拱门，像只巨大金属鸟的叉骨化石一般，横跨轨道两侧。在拱门的曲线之下，一道能量帘在蒸腾荡漾。火车头和前端的车厢扎进能量帘，消失不见。这些车厢里面的乘客已经看到几百光年之外的图瓦了。

在图瓦，有个观赏慢河瀑布的活动。那是个著名的景点，一股洪流从高耸的峭壁上飞流直下，形成一面镜子。岑留在火车上，想找特伦诺迪，提醒她答应过带他去参观艺术品。等去慢河的飞行器离开后，他才发现特伦诺迪跟其他人一起去了。

火车穿过图瓦的高地，开向和观光客会合的地点，他只好在车里四处溜达闲逛。他找到放艺术藏品的车厢了，但车厢上了锁，诺娃觉得去请人打开的话会引起别人注意，不太好。于是他在车里继续往前走，逛到一节水族馆车厢，一边看鱼一边跟其他几位乘客闲聊（“这些三叶虫真好。我姨妈在金枢纽的家里养翼手龙。哦，我吗？我就乘火车逛逛……”）。

晚上，飞行器带着出游的乘客回来了，火车又一次启程，全速开向下一个凯门。这时候，一个穿着努恩家制服的机器人带了一份请柬来到岑的门前。他受到邀请去主餐车参加晚宴。

“这是什么？”那个机器人走后，他问诺娃，“那不是大帝用膳的地方吗？为什么他们要请我去？”

诺娃通过耳机告诉他：“那是个非常宏大的餐车。半数家族成员都在那儿用餐。我猜是你的新朋友特伦诺迪把你加到客人名单里的。她喜欢你。”

“她才不。”

“岑和特伦诺迪，枝头坐着好甜蜜，亲一口，亲一口……”

“她只是利用我让科比吃醋。”

“这个嘛，我打赌她也喜欢你。我要是人类就会喜欢你。”

她会吗？当然不会，她在开玩笑——但很奇怪，他还是高兴了一下。

他让自己别再想诺娃，而想想特伦诺迪。一整天没见到她了，他开始担心她可能忘记了答应带他去看藏品的事。晚餐虽然有点吓人，但可以利用这个机会提醒她，又不显得太急切。

等他进了主餐车，他才发现他的座位没有和特伦诺迪安排在一起。她在长长餐桌的上座区，和科比、大帝，还有她的妹妹普里亚一起。当他在下座区落座，坐到其他联姻的亲戚和外省官员中间时，她甚至都没有看岑一眼。他的邻座是个老太太：灰色长裙，灰色头发，她苍白提防的微笑让岑也提高了警惕。他不想看她，便看向车厢四壁。墙上没有窗，深处挂着枝枝桠桠的抽象形状，像被冻住的闪电。

“这叫作利赫滕堡雕塑，”老太太对他解释，“制作的时候要向醋酸盐中喷射高能微粒。”

“我知道，”岑想起自己的角色应该知道这些事，撒了谎，“我只是从没见过这么大的。”

“人们会对周围的美好事物习以为常，”她说，“有客人来真好，他们帮我们重新发现这些美好。”

岑看向她，这回她转过去看墙。她瘦削的脸线条分明。眼睛不完全是灰色，有一点点金色的斑点，像鹰的眼睛一样锐利。

“你是那个从金枢纽来的年轻人吧？”她说。

岑点点头，试着回想她的名字。诺娃通过耳机救场，轻声告诉他：“这是苏富拉·努恩夫人，大帝的姐姐。”他这才想起她来。下午她也在水族馆；他没和她说话，但他注意到她站在边上听他们闲聊。

一时他觉得她肯定听出他的话里有破绽，肯定已经知道他是个冒牌货，所以邀请他来大帝的晚宴，好当众揭穿他。

“我的天……”她瘦长棕色的手放在岑的腰上，“你跟我的小弟弟塔西姆年轻的时候一模一样。”

他吃不准该怎么接话。还好她接着说下去，不需要他回应。

“斯皮拉特线叛乱期间，他跟着我们的家族海军乘火车出征。后来死在加拉加斯特战役。”

岑这才明白自己是安全的。她只是个好心的老太太。可能她在水族馆看出他孤孤单单的，觉得他也许会愿意听她讲家族旧事。他时不时应和几声，装作对她死去多年的弟弟很感兴趣。机器人侍者刚上了一道菜，他低头看那古色古香的瓷盘，里面的东西他吃不准是吃的还是看的。他学着苏富拉夫人从盘子旁边一排餐具里选了一对精致的银钳子，然后吃起来。

苏富拉夫人笑了。“这么多年过去了。英年早逝其实也没那么悲惨。当时只觉得天崩地裂，但现在我才知道真正悲惨的是老去。我的弟弟为国捐躯死得光荣。要是斯皮拉特线的叛乱得逞，他们会推普雷尔家族的人上位。如若那个堕落的普雷尔家族的人称帝，将是星罗的灾难。”

岑的盘子已经被撤走。机器人侍者换上了一个贝壳，里面装着一点清澈发白的液体。一种汤？岑选了个小浅勺。

“当然，”苏富拉夫人说，“我知道有些支线上的世界里有人不满。人类团结运动的势力有所壮大。人们谈论着推翻整个帝国，违抗卫神。”

“政治我不太懂。”岑说。

苏富拉·努恩用金色斑驳的眼睛看着他，“但你一定有见解，塔利斯·努恩。我希望你敢于发声。在金枢纽感觉怎么样？”

岑没排练过回答这种问题。

“我觉得普通人不太在乎谁统治。”他只好临场发挥，把岑·斯塔灵的观点用塔利斯·努恩的声音告诉她，“不管是努恩家族的，或是普雷尔家族的，还是人类团结运动的主席，谁统治对克利瓦街头或安贝赛集市都不会有任何不同。人们只是想自由生活。”

苏富拉夫人盯着他的眼睛看了一会。岑开始担心是不是冒犯了她。接着她笑了。“这见解真是新鲜，”她说，“换作桌上所有其他人，都会揣摩我这个老太太想听什么，然后顺应迎合我。想必金枢纽的那一支更直接强硬。顺便问一句，你觉得这汤怎么样？”

岑低头看看贝壳。他快把它喝完了，说：“这汤没什么味道。”

她靠近他，小声说：“因为这个碗是用来洗手的，塔利斯。你应该把你的手指在里面洗洗，等着下一道菜上来。”

他的脸涨得通红，被自己的错误吓坏了，但她却微笑着。好像她喜欢上了他。“那么告诉我，”她说，“你在金枢纽做些什么？”

“我一直在学习，”他说，“艺术。”

“啊！那你看过我们的藏品了吗？”

“还没呢。但这是我此行的目的之一。”

“那我要亲自带你去参观。明天。”

晚上岑在床上躺下。努恩家族火车车轮的节奏为他助眠。这时诺娃的声音在他的脑海里轻声说：“那个，你让苏富拉夫人印象深刻。干得漂亮利落。”

“我让她想起她死去的弟弟。没别的。”

“但她活着的弟弟是星罗的大帝，”诺娃说，“而且她会亲自带你参观艺术藏品。这很有用。”

岑躺在黑暗中听着引擎的轰鸣，车轮前进的声音是那么平稳。努恩家族火车过了好几个凯门，他现在不清楚自己在哪个世界。他有点想起身去观景长廊看沿途的风景，但表演让人疲惫，他需要休息，他要保持饱满的精神应付明天。于是他继续躺在黑暗中，耳机轻轻压在头上。奇怪漫长的一天下来，独自躺着听诺娃熟悉的声音，他觉得很享受。他很欣慰车上有个可以坦诚相待的朋友。也许这就是雷文派她来的原因，他想，这能让他保持心智正常。

“你在哪儿？”他问。

“就在后面那块，在移动车库和行李间之间。”她说。她通过耳机给他发来图片：是她周围其他机器人的温顺的影子，都在半明半暗的光线中冷冷地站着。她说：“努恩家族的机器人没什么用，比终点站旅馆的还差劲。完全不聊天。他们只是执行指令，值勤完毕就自动关机。”

“那你在那儿孤零零的？”岑问道，有点同情她。

“我没事。我在听火车头聊天。野火和礼物时光。他们真是太棒了！那么古老，那么……它们互相开玩笑、唱歌、聊过去的事，还有它们见过的其他世界。它们应该不知道我在听。感觉真甜蜜。人们以为它们是双胞胎，但其实不是。它们是爱人，来自不同的引擎制造商，在星罗相遇。它们非常相爱……”

“机器怎么会相爱。”岑在想，但这问题问诺娃太尴尬。他说：“你应该庆幸不用和那些机器人说话。要是我还得再跟一大帮努恩家族的人临场发挥聊天，我就要出岔子了。肯定会碰到见过真的塔利斯的人，或者有人知道些我不知道的关于他的事……”

“你演得很好，”诺娃说，“我为你骄傲。真的。”

岑笑了。他知道她也在笑，在那堆休眠的机器人中间。这场聊天感觉很亲密，好像她就躺在他的身边。他突然觉得这想法很好。一些关于她的回忆涌起：她在德斯迪莫金绿色的光线下大笑，从伤心洋吹来的海风把头发吹拂在她的脸上。是的，要是她躺在身边就好了。他又遐想了一会，然后停下来，觉得有些羞臊。

“你还好吗？”

“我得睡觉了。”

“那晚安，岑·斯塔灵。”就在他摘耳机前，她说。

他顿了一下。“我叫塔利斯·努恩。”

“就试试你。”

“晚安，诺娃。”

“晚安。”

18

第二天早上他睡了个懒觉。这没什么。努恩家的人起得更晚。他沿着晃荡的走廊去早餐车厢的时候，好像只有特伦诺迪起来了。她独自坐在一个临窗的桌前。可能刚洗了澡或是游过泳，头发还是湿的，她屏幕面料做的礼服裙上有书法放出流金异彩，书写着他从没听过的诗歌。他感觉到她在看着他，观察他沿着自助餐台走去，拎起锅盖，她可能好奇塔利斯·努恩早餐会吃什么。

“早安，”他转过来面对着她时，她对他打招呼，“你要不要过来和我一起吃？”

“那科比会怎么想？”

“我跟谁共进早餐与科比无关。反正他也在睡觉。昨晚他喝多了。”

岑走到她的桌边坐下。窗外是一片黑白的风景，看不出一丝风，远处点缀着零星灯火。灯火来自像雪球一样的穹状建筑，每一个雪球里面都有个小城市。

“坐我们的火车开心吗？”特伦诺迪问。

“非常开心。”岑说。他意识到她已经完全忘记答应带他参观艺术藏品这回事。不过现在也没关系了。他问她：“昨天慢河瀑布怎么样？”

“很慢。就像个糖浆做的瀑布，但更无聊。”她吃了一口早餐，然后突然说，“我猜你想知道我怎么看科比？”

岑耸耸肩。

“他是个呆子。他叫我特伦宝贝。”她大笑，然后学着科比瓮声瓮气的声音，“特伦宝贝！特伦宝贝！”她摇摇头，蓝色刘海下的眼睛看着岑，“你一定在想我为什么要和他订婚。”

“这不关我的事。”岑说。

“当然关你的事。你也是努恩家族一员，不是吗？”

“那是。当然。”

“那么你就应该关心家族的未来。几千年之后家族所有工业世界的矿产都会被消耗完，而卫神们无法造出更多的凯门，开发新世界的唯一途径就是通过太空。科比的家族是太空世家，在桑德尔本的星系里开采小行星。和他们联姻是我们家族的幸事。于我也是幸事。我就会成为家族新的一支的源头，陈-图尔西-努恩氏。我们在参议院里将有自己的席位。”

“听起来不错。”岑说，虽然他觉得为这个原因嫁给科比还是不值。他一直以为有钱人就可以为所欲为，但特伦诺迪似乎某种程度上和他很像，要扮演一个角色才能获得她想要的东西。只有在她内心深处还残留着曾经那个会做白日梦的女孩，时不时幻想着放任家族事务不管，而与一个塔利斯表哥这样的风尘仆仆的火车浪子为伴，一起搭乘通往异国风情的支线火车。

他起身离开早餐车的时候，看见科比已经到了，正隔着早餐台怒视着他。他挥挥手，然后迅速从他面前避开，走向出口，去下一节车厢。半路上听见科比走向特伦诺迪餐桌时，大声嚷嚷：“那个金枢纽来的猴子在这里干什么，特伦宝贝？”

努恩家族藏品博物馆里的空气凉爽宁静。岑走进第一间大展厅时，墙体上亮起一块块光斑，颜色在光谱中缓慢游移变幻。苏富拉夫人正等着他。他对她鞠躬时，她的眼睛里闪着光，像是被逗乐了。

“那么，塔利斯，你对我们收藏的卡拉纳特作品怎么看？”

诺娃通过耳机轻声说：“昆塔·卡拉纳特，欧瑞恩王朝的光艺术家……”

“它们棒极了，”他说，闪眼看着那些光斑，重复着诺娃告诉他的话，“这些是早期作品吧？这个女人一定——”

“是个男人！”

“这个男人创作这些作品的时候一定还在硬光抽象派的影响之

下……”

苏富拉 · 努恩似乎很满意。岑觉得自己又通过一关。她说：“我一直都最喜欢他早期的作品。用色如此大胆。”

岑看着那些图片。他觉得最好说点什么，于是他说：“在克利瓦车站的卸货区，有些涂鸦画家穿梭在轨道间把他们的作品喷涂在火车上。我认为那才是大胆。”

“我忘了你的想法总是卓尔不群，塔利斯。”

“火车身穿最好的涂鸦，满怀骄傲，穿越凯门，所经之处涂鸦皆可见。有一个涂鸦艺术家叫弗莱克斯。火车头都喜欢她的作品。”

“弗莱克斯？这个名字很不寻常。”她又被他逗乐了，“下次到那一站，我一定要下车看看她的作品。”

岑在想，如果弗莱克斯有机会的话会给野火和礼物时光画上什么。他想：“会是常春藤和攀在墙上的玫瑰。那些装饰画会让老火车头看起来更加古老，给它们披上严实的苔藓和蕨类。但愿穿过凯门时不会把这些东西烧掉。”他笑了，想着弗莱克斯该会多爱这辆火车……

苏富拉夫人招手示意他走向下一间展厅，这里收藏着上百位死去多年的努恩家族成员的全息画像，此刻都看着他们。“你有什么特别想看的吗？”

“我想这里有些罐子——”

“瓷器。”诺娃轻声提醒。

“我是说瓷器。”

“哦，对，我的曾祖母，里希夫人，是个瓷器收藏爱好者。这里大部分展品都是她的。有从奇巴来的花瓶，还有一些叫‘韦德的异想天开’的动物雕像，据说是从古老地球来的。”

“有没有件藏品叫匹克西斯？”岑问。

苏富拉夫人挑起一边的眉毛皱了皱。“看来你听说过那个丑陋的老玩意？你远在金枢纽，接受的教育可真全面。”

他们左右迂回地穿过一个迷宫般的狭窄过道，两侧墙壁的架子上摆满了奇巴花瓶。最后来到家史馆，里面陈列着奖章和礼仪武器，以及一套战袍。全息图就像褪色的旗帜一般飘在空中，呈现历史场景·知名站点等。岑几乎没注意它们，因为房间一角有一束光从天花板上打下来，照亮一个低处的底座。底座上面就放着匹克西斯，看起来比雷文的图片里还要小，还要不起眼。

他的手下意识地伸过去。手指却碰到一个曲面。原来那束光其实是一个钻石罩。

“噢，我们不允许人碰它！”苏富拉夫人说，“这是家族的传家宝。”

岑想除了自己应该不会有其他人想碰这玩意。它看起来远不如其他藏品漂亮或值钱，甚至无聊得发指。

“这到底是什么？”他问。

“没人知道。”苏富拉夫人说，“名字的意思是‘盒子’，但它打不开；它是实心的。我猜想是某个被遗忘的年代的艺术品。我的曾祖母显然觉得它很重要：她留下严格的指令说这个盒子绝对不能离开这辆火车。也许这个盒子来自遥远古老的地球，就像‘韦德的异想天开’系列，不过‘异想天开’系列比这有意思多了——让我带你参观……”

她一只手放在岑瘦削的脊背后面，开始带着他走向下一个展厅。他转身离开匹克西斯时，瞥了一眼那些全息图像。他看见一个历史场景，仿佛从窗户里瞥见一个正值夏日的世界，那里旗帜飘扬，浓密树荫下的人们是几个世纪前的打扮，他们在一辆巨大的金色火车旁聚集，穿戴着制服和装饰着羽毛的帽子；一架架摄像无人机身上布满各种如今已被遗忘的媒体的标志。人群中活跃着一个奇怪的身影，看上去是人类，但可能是卫神的界面，也可能只是盛装的演员。岑一只手扶着观赏镜仔细看，那身影有着他熟悉的略带嘲讽的表情：这个人似曾相识。

一样的灰眼睛，一样的不易察觉的笑容。

雷文。

他看着图像左边的字幕。“马拉普新站台开放仪式，轨道纪年33－6－2702。”近三个世纪以前。

那就不可能是雷文，应该只是一个看起来像雷文的人……

但不只是一点像。是一模一样。岑放大那个图像。那张憔悴的脸上每一个细节都跟他记得的一模一样，那带着轻蔑的微笑也一样，他的眼睛对着太阳眯起来，好像阳光让他不舒服。

“那是我们家族的一个重要时刻，”苏富拉夫人转身看见岑正在看的内容，说，“看，这是里希夫人本人，站在史戈瑞的界面旁边。”

“这是场景重现吗？”他问。

“哦，不是。这里所有的全息投影都是直接的史料，当年的记录。看起来落成典礼这一天他们很愉快，不是吗？”

岑绞尽脑汁，他试着找其他解释，但眼前有个地方明显不合常理——雷文活了几个世纪，却丝毫没有衰老。

“谁——？”他开始说，但苏富拉夫人已经看到他盯着看的东西。

“那是兹拉维德·雷文。他是个奇怪角色。一个艺术家，一个工业主义者。我记得小时候在大中央的皇宫见过他。”

“但那时他应该已经很老了吧？”

“没有，他看起来跟全息图里一模一样。你想必也看出他不是个人类。哦，他的身体是人类的身体，但他不是，或者说比人类更强。”

“一个卫神？”

“比人类强，但比卫神弱。他的思想意志存在数据海里，但他可以把它下载下来，装在克隆身体里，就像卫神们以前那样。当然，卫神们会更换各种不同的克隆身体，但雷文一直保持外形不变。我猜这样更容易——就像只穿黑色。”

“后来他怎么了？”

“他被毁了，”苏富拉夫人说，“大约二十年前。他不知怎么冒犯了卫神们，它们就把他删除了。我的父亲安比特十四世是当时的大帝，卫神们让他派军队扫荡整个星罗，把雷文的克隆体全杀了。我觉得除掉他很好，他不论从哪个角度看都很糟糕。现在来这边，上面一层甲板有些家族画像，你肯定会感兴趣……”

他跟着她上了车厢尽头的台阶，但他对那些家族画像其实并没什么兴趣。那些“异想天开”系列、悬锤，还有四维装贴画，他统统没兴趣。可是他必须得一件件地品玩，装作兴味盎然的样子，把诺娃告诉他的那些听起来很高深的评论重复出来。但其实他脑子里想的全是雷文和匹克西斯。

19

努恩家族和他们的客人聚在火车前端，观赏一个叫做漫岛布劳特组合的乐团演奏会。乐团正在安装乐器和试音。试音的那节车厢里装的是玻璃地板。乘客低头就能看见脚下仿佛是空的，只有车轮、车轴，还有轨道模糊地闪过。这感觉令人不安。总有些乘客害怕踏上这节车厢。

岑假装也害怕玻璃地板。他现在没心情听音乐。他转身回到车的后半部分，穿过大堂，那里年长的努恩家族成员坐着看全息板；又走过嘈杂的自助餐厅，再经过一个娱乐车厢，那里正进行着一场吵吵嚷嚷的火车套圈比赛。最后他来到最大也是全车植被最集中的花园车厢。这里没有正经的花坛，布满苔藓的地面上，只有一条瓷砖铺就的小径，蜿蜒穿过摇曳的竹林。如果不注意外面转瞬即逝的工业世界，这个花园看起来就跟真的一样。

诺娃也去了那儿，正站在那里等他。

“碰头很危险，”她说，“我们应该通过耳机交流。”

“为什么？”他问，“你是我的机器人，不是吗？我想和你说话就可以和你说话。”他很生气，需要面对面的交流。她是这辆车上唯一他可以坦诚相待的人。

“你看到苏富拉夫人给我看的全息图了吧？”他说，“那是雷文，对吧？”

她避开他的眼神。点点头。

“苏富拉说他是个卫神……”

“他不是。不是严格意义上的。”

“……或是跟卫神差不多的，某种……”岑语无伦次地比划着，找不到合适的词来形容，“他活了几百年了。一堆克隆身体。而真正的雷文是某个在数据海里一直运行的程序……”

“卫神们试图摧毁他，”诺娃说，“它们删除了他的每一个备份，还让大帝派出暗杀部队杀死他的克隆身体，接着它们删除了关于他的每一项记录，就好像他从没存在过一样。”

难怪岑在本地数据筏上快速搜索雷文时一无所获。“但它们没有删除关于他的火车的记录，”他说，“史料网站上说，在斯皮拉特线反叛期间，轨道军派出武装火车去镇压支持叛乱的车站。思想狐狸在尤克太克把那一站的城市炸为灰烬，还派出无人机和维修机器蛛屠杀幸存者。甚至车上的工作人员试着阻止它时，它把这些工作人员也杀了。这就是为什么它后来被弃用——因为它疯了，它不在乎杀了谁。你知道这些吗？”

诺娃不想看他。她说：“思想狐狸尊重雷文。他能控制它。”

“很勉强！你记得在克利瓦，它是怎么无缘无故对虫叔开枪的？如果连他的火车都是个战犯，那他是什么？”

诺娃总是能让他吃惊。这一次她又让他没想到：她的大眼睛躲避着他的愤怒，像人类一样。“你不要追问雷文的事，”她说，“不要打听他——”

“为什么你对他这么忠诚？我猜是他把你设定成这么忠诚吧？”

“恐怕是，”她说，“我很担心要是你让他失望了，他会对你做什么。他需要匹克西斯。你必须帮他拿到。这是你现在唯一要操心的事。”

微弱的音乐声通过不知何处的扬声器从装着玻璃地板的车厢里传来：缓慢的乐声断断续续，时强时弱，混合着急促的小鼓、古筝，还有柔和的钵声。火车头们跟着音乐唱歌。岑想，要是能在花园车厢里和一个真的女孩，比如特伦诺迪，单独待着该多好，比跟一个机器人讨论一个不可能的盗窃任务强多了。

他说：“我原以为匹克西斯只是放在架子上，但它被罩在一个钻石幕罩下面。我得把那个罩子砸碎才能拿出来！”

“没错，”诺娃说，“我们计划好了。雷文准备好了对策。”

“好吧。告诉我雷文的计划。”

她语气平平地说着，像是在照本宣科，就好像她只是个机器，重复着自己不理解的消息。“在到达桑德尔本之前，火车必经过斯平德尔桥。斯平德尔桥是个建在两个凯门之间的太空站，在——”

“我知道斯平德尔桥是什么。”

“火车到那儿时，你去展厅，我会上传一个强大的病毒到火车的系统里。这个病毒将使所有警报、门锁，整个系统瘫痪。你拿着匹克西斯离开火车。斯平德尔桥在桑德尔本的行星轨道上。那里有太空飞行器——也就是飞船——存放在斯平德尔桥的机库里。我们开一艘，飞到地表和雷文碰头。”

岑只看着她，说：“这就是雷文的计划？”

“是的。”

“他却认为不该提前告诉我？”

“他告诉了我，我现在告诉你了。他说在你到了展厅之前不要讨论。他不希望你担心。他说不想让你分心，好让你专注扮演你的角色。”

“他觉得那会让我担心，是吗？他觉得我偷艘飞船会有点紧张？”

“对不起，岑……”

“你会开飞船吗？”

“它们几乎是自动的。”

“他让你用的病毒，”他说，“是不是就像他在克利瓦攻击马立克的火车时用的那个？”

她很不情愿地低声承认：“病毒叫火车杀手。”

岑想象病毒就藏身于她那担忧的双眼之后，一连串危险的代码蛰伏在她的脑中就像冬眠的蛇。他摇摇头。“不行。我们不能这样。不能这样对野火和礼物时光……”

“我也不想这样，”诺娃说，“但雷文……”

“但雷文不在这儿！”岑大喊，“是我在做这件事，我说我们要找到别的办法！”

他以前从没偷过熟人。他偷过的那些安贝赛的店主都是陌生人，他们比他富有，所以他劫富济贫从未感到过愧疚。当然努恩家族也远比他富有——比安贝赛所有店主加起来都更富有。要是几天前他还会觉得偷他们心安理得。但他喜欢苏富拉夫人。他喜欢特伦诺迪。他喜欢这辆漂亮的火车，这对老火车头。他不想让它们受任何不必要的伤害。

这是他这辈子最重要的一桩差事。就在这期间，他有些意识似乎觉醒了。

他说：“我们为什么不能只破坏藏品区的安保系统？”

“安保程序由来已久，它们很昂贵也很可靠。要是我把它们除了，野火和礼物时光会发现的。”

“那就想办法让它们别发现。”

“可是——”

岑伸出手紧紧搂住她。“听着，下面是新计划。我们等着火车穿过从斯平德尔桥到桑德尔本之间的最后一道凯门。然后你打开通向藏品馆的门，静悄悄地挂掉那边的安保系统，无论如何不要伤害火车或其他人。我会拿上匹克西斯，一到站就下车。有希望在努恩家族发现失窃之前，我们已经回到思想狐狸上了。”

“这个计划很简单。”诺娃说。

“简单的就是好的。不用飞船，不用火车杀手，只要拿了东西走人。”

“雷文一定也想过。他肯定有他的原因，才决定在斯平德尔桥而不是……”

“雷文不在这儿。”岑重复道。

“可能他知道我没法解除火车的安保系统……”

“你有办法，”岑说，“我们要在然加拉停靠三天，然后才去斯平德尔桥和桑德尔本。这样你有三天时间想办法让我进藏品馆。我知道你能行。你比任何安保系统都强，你能找到办法骗过它们。”

她笑纳了这些恭维，说：“我试试。”

“好。谢谢你。”

她的脸突然又变得平淡，变回一个有教养的机器人的脸。有人在喊塔利斯的名字。岑转身看见科比走进车厢。他身后的两节车厢之间的前厅里，特伦诺迪站在那向他挥手。她穿着打猎的衣服——一身迷彩闪光套装和猫跟战靴。

科比微笑着，但他的眼睛怀疑地从岑瞟到诺娃。

“你对这个线偶很友好嘛，”他说，“难道在金枢纽没有真的女孩？”

岑感觉到脸上发烫。在克利瓦，要是有人暗示你喜欢机器人，你就揍他们。哪怕你不会打架，对方还比你强壮，也不能认㞞。这事关荣誉。但他要是把科比的鼻子打歪，麻烦可就大了，于是他就站在原地脸红。

“我开玩笑的，塔利斯！”科比说。他拍拍岑的肩膀，下手有点重，显得不那么友好，“我们去打猎，一起来吗？还是你也害怕打猎？我听说你的胃不太适应玻璃地板……”

“打猎？”

“在狩猎保护区里。”科比指向玻璃墙外。岑都没注意到在他和诺娃说话的工夫，努恩家族火车又穿过一道凯门。郁郁葱葱的树木飞驰而过，时高时低，不时现出后面重叠的茂密山林。

“我们即将到达然加拉站。”野火温柔的声音响起，也可能是礼物时光的声音。

科比说：“特伦诺迪说你带枪来了。”

岑转身对诺娃打了个响指，好像她是个面包机之类的需要启动。他说：“去把我的飞鬼蝠枪从行李里取来，诺娃。”

科比看着她离开车厢。“这个线偶有点不对劲。她脸上的点点是什么？”

“那是雀斑。”

“我也这么想。你得把她格式化再重启一下。我觉得你太喜欢她了。”

“她是祖上传下来的，”岑说，“枪也是。我的祖父用它打礁石上的飞鬼蝠。”

他指望这会听起来很厉害，但科比说：“我们今天不打飞鬼蝠。然加拉狩猎保护区里满是巨型动物遗产。努恩家族的遗传学家复制出各种古老地球的小动物。这是星罗最好的物种最全的狩猎点。”

科比去找特伦诺迪。岑先跟着他，接着看见诺娃带着装了飞鬼蝠枪的长盒子走回车厢。他等着她，“我可没有时间去打猎。”他嘟囔着从她手上接过枪。

“不会有事的。”她跟他保证。

岑不想离开她，但他也不想再给科比任何开他和诺娃玩笑的理由，于是他只是点点头，跟上其他人。火车减速了。轨道旁边，球根状的生物建筑生长出来。然加拉站到了。

20

努恩家的人都爱森林。他们的大本营在桑德尔本，这个名字在某种古老的语言里意思就是“美丽的森林”。但桑德尔本人口有几十亿，所以这个世界实际上大部分是城市和农场。然加拉则是个娱乐星球，城镇很少，星球表面要么是海洋，要么是林海。

努恩家族火车出站后又在一条侧线上行驶了很久才停下，乘客们下车活动活动，呼吸一下温暖的空气，见见当地的代表。至于前来围观的激动的火车迷们，保安把他们挡在合理距离之外，皇家火车的乘客们对他们视而不见。机器人侍者从火车后端下车，带着野餐桌、盖着锅盖的美味佳肴，还有一堆闪闪发光的餐具。遮阳篷撑起来。有的车厢打开顶篷现出天行车，等候想从天空鸟瞰然加拉的乘客。还有一节车厢向轨道边伸出一个舷梯，舷梯下面开出一辆银色磁悬浮车。它乖乖地停在科比面前，然后科比带着特伦诺迪和岑下了皇家火车。他们叠身坐进去，磁悬浮车就载着他们出发了，穿过这一站的城市和郊区，飞入丛林中。

起初路还很宽，路的标识很明显，两边一簇簇智能狩猎屋像水果一样挂在树顶上。接下来路就到头了。岑隐隐有些不安。他是个城市里长大的男孩；从没到过这样的地方。车在埋在地下的磁悬浮轨道上空又滑行了几公里。之后就只有步行的小径了。

车自动停好，几只小猎犬无人机从车上分离出来，来到科比身边。科比挎上包和细长轻便的枪，无人机叮叮作响。特伦诺迪从行李柜中也拿出一把类似的武器，然后闭了会儿眼睛，把步枪的瞄准器和她的耳机同步。岑往他的飞鬼蝠枪里塞了一挂子弹，心里埋怨着这来自特里斯苔丝的狩猎装备也太复古了。特伦诺迪和科比的枪能接收各种信息，从弹药存量到风速，应有尽有。而他的只会掉木屑。

他们出发了。空气很温暖，树梢上飘着薄雾。岑从没见过这么多、这么大的树。树根之间的土地很松软，上面铺着一层厚厚的苔藓和落叶。巨大的绿叶树冠在头上展开。岑透过树冠细看，想找太阳或月亮，却只看见一些掠过的飞影。他以为是飞行器的影子。这时科比抬枪射下一个。岑这才明白是猎物。科比的猎物从树枝间坠落，它的猎犬无人机冲过去取回猎物。是一只满嘴牙带羽毛的飞蜥蜴。

“始祖鸟。”诺娃在岑的耳朵里轻声说，她一直通过岑的耳机跟踪情况。

“始祖鸟。”岑说，好像他早就知道一样。

“特别定制的，”特伦诺迪说，“它们不会离开保护区边界，是我们的遗传学家设计的。”

设计出这种特别的鸟就是为了让科比能打穿它们的身体，岑觉得实在是吃饱了撑的，但他没这么说。“你们在这儿还猎什么？”和他们一起往前走的时候他问道。

“古老的地球生物，”特伦诺迪说，“有些经典的，比如鹿啊，熊啊。”

岑点点头，装作知道她在说什么，其实这些名字让他一头雾水。在他知道的那些世界里，没有人会闲到豢养古老地球生物。

“这一片应该有巨型动物，”科比说，“你想在你的墙上挂一对它们的角吗，特伦宝贝？”

“不要。”特伦诺迪说。

他好像觉得她的回答很好玩，顾自笑起来。

“这些巨型动物，”岑说，“我猜它们也是设计成只能待在保护区的？”

“噢，卫神啊，是的！”特伦诺迪说，“然加拉的居民可不想这些怪兽跑到车站去踩踏……”

“那它们也被设计得不会攻击人类吧？”他满怀希望地问，“它们就是乖乖地站在那儿等着我们射杀，不是吗？”

特伦诺迪格格地笑。“你真幽默，塔利斯！要是没有危险，那就不是运动！”

“就问一下。”岑说。

“不过别担心。我们不会追捕巨型动物的。它们很贵；只有家族头领才狩猎它们，而且要等到特殊场合。科比刚才是想跟你逞强。”

这会他们往山下走，坡下有条河。瀑布的轰鸣声从树林那边传来，这声音对从克利瓦来的男孩来说是那么熟悉。岑故意落在人群后面，这样别人听不见他通过耳机说话。

“诺娃，你能看见我在哪儿吗？”

“算是吧。我在通过气候卫星看你。”

“附近有动物吗？大型动物？”

“树太多了，看不清。”

岑明白她的意思。他讨厌树木。他更喜欢被建筑包围，走在人行道上。树林让他觉得瘆得慌。满眼看去全是树：大树，小树，有的树叶像叠扇，有的树叶像瓦楞，还有弯弯扭扭、疙疙瘩瘩的树干。他耳朵里只能听到河的流水声和看不见的野兽在树丛里发出沙沙声。

“塔利斯？”科比在喊他，一边向下指。他们正在走的路分叉了。“我们快到河边了。这附近有个人行桥。你能从这边找吗？我们从那边找。”

“你的无人机搞不定？”岑问，看着环绕他的那堆机器。

“那是作弊。”

岑走上小路。这是条绿色的林荫道，两边大树根部的突起，就像火箭船的鳍。布满苔藓的藤蔓密密麻麻，像层帘子从树枝上垂下，刷着他的脸。两边树荫下都垂着淡色的大花，释放出浓郁的香气，引来成群的蜜蜂。这些小黑蜂，每只后背上都有努恩家族微笑太阳的标志。

小路延伸进一片笼罩着薄雾的空地，阳光斜洒进来，河水奔流的声音近在咫尺。空气中有一股浓重的麝香味。

“你能看到桥吗？”他对着耳机问。

“你周围看不到。”诺娃回答。然后她接着说：“噢，岑，当心——我觉得——”

他刚转身，什么东西猛击了他头的左侧，撞得他一个趔趄。岑大骂着滚下了山谷。科比跟上来，像拎只蝙蝠一样把枪从枪口拎着。

“你以为你登上皇家火车，就能挥挥衣袖，带走我的女孩，火车浪子？”科比说。他满脸通红，气喘吁吁，眼睛冒火。

岑没理会。他跪在苔藓上，把早餐全吐了出来。一旦吐出来，努恩家族火车上的昂贵早餐看起来和普通早餐也没什么区别了。科比绕着他走。岑不知道他为什么不开枪，可能那些花哨的猎枪设计了安全锁，不会对人类开火。岑想：“不管怎么样，他这招够聪明，不用喂我子弹。他只是想砸烂我的脑袋，然后扔下我喂野兽。”

“我想你大概觉得苏富拉姑妈也对你印象深刻？”科比一边说，一边绕着岑一圈一圈地走，想让他紧张，然后找机会再揍他一下。“你以为她会给你安排工作，然后再安排一桩好婚事？是不是？”

岑摇摇头，马上就后悔了。他的耳机掉到地上了。他捡起来戴上。耳机没摔坏。诺娃的声音在他的头骨里夹着杂音振动。他捕捉到几个词，“……二十米……”

他仰头一看，正好一头野兽从科比身后的树丛里冲出来。

他完全不认识这动物。“巨型动物”，科比和特伦诺迪是这么叫它的，但这个词是保护区里所有大型动物的统称。这是什么物种，是来自古老地球还是某些遗传学设计师的想象力虚构的，他就不知道了。野兽非常大，他几乎只记得这点：非常大，热乎乎的，背上有好些甲壳圆盘，圆盘之间是姜色的皮毛，根根直竖。它从树丛里冲出来时低着头，只见头顶不见脸。头顶上有许多巨大的角，像个笨拙的王冠。

一只角顶上了科比，他想转身瞄准时已经太晚了。野兽头一抖就把他甩到空地的另一边，接着又一抖，打烂了冲过来想把野兽引开的无人机。无人机在地上火花四溅地翻滚。野兽被它分了一会神，然后上去把它踩得扁扁的。野兽低下头，嗅嗅残骸，然后往上看，直盯着岑。野兽有张角质的硬嘴，小而红的眼睛里满是愤怒，岑擅入领地激怒了它。岑觉得这跟科比有点像。

他没怎么见过大型动物。在克利瓦他经常见到的只有老鼠。他呆坐着，头痛欲裂。眼前这个暴怒的庞然大物让他目瞪口呆。如果它对他冲过来，他就死定了，甚至晕得都不会感觉到痛苦。但这时被扔到远处空地边缘的科比发出一声惨叫。野兽哼哼着又把大脑袋甩向科比。

科比像个被打坏的线偶一样在地上拖着自己的身体，残余的猎犬无人机还在他上空飘着，发出尖锐的求救呼叫。野兽移动时，看不见的肌肉紧绷得像锚绳。这时野兽瞄准科比，冲过去。它的呼吸在阳光里蒸腾。三指蹄下落叶飞起。

岑在山坡的侧面乱摸，抓到了他被科比袭击时丢掉的枪。他机械地瞄准，开火，肩膀上被后坐力猛地一顶，吃了一惊。骨头碎片从野兽的角里飞溅出来，但野兽不在乎。不过这让它把注意力从科比身上移开了。它愤怒的小眼睛又盯上了岑，这时诺娃设置了他的耳机，他视野中出现了十字准线。他再次举枪，十字准线对准野兽的前额中心。后坐力又击中了他。野兽怒吼着。它的角质大脸盘上出现了个洞。野兽甩头嚎叫，鲜血在阳光下如柱般喷涌。

岑再次开火。野兽膝盖软了，接着慢慢倒下来，像栋被拆毁的房子。它颤抖了一会，放了个巨大的屁，最后死了。特伦诺迪上好枪冲下空地。科比大哭咒骂不止。岑站着瑟瑟发抖。努恩家族的无人机和飞行器都赶来了，搅动的空气中，阳光摇曳起舞。

21

岑一直想不通为什么有钱人要打猎。好像这就是他们残忍天性的一部分。他们很享受支配别人的命运，享受伤害动物，就像在安贝赛集市虐待流浪狗的顽童。那天，天行车把他带回凯奔车站，他几乎都没看身边的风景。脑海里全是那只热乎乎的巨兽爬行的样子。那只野兽那么大，那么漂亮，他却杀了它。古老地球上的森林里，最早的那批猎人遭遇猛兽与之搏斗然后打败猛兽，那是什么感觉，他有些理解了。车外后退的树顶上似乎亮起银色的光，他隐约听到周围有微弱的声音：家族的医生风风火火地赶来急救，特伦诺迪在跟所有人讲述他刚才有多勇敢。

在努恩家族火车上，皇家医生给他全面检查，治疗轻度脑震荡，缝合耳朵后面的伤口。他们给他一些药缓解头痛。他们都认定他的伤是野兽干的，他也懒得纠正。他们说科比被抢救过来了。大帝本人也到了，和岑握了手，感谢他救了那个年轻人一命。

岑嘟囔了一声回应。银色的光褪去了。他想爬到床上睡上一千年。

他确实睡了一会。又过了一会，他在紫丁香色的夜光下沿着轨道走走，看着机器人收起遮阳篷和餐桌。特伦诺迪过来找他。

“你还好吗？”她问。

岑耸耸肩。之前更好。眼前长长的影子，升起的薄雾，加上医生开的药，让一切像是梦一场。

“大家都在谈论你，”她说，“大帝非常感激你。所有人都很感激。家族也知道了科比有多愚蠢。格塔叔叔手下的安保人员读取了一只猎犬无人机上的记录。我猜科比想过把它删除。我猜你也有自己的记录。你的耳机……”

岑的耳机已经摘下了。他头上有伤，戴耳机太疼。他说：“我不记得了。”

“这个记录一旦公开……”特伦诺迪说，“你能想象会是多大的丑闻吗？科比的家族是帝国的重要盟友。我们的敌人一定会利用这次事件攻击我们。他们会说：‘看看吧，这些被惯坏的年轻人什么德性。’‘要是大帝把亲生女儿许配给这样凶残的蠢货，星罗在他手上怎么可能安全？’”

看来这就是她来看他的目的，岑想。他能想象她的父亲、叔叔或是苏富拉夫人料定岑更容易听她的话，所以叮嘱她来向他提要求。

“我不想要丑闻。”他说。

“你当然不能！”她好像觉得能吃定他，“我们都是努恩家的人。这种事要私下处理。科比会被严惩，这点你放心。其他都不谈，你杀死的那只野兽是保护区里最好的活标本之一，陈-图尔西家族要为此赔偿。而且也别指望我会嫁给他了。再也不可能。家族得重新为我筹划门当户对的婚事……”

尘埃深处，白色的花在轨道边绽开。花香混合着火车那带着矿物味道的温热气息。

“我听到苏富拉姑妈跟我父亲谈起你，”特伦诺迪说，语气变得非常温柔，神情羞涩，“她说你这样的优秀青年正是皇家议会需要的人才。她说也许是我们加强和金枢纽那一支联系的时候了。”

岑想知道塔利斯·努恩面对这样的机会会是什么反应。他真希望这是自己的生活。有一瞬间他觉得可以成真。他忘了雷文，忘了要偷匹克西斯。他想留在努恩家族中。他想留在特伦诺迪身边。他将依靠在街头生活的经历在议会扬名立万……

但迟早雷文会找上他。

天几乎全黑了。最后几个机器人收起剩下的几个带灯的遮阳篷。礼物时光抑或是野火的洪亮声音说：“请所有乘客回到车上。我们很快就要前往斯平德尔桥和桑德尔本。”

“什么？”岑说。他以为自己听错了。“我们不是还要在这里再待两天吗……”

特伦诺迪摇摇头。“计划有变。父皇决定了，既然和陈-图尔西家族的联盟还是很重要，发生了这么多事，再待在这里对他们家不太尊重。科比就是这样：哪怕躺在医院里不省人事，也能把大家搅得一团乱。我们用家族火车送他回家。再过三小时他就到桑德尔本了。”

岑盯着她。药物带来的模糊的幸福感消失了。

特伦诺迪笑了。“别担心，我们下次可以再回然加拉的。”

岑点点头，挤出一个微笑。“但愿。”

她回到火车上，去参加某节花园车厢里的聚会。岑赶回自己的房间，不顾伤痛戴好耳机。他得跟诺娃谈谈。

22

他躺在黑暗中小声说话，耳机捕捉他的声音再传递给飞驰的火车下层的诺娃。

“你能让我进藏品馆吗？”

“还不行。”

“还要多久？”

“我正在搞。我想……快了。”

“再过三小时我们就到桑德尔本了。”

此刻他们在拿盖那。岑感觉到火车从车站通过时速度降下来，好让火车迷和挥舞着旗帜的小孩子们好好欣赏它。现在它又提起速度，驶向下一个凯门，之后就是斯平德尔桥。

“穿过斯平德尔桥要 1.47 小时，”诺娃说，“一过第二道凯门，我们离桑德尔本车站还有大约三十分钟的路程。三十分钟够不够你偷匹克西斯？”

“如果你能搞定那节车厢的安保系统，三十秒就够了。”岑说。

一个火车头通过广播说：“我们正在靠近斯平德尔桥。斯平德尔桥是个零重力环境。请确保所有物品都安全放好。”

岑希望自己能兴奋起来。游览斯平德尔桥是他一直以来的梦想。这是所有火车浪子的梦想。每个人都想一睹这个地方的风采。估计楼下车厢里人们都挤在窗口往外看。机器人一定正在上下忙碌，把小孩子的玩具安全放好，收拾起盘子和酒杯。他犹豫着是不是应该加入他们。

他套房的门铃响了。他从床上弹起来，拿起飞鬼蝠枪，就在同一时刻，火车砰地进入凯门，重力消失了。

“谁在外面？”他喊道，手里握着枪，在天花板上笨拙地移动。

没有回应。门铃又轻轻响了一声。

门边墙上有一个本来可能是用来挂外套的夹子，他把枪扣上去。然后解了锁打开门，他发现苏富拉夫人等在外面的走廊上。她一定穿了磁力鞋，所以即使没有重力仍站在地板上，而不是像他一样飘着。但她的头发轻飘飘地飞在头上，像白蛇做的光环。

“塔利斯？”她说，“我们得谈谈……可能有点麻烦……”

“科比还好吗？”

“哦，不是关于他的麻烦。我们到斯平德尔桥了。”

“我知道。”岑说。

星罗里有各种千奇百怪的车站，数斯平德尔桥最奇怪。在桑德尔本行星上方，两个凯门裸露着悬挂在桑德尔本行星的卫星轨道上。没人知道为什么卫神们把这两个凯门选在这么不方便的节点，卫神们也没有放任人们追问。一个凯门通向几百公里下方的桑德尔本；另一个凯门通向然加拉，以及所有银河线上的车站。努恩家族为了把桑德尔本和家族其他产业连接起来，在两道门之间建了一座桥：其实是用瓷砖和钻石幕墙做成的一段四百公里的管道，悬挂在太空中，两端各连接着一个凯门。桥周围分布着许多建筑：是努恩家族的工厂，用于生产只能在失重条件下操作的产品。

努恩家族火车正在穿越这个管道。在苏富拉夫人的背后，岑看到外面许多桥墩和支柱一闪而过，桑德尔本行星正隔着管道的钻石幕墙板对他闪耀，一团团旋涡云飘在咖啡色的山上就像卡布奇诺上的泡沫。

看起来苏富拉夫人不像是为了让他欣赏这不可错失的风景而来。

“有什么事？”他问。

“我喜欢你，塔利斯，”她说，“我从一开始就喜欢你，比你救科比早得多。我们一见面我就觉得你是我们议会里需要的那种年轻人。于是我让野火和礼物时光在数据海里找一些关于你的细节，以确认你是否真的合适，可是——搜索结果相当诡异。”

岑有种可怕的感觉，恶心，胃里翻搅，他知道这和失重无关。好像他从悬崖坠落，又好像被一头巨型动物坐在身上。

“家族通讯里有份报告说你在卡拉维娜被人抢了。你不得不向当地的家族使馆申请了资助，好回到金枢纽的家。奇怪的是，这事好像就发生在昨天……”

岑一时没反应过来。接着他想到了，是那个女孩。雷文雇佣的那个女孩，雷文还让她把塔利斯留在蒸汽湖！她一定顺手偷了塔利斯的钱包或其他东西，而她无意中扯出的这条线索，却可能让雷文的计划全盘皆输。

“所以要么卡拉维娜的那个塔利斯·努恩是个伪装者，”苏富拉夫人说，“要么……这个嘛，我相信这一定是个错误，但我还是必须跟我的弟弟格塔提一下。他正带着安保队过来，他会问你些问题，把事情澄清一下……”

她等着他抗议，告诉她确实是个错误。可他没有，她的表情凝重起来。“塔利斯，如果你有事要告诉我，现在就应该说……”

岑没有回答。

“那么这是真的？”她说，有一刻他觉得，不管他们对他做什么，被抓到最糟的后果就是让她失望了。

“为什么？”她问。

他不知道是不是该坦白一切。这样也许她还会念及他救了科比，而且他也没有偷匹克西斯，还警告了她关于雷文的事。也许她能保护他，不受她家族以及雷文的伤害。

“岑！”诺娃突然在他脑中紧急地说，“安保队正向你的车厢赶来……”

岑已经能听到他们了：人的声音从下层甲板传来。还有嗡嗡嗡的声音，像只巨大的蜜蜂。苏富拉夫人从门口退后，回头看着失重的格塔·努恩笨拙地上楼来，后面跟着两位家族海军军官，一架笨重的大型无人机在他们头上盘旋。

岑把房门一摔。上了锁。抓起枪，一个筋斗穿过房间弹向窗户。但窗户打不开，也撞不破。

“天花板上，”诺娃说，一边把她的意志输入努恩家族火车的系统，调出结构图，“有个出口……”

“我找不到。”岑说。门口嘈杂起来：拳头砸在门上，还有人大声威胁他。他发疯一样地在套间房顶那光滑的活木天花板上边爬边找。诺娃潜入火车系统，一个完美隐蔽的通道滑开了。

“我被它们发现了，”她说，“野火和礼物时光。它们要把我锁在它们的系统外面……”

她的声音停下来。他有一会儿还以为和她的连接被掐断了，但她只是停下来在思考。她的声音再次响起的时候，听起来似乎更铁石心肠了些。

“岑，”她告诉他，“我正在上传雷文的火车杀手。只有这一个办法……”

他正在费力把自己拽进套房天花板上低矮狭窄的通道里，不确定自己是不是听真切了。通道里很窄，只够他匍匐通过。他想，这大概本来是为维护机器蛛留的通道——正想着，他就看见迎面过来一只。

同时他听见下面的房门被砰的一声踢开，接着又是砰砰砰砰四声更大的响声，是格塔·努恩一伙或是他们的无人机正隔着天花板对他扫射。这个矮通道的下方在他周围密密麻麻出现好些洞，细亮的灯光从洞里射进来，像一把秸秆。

“我穿过火车的防火墙了，”诺娃在他耳中说，“我正在——”

灯光消失了。机器蛛前额的红灯也灭了，岑眼睁睁看着它在仅剩的微光里爆炸分解。警笛大作，在这么小的空间里响得难以忍受。他捂起耳朵，但没什么用。

努恩家族火车在抖动。一种他从没有过的奇怪感觉涌上心头。警笛之上还有可怕的声音响起。不同方向的加速度揪扯着他，先把他压在通道顶上，又把他甩向死去的机器蛛。

如果机器蛛死了，是不是意味着火车也死了？

诺娃的声音在他的脑中故作镇定地说：“塔利斯，去车厢后面。那里有个舱门通向火车顶。别忘记你现在失重……”

“出什么事了？”他问，把飞鬼蝠枪绕在肩上，在黑暗中蠕动向前。现在他看到舱门了，一定是她为他开好的，光线泻进来。

“坏事。”她说。

他到了舱门，仰面朝天挣扎了一会才从火车顶上挣出来。

她说得没错。

晚些时候，等他看到所有新闻推送滚动播出的录像，他才会明白野火在失去重量和意义之前是怎么因为雷文的火车杀手而自爆脱轨的，它死时如何拖翻了礼物时光，还有身后那些宽敞的车厢一齐脱轨，任剩下的其他车厢脱节后自生自灭。

而此刻他只看见一节节车厢在他身下呼啸而过，火车断了，连接处随机松开。那么多车厢，有的单节，有的两三节一组地滑行。有的在刹车，有的继续全速前进，一头撞进前面慢一点的车厢。大多数还在轨道上，有几节冲向空中。一扇扇门开了又关，里面的乘客被扔出来。有参加聚会的乘客、穿着睡衣的小孩，全都被这突如其来的火车洪流吓得发抖尖叫。更远处，车尾装行李的那些货车厢中间，有一节带附加动力的车像炸弹一样射出去。所有这些声音之上，那个高亢的尖锐笛声还在继续，颤抖着，像变了质的火车歌声。岑还没从车里摸出来之前，还以为那是两个火车头死前的哀嚎。后来才猜出了真相。野火死了，但礼物时光还活着。那可怕的吼叫是它的悲恸欲绝的挽歌。

诺娃在他脑中说："哦，岑！情况比我想的糟——我本来只想……"

有东西从他抓着的顶上脱离出来。是格塔的无人机，它的螺旋桨在充满碎片的空气中呼呼生风。它先用枪打穿车顶，然后从洞里呼啸着钻出来。这是个人们称为甲壳虫的那种老式无人机。岑在然加拉见到过几只这样的，当时它们正在努恩家族野餐地扫描巡逻。岑那时还觉得这些老式机器像皇家随从的仪仗礼服一样荒谬。现在面对这只无人机，看着它黑洞洞的枪口，他没那么不屑了。

所幸无人机似乎失去控制了。也许火车杀手也感染了它。它摇摇摆摆，试着把枪对准岑。这时一节餐车从空中横切而来，像个球拍要把岑当球击打，又像挡风玻璃要撞上虫子般的岑。白色的餐具从餐车里纷纷飞出，像母舰里射出的舰队。岑躲开了。餐车从他头上擦过，撞上那架甲壳虫无人机，把它甩到一边。无人机的一套螺旋桨坏了，另一套呜呜作响，冒着黑烟，脱落了。餐车最后撞上了岑正抓着的车厢的前头。岑被甩飞出去，像个蹩脚的杂技演员在空中手舞足蹈，抓住下一节车厢顶，紧紧攀住，回头眼睁睁看着刚才那节车厢被餐车挤成皱巴巴一叠。

这一定会让格塔和苏富拉夫人有其他想法，他想，然后他满怀愧疚地想是不是应该回去看看他们怎么样了，需不需要帮忙。但他也不知道能怎么帮他们，也不知道为什么格塔一伙不接着对他开火。于是他开始在火车上面移动，抓住车厢顶部的杆头和通风口，躲过像子弹一样嗖嗖飞驰而过的各种碎片。终于他来到一个大档口，看见十几节车厢从火车脱落，远处博物馆所在的车厢还在轨道上，前后还都和邻近车厢连接着，在斯平德尔桥上叮叮当当地穿过。

诺娃的声音再次响起。“岑，我们接下来的计划是这样：去博物馆，拿上匹克西斯，然后离开火车。 离开火车时……”

“我不干了！”他手舞足蹈比划着激动大喊，这时博物馆前面的车厢拦腰刮擦过他，一瞬间他完全窒息了。火车水族馆里的鱼都飞了出来，每只都穿着自己的银色水袋。

一个损毁的机器人的上半身在他面前翻滚而过，合成的血肉一片模糊，瓷骨裸露在外，洒出一团团蓝色胶状物。机器人跟岑说："今天的晚餐可能会晚点，先生……"

岑紧紧抠住车顶边缘的雕刻。这时无数行李又像暴风雨一般刮来。一只不知谁丢的红鞋飞来，从侧面击中他的脑袋。一个棉布包扑向他的脸。他把包从脸上扯开，但抓住没放手。他把包绕在脖子上，他开始沿着车厢爬。一切都在减速；车厢都在全力刹车，车轮下迸射出长长的火花。一定是诺娃又做了什么手脚，他想。

"你在哪？"他问。

"别担心我，"她说，"我会找到你的。我们回到雷文的计划，找个飞船，离开这里。"

岑往下看，想确认甲壳虫没再尾随他，却看见一个花园车厢从天而降，猛撞上一个球形工厂，从工厂一侧直穿过来，接着车厢和工厂都像霰弹一般喷散开。沿着斯平德尔桥，灯一个片区接着一个片区全都熄灭了，仿佛雷文的火车杀手搭载着礼物时光的哀嚎扩散开，把斯平德尔桥的系统也感染了病毒。

他在黑暗中沿着车厢外面摸索，门全散了，任他进出。走廊是空的。他沿走廊拽着走，车厢连接处像手风琴一样时张时缩地震颤着。他又通过另一道开着的门，来到藏品所在的车厢。里面小警报器发出尖锐的声音，但礼物时光还在悲泣，声音更大，他想应该没人注意他。车厢里的灯是灭的，但昆塔·卡拉纳特的全息光绘画在他穿过第一段展区时亮起来。岑一路用飞鬼蝠枪左击右挡迎面掷来的花瓶和雕塑。他看见车厢更深处古老的全息图发出的光，像灯塔一样指引他通向保存匹克西斯的房间。

在失重环境下移动很不容易，他要在空气中游泳，把画框当做落手落脚的着力点，像攀岩一样沿着墙爬。他救下的那个包不停飞起扇他的脸；飞鬼蝠枪也一直在破坏他的平衡。他的鼻子塞住了，头疼得厉害，嘴里一股咸咸的金属味道。他踢开内室的门，游过那些悬挂着的全息图，最后扑到放着匹克西斯的那个角落。它还在它的底座上。

岑挥枪砸钻石罩，但枪被弹回来了。他把枪转过来扣动扳机，后坐力把他往后震飞，摔到车厢墙壁上。

钻石罩还在，但被击中的部分看起来有些磨损。他瞄准那个地方，一次又一次地开火。努恩家族收藏馆里充满了如雷的枪声。有外面更大的动静掩护，但愿没人发现。

到了第十五还是第十六枪，钻石罩终于挺不住了。碎片没有落下，只是缓慢四处散开。岑游过这些碎片，来到匹克西斯边上。他不知道这盒子是怎么固定在底座上的；很容易就拿下来了。他以最快的速度把它装进包里，再拼命地穿过失重的车厢回到出口。

这节车厢现在几乎不动了，只是随着后面那些车厢的互相撞击而不时向前跄一下。唯一的光来自铁轨远处开始燃起的火。悬在空中的残骸形成一大片云，隔着跳跃的红色火光，在火车周围投下长长的影子。

有一刻他非常绝望。他怎么才能在这一锅粥的碎片里移动？怎么才能找到诺娃匆匆一提的飞船库房？怎么找到诺娃？

不过她找到了他。她像蜘蛛一样从车厢侧面爬过来，到他身边，就像她在克利瓦杀死另一辆火车之后那样。

“哼，看来火车杀手起效果了。”他说。

她用一种她自己发明的不可名状的表情看着他。也许她没有感觉到愧疚。现在，面对周围绵延几公里的废墟，她是最应当感到愧疚的人。“幸好我用了它，”她说，好像是在用挑衅反驳他，“不然努恩家族的人就把你杀了。”

“他们要是能抓到我，还是会杀我的。”岑说。脑子里暗暗试着计算有多少伤亡，多少损失。而他就是他们眼中的罪魁祸首。他越界太厉害，后果会很可怕。他不再只是个小偷了。他是个破坏狂，一个杀人犯，一个大规模屠杀犯……他们很可能要为他的罪行发明一个全新的罪名来指控他。

所以他需要雷文。他需要他的保护。而他只有完成雷文交待的任务才能得到保护。

想到这里，他接过诺娃的手。她把他拉出来，回到火车外面他们创造的灾难的海洋中。

23

斯平德尔桥边上有一段狭窄的管道，当年设计的初衷是为了让维护机器人通过，偶尔还有些大胆的观光客来看风景。岑和诺娃一旦找到这个管道，再拉着管道壁上的把手出去就不难了。于是他们跟着诺娃在脑子里找到的一张地图沿着轨道路线往下面走。身边是宏伟火车的残骸，还有正在交火的机器和划破的工厂，耳朵里贯穿着吵闹的警笛声，还有扬声器里喧闹的广播：让大家不要惊慌，留在车厢里等待救援。空气中弥漫着难闻的烧焦金属的味道：像垃圾堆里易拉罐焚烧的气味。

斯平德尔桥的半路上有一段稍稍宽阔的空间在缓慢旋转。那里有个很小的车站，几家纪念品商店和新奇的主题旅馆，还有个长着蓝色草坪和一丛丛树林的公园（哪怕在太空，努恩家族也要种树！）。火车失事的难民集中在这里，空间旋转产生的离心力让他们找回点引力的感觉，又重新有了重量，这让他们很高兴。这片空间里的灯也灭了，但有些巨大的观景窗口，像镶嵌在地面的池塘一样，透出些许来自桑德尔本的光。

这些观景窗之间的玻璃像形状不规则的边角面料，簇拥着沉默或抽泣的努恩家人。岑的头还有点晕，搞不清楚状况。后来他靠近一群送葬的人，看见苏富拉夫人躺在那儿。有人把她从废墟中拖出来平躺放下，尽量保存她的尊严，还在她头上点亮一片萤火虫无人机，当作哀悼的蜡烛。但这些都掩饰不了她的遗体支离破碎的样子：脖子被扭断，衣服肮脏破碎，面目形容可悲。

岑看着，用手腕内侧紧紧按住双眼想阻止泪水，却忍不住要多看。从桥上过来这一路上他都不停地安慰自己，这一切不是他的错，不是他的错，不全是。他知道从此再也没有机会向苏富拉夫人解释他的故事，也没有机会跟她道歉了。

“别过去，”诺娃警告说，“格塔可能在这里，还可能有其他认识你的人。”

整个车站充满啜泣声。孩子们哭喊着找妈妈，坚强的努恩家族海军也默默流泪，泪水冲刷着烟灰，在一张张劫后惊魂的脸上雕出一道道泪痕。受伤的礼物时光也停止哀嚎，开始抽泣：那声音绝望又悲凉。岑以前不知道火车也能悲伤至此。他生气地用手肘拨开魂飞魄散哭成泪人的人群，跟着诺娃去找她从车站地图上发现的出口。

他担心这群衣衫褴褛的努恩贵族们都会挤向桥外壳上的飞船机

库，但竟完全没人这样做。凯奔是他们的世界的主心骨。就算他们从车厢的残骸里跌跌绊绊跑出来，他们也无法面对这样的现实：眼下不会马上有别的火车来接他们去桑德尔本。明亮的桑德尔本行星就在窗外躺着，可如果有火车可以更舒服快捷地通达，还有谁会想到乘坐飞船飞下去呢？

可还是有人想到了——诺娃找到的第一个机库是空的。但第二个机库里，用一整块巨大的钻石凿成的太空门上方，有一艘梭形航天飞船悬挂在发射装置上。下面就是桑德尔本的大陆和海洋，朵朵白云在四射的阳光下闪闪发光。

他们从气闸进去。尽管在这个小车站的内部，故障已扩散得很广，但车站外围部分似乎没有受到影响。灯光应声而亮。诺娃对飞船发出指令后，一面瓷质跳板展开，伸向外壳上的一个气闸。太空门周围橘色的指示灯滚动着闪起来，他们头上交错纠缠的管道里有什么程序被启动了，发出晃动的声音。岑猜应该是燃油和冷却液在管道里淙淙流动。

“它会让我们上船吗？”他问，他对飞船以及之后的旅程深感忧虑，“这是努恩家的船……”

“你就是努恩家的人啊，还记得吗？”诺娃说，“不管怎么样，这是艘很蠢的船；我已经让它听从你的指令了。我正在给雷文发送信息，他在下面的桑德尔本。他会告诉飞船在哪里降落。”

“那就容易了。”岑说。

她对他笑笑，笑中带泪。接着她把身体靠得很近，他感觉到她在他的脸颊和嘴角上印了个吻。她退回去时脸红了。她的脸真美，他想。以前他不确定，现在他确定了。是她鲜活的内心让这张脸美丽，就好比灯笼的美是因为藏在其中的火焰。

他正想着如果跟她说这些会不会很奇怪，这时一个小红灯摇摇晃晃地穿过飞船外壳，像印度女人的明点一样落在她的眉心。

他刚大喊让她当心，她已经感觉到了激光接触。她把岑扔下，子弹从他们身体上方飞过，打到飞船上方的龙门架上，噼里啪啦，火花四溅。

枪声平息下来的时候，岑听见无人机的螺旋桨声，一仰头及时发现他的老朋友甲壳虫无人机也飞进了机库。一定是格塔·努恩命令它对岑格杀勿论，它正在一根筋地执行命令，全然不顾周遭的灾难和自身受到的损伤。它就像一只残废的鸟，跛着飞，每几米就会跌下来刮到地板。岑猜它大部分武器应该都没火了。连刚才开火的轨道炮现在也没声了。

“它没有弹药了。”诺娃说。

“你能把它解决掉吗？”

“它的防火墙很厉害。会需要点时间……”

甲壳虫本身并不厉害，但它死缠烂打，正笨拙地冲向他们，同时伸出一叶旋转的银色刀刃。

“上船。”诺娃说，“我来把太空门打开。”

他刚开始说她恐怕搞不定，她已经用聪明才智对船体系统植入了一些代码。那些闪烁的灯从橘黄色变成红色。警笛大作，把岑的话盖住了。飞船停机位下面的门滑开了，机库里的空气开始涌出，流向太空。甲壳虫也翻滚着被带上太空。岑也几乎被刮走。强风刮得他在跳板上勉强稳住都困难。飞船在龙门架上震颤了一下，红灯又闪起来，红得让人心焦。他到舱门时转身回看，诺娃爬在他身后跟着。

但就算甲壳虫被空气刮得一头栽进黑暗里，它好像还是不依不饶想复仇。不然就是它想最后绝命一击，想把自己锚定在斯平德尔桥上。岑看见甲壳虫那边一片火花，他还以为是空中的什么碎片，与空气摩擦发出的火光反射。一秒钟之后，就在诺娃碰到舷梯顶端时，甲壳虫射出一支抓钩从她后背锤进去，穿进她的身体，在胸膛里爆炸了，一股蓝色的胶质喷出来。

诺娃生动的笑容消失了。她睁大眼睛看着岑，嘴里流出蓝色的液体，里面混着深蓝色的血块。

他伸出手想拉她。手指碰到她的手指。有一刻他几乎要抓住她了。但甲壳虫还在往远离车站的方向翻滚。碳纤维电缆绷得紧紧的，抓钩被甲壳虫拖着，上面的刺头深深陷在诺娃的胸腔里。

“岑……”她说。这时甲壳虫猛一拉，把她从他身边带走，跌入太空。

这时机库里已经没有空气了，飞船正反复提醒岑关闭外舱门。他除了躲进飞船无计可施，只能让门轻轻滑上。气闸室充气时，他把脸紧紧贴在窗上。诺娃和甲壳虫都已不见了。

飞船还执行着诺娃的指令。它让岑抽身进船时岑还没注意到这点。又过了一会，推进器发动了，飞船点火离开了斯平德尔桥，他被甩到天花板上。推力结束时他没有落下来，而是自由地飘着。又没有了重力。他大喊着诺娃的名字，但她没有回应。只有飞船那平静愚蠢的声音告诉他，诺娃已经设置好去桑德尔本指定坐标的行程。

他从气闸室走到主舱，这是一个带有巨大钻石窗户的活木亭子。从那里他第一次看到斯平德尔桥的外部，瓷白、开阔。这个巨大结构的一端，在努恩家族火车后半截爆炸时被炸开了，已经变成废墟，向太空中喷射碎片和空气。

但诺娃和甲壳虫都不见了，消失在无尽荒凉的夜里。

24

“哟，”岑从飞船里爬出来时，雷文说，“一切很顺利嘛！”

他们身处桑德尔本车站城市外面的一片灌木丛里，夜晚的风吹赶着地上的垃圾。地平线上有灯光在高楼丛林中闪烁。不远处一条凯奔线从岩间隧道里显现出来，铁轨间野草长得有人那么高。隧道本是关闭的。被撞坏的栏杆残片散在轨道两边，思想狐狸坐在里面沾沾自喜地等着，桑德尔本那淡淡的月光给它伤痕累累的外壳镀了一层淡淡的银色。

“你得让飞船赶紧回去。”岑说。他指向身后停泊在沙地上的飞船。飞船的外壳与大气层摩擦后，还在嘶嘶冒着热气。这一路上他一直在对飞船发出指令，大喊了整整两个小时，喉咙已经嘶哑了。飞船被诺娃锁定在她设置好的行程上，一直拒绝服从岑。“诺娃还在上面，”他解释道，“我们得去救她。”

"诺娃没了，"雷文说，"她的信号已经消失了几个小时了。"

"她还飘在行星轨道上！"岑想象着，她在那辽阔的蓝色世界里翻滚坠落。"她是个机器人，"他哀求雷文，"她不需要空气，她不像人类，你可以把她修好……"

雷文仰望天空。斯平德尔桥这颗明星就在地平线上方。天上斑斑点点，废墟残骸形成的流星，在大气层上面拖着尾巴。"对不起，岑，"他说，"我们得走了。我们不能浪费时间去找一个坏掉的线偶。她会像其他废墟一样在行星轨道上自燃。她会变成一颗流星。这是她想要的结局。"他对岑咧咧嘴，还在沙地上跳了几步华尔兹，然后说："现在，我想要的东西呢？匹克西斯在你那吧？"

岑交出那个包。雷文往包里看看，脸上的表情柔和起来。"好样的，小伙子！现在我们真的要开始做事了。"

"我们杀死了苏富拉夫人，"岑说，"还有野火和礼物时光——还有好多人……"

"最好别想这些，"雷文和善地说，"把那个盒子给我，岑。"

"什么？"

"匹克西斯。"

岑把它从包里掏出来。他这才注意到这盒子重得出奇。

"这是什么？"他说。

"这就是个盒子。一个容器。"

"苏富拉夫人告诉我它很结实。"

“它扫描的时候看起来很结实。”

“那——里面有东西吗？”

“打开看看。”雷文建议道。

岑低头看看还攥在他手中的匹克西斯。看起来仍然很结实，但突然“咔啦”一声，又“咔啦”一声，盒子展开了。里面有厚厚一层金属质地的泡沫材料，中间躺着一个发光的黑球。球体表面由细得几乎看不见的浅线刻出一个迷宫，一个非常复杂的几何图案，岑完全不认识也不指望能看懂：这个错综复杂的迷宫，图案好像在转，他看了一眼都觉得晕。

“这是什么？”他问，“也是艺术品吗？”

“算是，”雷文说。他走过来从岑手里拿起匹克西斯和那个球。“它非常古老。”他满怀敬意地说，一边用手指摩娑着那奇怪的图案。然后他把它放回巢中，匹克西斯自动合上了，随它打开的秘密似乎也跟着消失了。“它非常古老，而且被雪藏太久了。谢谢你帮我把它找回来。”

他把匹克西斯抛向空中，接住，然后插进外套口袋里。他和蔼地看着岑。“来。现在不早了，你这活干得漂亮。想听我的建议吗？忘记这一切。你的事情做完了。我们现在散伙。该回家了。”

他们回程一路穿过许多凯门、似是而非的光和漆黑的隧道，终于回到了狗星线上。岑几乎没怎么看窗外飞驰而过的不同世界的风景，也没动雷文放在他面前的食物。“呜克嗒克，呜克嗒克，呜克嗒克”，车轮在轨道上发出的声音让他想起在努恩家族火车档案室里看到的图片，思想狐狸横冲直撞，碾过成堆的被它杀死的人的尸体。隧道壁上回荡起引擎的白噪音，混合着他脑海里挥之不去的火车爆炸翻车的轰鸣声，仿佛那场灾难一直在他的骨髓里回响。

狐狸的上层甲板上有卧室。他小憩了一会，梦见特伦诺迪，就醒过来，不知道她是不是也死了。他知道如果她死了，那就是他害的。

他也会想到苏富拉·努恩。而他想得最多的，还是诺娃。他没想到一个损毁的机器人能让自己受到这么大的冲击。他非常想念她，想念她在他耳边的声音，还有她几乎不近人情的善良。雷文好心地提议，他应该忘记一切，但谈何容易？他怎么可能把这些忘记？

他又睡着了。再醒来时，雷文坐在他的铺位边。火车正穿过两个凯门之间的一段长隧道，隧道壁上的灯光从百叶窗里射进来，打在雷文的脸上。雷文开始说话，这让岑想起小时候，他生病了，米卡甚至妈妈会坐在他的床头，给他讲故事。

但等他清醒了开始听故事，他意识到雷文说的并不是虚构的故事，而是发生过的往事。

“从前有个男孩，跟你非常像，岑·斯塔灵。几百年前，他生活在遥远的欧瑞恩线上的一个星球上。像你一样，他有点聪明过头，长得不错，渴望过上和父母不一样的生活，但又不知改变该如何做起。接下来发生了一些事情，改变了他的生活。我一直都不确定那对他是好事，还是坏事。

“事情是这样的。那时候卫神们还经常公开地混在人类当中。有时它们会把自己下载到克隆身体里去参加聚会，或者到某个特定星球上在晚风中散步。我们把这些身体叫作界面。那个男孩——他的名字叫兹拉维德——经常见到它们，因为他的父母是小芝麻官，他们经常参加卫神们喜欢去的聚会庆典。他遇见了史戈瑞·莫纳德，一个穿着金色男性身体的卫神，还有斯法克斯系统码，用的界面是一团蓝蜻蜓。他还见到了莫当特 90·星罗，这个卫神最喜欢的界面是只人头马，非常精美，堪称生物技术的典范。终于有一天，他遇到了一个自称阿奈伊丝六代的卫神。

“那是在安伯河边的一个夏日露天聚会上。月光照着水上葡萄田，歌花放着音乐。阿奈伊丝六代穿着一个无性的身体，蓝皮肤，金眼睛，长长的金鹿角。兹拉维德能看出这个卫神不像其他卫神那样经常使用界面：它看起来有点笨手笨脚，不太自在。它一直看着自己的手，或者用指尖摸自己的脸。男孩觉得它很有魅力。他注视着这个卫神，欣赏着它的奇异和美妙。这时卫神突然在台阶上绊了一下。他伸出一只手扶住它，以防它摔倒。

“他们就这样相遇了。长话短说，卫神爱上他了。他也爱上了卫神。接下来的几年，阿奈伊丝不停地来找他。有时候它用女性的身体，有时用男性的，有时候没有性别。不同的身体，不同的面孔，但他总能认出来。从那些不同的眼睛里，他能感觉到同样的宏大智能在注视着他。能被这样伟大的事物所爱，他感到荣幸。同时也有现实的便利；一个人得到了卫神的爱，夫复何求。

“但这样的日子很短暂。阿奈伊丝开始担心。它知道兹拉维德终有一天会死去，它接受不了。于是它保存了一份他的人格复本。他成了数据。你能想象吗，岑？也许除非亲身经历，谁也想不到。成为数据海里的数据：生活在信息流里，但也是信息流的一部分。兹拉维德没有变成卫神，却有了很多和卫神一样的力量。他把他的意志复制保存到探头里，发送到遥远的星球上。他也有了自己的界面：克隆身体，但面孔全都一样，那是他自己的面孔。这样他和曾经的那个自己还能维持一些联系。他在上千个星球上活了上千次。他在数据深海里遨游。他开始理解数据海最初的起源，以及伟大星罗的起源。

“就这样，他发现了卫神们也有自己的秘密。为什么它们不喜欢我们对星罗的本质提问？为什么它们从不解释凯门背后的技术？为什么它们埋葬了马拉普的墙？他想分享这些秘密，但它们不让。它们站到了他的对立面。它们把阿奈伊丝也推到了他的对立面。它们从未首肯过它这样保存他。它们让它夺回送给他的礼物。它把他从数据海里删除了。他除了一堆克隆身体外一无所有。即便是那些克隆身体，阿奈伊丝六代也派轨道军将他们一个接一个地杀死，直到只剩最后一个。那是种堕落，我可以告诉你。当过神，然后再回到普通人……”

窗外的世界正值夜晚。低斜的阳光穿过百叶窗，流淌在雷文那严肃的脸上。毫无疑问，他讲的是他自己的故事。岑从一开始就知道了。说得好像发生在别人身上，可能也没错；也许他在数据海里的那些年，他那数千个界面，都在改变他，他已不再是那个在安伯河畔的露台上，在歌花的歌声里，初次遇见阿奈伊丝时的那个人了。

从数据海里被驱逐出来的经历，似乎把他从故事里唤醒了。他沉默了片刻，然后接着说："它们几乎把我毁了，岑。用这个最后的身体，我悄悄跑到狗星线上藏身。一开始我以为自己会受不了这样的活法。我想过死，我几乎就死了。但我又想到了我在数据海里学到的事。那些卫神们不愿分享的秘密。我觉得我要告诉所有人。但谁又会相信我呢，相悖于史戈瑞·莫纳德、阿奈伊丝六代，还有其他卫神？而且我一旦露面，它们就会追踪我这最后一个身体，像对待我的其他身体一样摧毁这最后一个。于是我决定隐匿下来，等待时机，来秘密实施我的计划……"

"什么计划？"

"世道需要颠覆，岑。所有的事都在重复，一个世纪接着一个世纪。帝国崛起，衰老，然后总会有新的大帝伺机而动，取而代之。黑暗的年代更迭往复。人类生老病死。这一切都没有意义。卫神们出于好意，但它们把整个人类分流到了历史的一条支线上，而我们一直在死胡同里转圈。是时候有人来改变这一切了。"

火车扎进一个凯门。这似乎把雷文从他的思路里唤醒。他低头看看岑，然后再开口时，他的声音低沉得像耳语，而且已经变回他常用的平淡口气。

“来，岑·斯塔灵。你的历险在这里就结束了。”

他带着岑回到下层的车厢里。岑的旧衣服还在座位上。他脱下雷文给他的衣服，换上自己的：水洗牛仔裤和旧智能外套。唯一不同的是他在外套口袋里找到副耳机。是他在努恩家族火车上戴的那个耳机的副本，他不假思索地把耳机戴上，想象着会听见诺娃在耳朵里轻声说话。然后他想起来了。到德斯迪莫以前他一直都独来独往，他还以为自己喜欢那样。然后有了诺娃，他找到一个可以分享一切的人。再次失去她让他无比痛苦。他无法相信心竟会这么疼。这就是那些情歌里唱的感觉，他想，还有那些诗歌、电影描述的：心碎。他一直以为那些描述都是在故弄玄虚。

他确保雷文没看到，迅速地把旧耳机也收起来了。说不定里面还录有她的声音呢，至少有一些在图瓦和然加拉的图像，可以证明这一切不只是怪梦一场。

“你说过要让我发财的呢？”他说，“你答应我的事怎么说？是不是骗我的？”

“我给你留了活口，岑，”雷文说，“这是对你的奖励。你要敢试图找我，我也许就不留了。”

思想狐狸“砰”的一声又穿过一道门，减速驶进一个昏暗的车站。窗外的光线照在瓷砖房顶上，几个车站天使在这个废弃的站台上跳着舞然后退去。门打开时，岑闻到了烧焦的尘土和陈腐的空气。

他下车踏上站台。思想狐狸在他身后关上车门，发出一声悠长的“嘶嘶”声，也许这是它说“再见”的方式。有一会他还能看见雷文站在窗边，一只手抬起像是挥别。站台闪了闪，像在诺娃的那些电影里。接着火车消失了，黑暗降临。引擎的声音渐渐远去，然后完全消隐，应是铁路前面又有个凯门打开了，火车钻了进去。落叶在站台边沙沙作响，在火车带起的风里盘旋起舞，就像火车初次在他面前打开门时那样。这时他才意识到根本不是落叶，只是细小昆虫的干尸。

他找到一条寂静的人行道，通过一道蜘蛛网状的转门闸机，来到一个旧时的紧急出口。出口为他打开了。他稀里糊涂地出了站，马上被金属的热气和瀑布的雷鸣包围住，置身于黄昏的克利瓦那永不停息的喧嚣里。

起初他还不确定自己在哪。他戴上新耳机，指望能调出一张地图，这时他发现了雷文给他的礼物。耳机里给他预装了假的身份证件和旅行文书，还有妈妈和米卡的。里面还有一个本地数据筏里的银行链接。他眨眼打开链接，惊得必须靠墙才能站稳：新账户的明细在他眼前不停刷新叠加，数不清的零把他面前阴暗潮湿的街道都挡住了。

当然这并不算是礼物。这是他把匹克西斯拿到手赚来的。这是他的辛苦酬劳。有一会他想抓下耳机扔到旁边的瀑布里。

他没这么做。但这个念头一闪而过。

第三部分

大马士革玫瑰

25

斯平德尔桥那场灾难过去三天之后，一个年轻人和他的姐姐、母亲从克利瓦站登上一辆凯火车。两个年轻人带着拎包和背包，看起来像是去度假，也许去和这条线上别的街区的亲戚走动一下。母亲看起来很焦躁；他们只好哄着她过了栅栏，走到九号站台上。火车已经等着了。旅行文书上的名字是曼、明齐和阿伦达奇·凯娃拉，他们要跨越千山万水去金枢纽。他们将在那里下车，去一个当地节日凑热闹。母亲看起来还是情绪不太好；女儿东张西望，对高耸的生物摩天大楼和交错穿梭其中的凯奔线路充满好奇；但儿子几乎看也不看一眼，好像他已经阅尽沧桑，金枢纽这种外省的换乘站对他来说乏善可陈。他一直看着墙上屏幕在播放的斯平德尔桥的录像，快睡着了。

几小时之后，这三人又登上另一辆凯火车。他们身份证件上的名字又换了：这回他们分别叫雅瓦、切特娜和撒蒂亚·帕拿瑟。他们又往回坐车，半途在夏约下了车。铁轨边的这个白色城市让人昏昏欲睡，秋色的夜空上挂着三轮巨大的月亮。帕拿瑟一家在那里换乘一班本地火车。本地火车不从凯门走，而只是在一条狭窄的常规铁路上突突地穿过城市。慢慢地，白色建筑变矮了。山丘从房顶上面露出来：耕田里收割机正在作业。火车穿过一座连拱桥，眼前迎来一片大海。海面在秋天的阳光下闪耀，不时有一丛丛圆圆的海岛，就像被半掩在海里的蘑菇。它们是海带群落，吸进二氧化碳，呼出氧气。要把一个行星地球化，需要在阴影里种下上亿的海带群落；但现在只剩下几团了，提醒人们夏约如此宜人的气候从何而来。

帕拿瑟一家下车了，这一站闻得到海的气息。一辆公交车载着他们穿过安静的街道，来到一幢几天前刚买入他们名下的房子前。这是一幢安静的私宅，与邻居隔着一个破花园。墙是玻璃和白瓷的。枯叶飘在游泳池上面，被风吹得直跑。

“我们到家了，妈妈。”岑说。

“我们很安全，”米卡说，“他们不会找到这里来的。”

他们的母亲四处张望，警惕但很平静。她每到一个新地方都会这样，好像她的恐惧被抛在脑后，抛在凯门的另一端。

“我们是安全的，对吧，岑？”过一会等母亲睡着了，姐姐问道。他们参观了房子。房间宽敞，采光也好。米卡头晕目眩地用她那粗糙的手摩娑着活木家具光洁无瑕的表面。当他们走上露台，面对游泳池，她如梦初醒一般看着岑。“你这些钱哪里来的？你干了什么？会有人来抓你吗？”

岑耸耸肩。“你和妈妈是安全的，我觉得，”他说，“但我不能留下来。”

“就是说有人会来？那个马立克？”

“可能吧。”米卡跟他说了马立克来克利瓦的事，但他不太相信马立克真的能跟踪他们到夏约。他还记得那个轨道车说“雷文很会藏身”，但他也记得有多少人在努恩家族火车上见过自己，自己会被拍下多少照片。还有卡拉维娜那份警示了苏富拉夫人的报道？不管是多小的报道，不管有多少关于斯平德尔桥的新闻将其掩埋，掩埋得再深总有人有一天会找到它。迟早努恩家族会开始搜捕那个冒充塔利斯的男孩。如果他待在这里，他们迟早会找到他。

但他并不只是因为害怕被找到所以不能留下。还因为诺娃。

他从雷文那儿偷来的耳机坏得不像样了；破碎的内存里还有几张塔利斯·努恩的照片，还有一段镜头晃得厉害，仅三秒的科比·陈-图尔西的闪拍视频，那是在巨型猛兽到达前几秒拍的，但完全没有关于诺娃的图像，也没有岑和她聊天的录音。但不要紧。他脑海里还能听到她的声音，记得和她说话时那种亲密的感觉。他一直想着那个损毁的机器人，在努恩家族火车脱轨分成几截时，她风一样地来到他身边，谈吐仍然镇定。要是诺娃还有意识呢，也许她正绕着桑德尔本一圈又一圈地转着，跟斯平德尔桥的其他废墟一样，等着掉入大气层中焚毁？

他必须救她。他得试试。虽然还不知道应该怎么救，但他脑中有个计划正在成型。

“你估计一个机器人身体被人用鱼叉打穿还能活吗？”他问姐姐。

米卡紧绷起来：“这跟我们有什么关系……我怎么知道？”

“你杀过机器人，对吧？在克利瓦暴动的时候？”

“我没有。我没亲手杀过。看别人杀过。我不知道还能不能……”她沉默了一会，接着说，“你应该问弗莱克斯。”

“为什么？”

“哦，岑，你还没看出来？弗莱克斯是个机器人。”

“弗莱克斯？真的？”

她笑了，弟弟的惊讶让她觉得好玩。

“我还以为克利瓦没有机器人了……”他开始说。可是，当然克利瓦没有机器人，因为愤怒的暴民把它们全砸了。突然他明白了很多事，比如为什么弗莱克斯总是缩头缩脑，为什么独自住在烟囱丛里，而且这也许和米卡是怎么救了弗莱克斯一命也有关。

“我还以为你恨机器人？”他说。

“你不知道我的事情多着呢。”米卡说。

岑进屋了，上楼去妈妈的新房间。她酣睡得像个孩子，侧卧着，手臂弯在脸前面。房间很安静，阳光从拉下的百叶窗里温柔地洒进来。她在这里会没事的，岑想。一切都变了。米卡能请得起医生给妈妈看病了，还能用机器人帮忙照看，也吃得起镇定恐惧的药了。他多想能留下看着她好起来。而且关于米卡，他还有那么多不知道的事。

也许有一天，妈妈能跟他解释为什么要把他从努恩家族偷走。但他没法留在她身边听了。

26

严瓦·马立克听到新闻时正在卡拉维娜的一座冷冻监狱里，查看一个冷冻着的女孩。狱监刚刚从架子上抽出了女孩的冷冻箱给他看。严瓦·马立克吃不准自己能从这个女孩身上找到什么线索，但他还是看了：打开检视孔，朝里看去。

她的名字叫钱德妮·汉萨。从照片看这是个漂亮的女孩，但他们把她的头发剃光了；她脸色灰白，嘴唇发蓝。尽管马立克知道她十年刑满解冻之后就会恢复如初，但现在看起来就是个死人。她曾在凯火车上遇到一个男孩，偷了他的钱还有一副高端耳机。她这么快被捕入狱被施以冻刑，很可能只是因为那个受害男孩来自努恩家族，是马哈拉克斯密大帝的远亲。这个故事在滚动新闻里几乎没有什么记录，但它引起了马立克的监控机器人的注意。这是个廉价的机器人，马立克设置它从数据海里搜寻获取一切关于努恩家族的异常故事。于是此刻他来到了卡拉维娜。

“那个被她偷过的男孩在哪？”他问。

“回金枢纽的家了。”狱监说。狱监是个本地女人，马立克还以为她会像笼罩飘移在卡拉维娜蒸汽湖上的薄雾怨灵般高挑婀娜，但她却又矮又方又乖戾。

“冷冻之前她跟你说什么了吗？”

“哦，所有冰棒都会跟我们说不是他们的错，”那个女人说，“她说有个男人给她设了局。那男人在普热德维奥斯尼找到她，叫她登上某班火车，和一个叫塔利斯·努恩的孩子搭讪，然后带他来这儿好好相处几周。她说那男人付给她钱了。但要真是这样，她不应该再贪心去偷塔利斯的东西，不是吗？”

“她有没有说雇佣她的男人什么样子？”

“她说他高高的、白白的。”

马立克一直从检视孔往里看着下面的小小冰雪世界。这个年轻的小偷躺在里面像童话故事里被冷冻的公主。她肯定也有自己的故事，就像岑·斯塔灵一样。雷文找到她，开了价，她照做了。她把塔利斯·努恩勾引到卡拉维娜，塔利斯偏离了原计划，这样岑·斯塔灵就能在别处冒充他，但是冒充他做什么呢？

狱监喘着气。马立克苦思冥想的时候，她一直在刷耳机，滚动新闻这时更新了。她戾气顿消，像个吓蒙的孩子一样瞪着马立克；马立克能想象出她十岁时的样子。她说：“我想有可怕的事情发生了！

哦，卫神啊！大帝的火车——努恩家族火车——在斯平德尔桥……”

“雷文。”马立克说。他离开了，撇下她和钱德妮·汉萨，穿过街上惊愕的人群，一路跑向车站，登上前往桑德尔本的火车。

27

大帝死了。努恩家族和皇家官员想把消息封锁得越久越好，但还是传了出来。吸引人的故事都传得快。马哈拉克斯密二十三世在火车前端的私人车厢里，火车脱轨撞进一片工业厂区时，他就死了。整个星罗，不论是滚动新闻，八卦网站，街头巷尾，大家都无一例外地在谈论这事，没有别的话题。

就连如今已不太关心人类事务的卫神们，也被数据海里传播的这些新闻惊呆了。莫当特 90、双子座、斯法克斯系统码、阿奈伊丝六代——一个接一个地把注意力转向桑德尔本和斯平德尔桥。很久以前在古老的地球上，人们设计出这些强大的人工智能，最初给它们设置的任务是指引和保护人类。卫神们一直认真对待这项任务。它们一直尽力维持人类社会稳定。当第一批人类跋山涉水来到伟大星罗不久，几大家族很快开始相互争斗厮杀，就是为了争夺新的支线和换乘要塞的控制权，卫神们被这情形震惊了。一个被悉心辅佐暗中监督的大帝，就是它们维护和平的方式。

但现在大帝死了，他的兄弟格塔、妻子米拉、姐姐苏富拉和幼子普雷姆全死了。他的女儿普里亚，从斯平德尔桥乘应急飞船下来，到桑德尔本媒体中心宣布登基。但她的叔叔蒂伯尔在大中央同时宣布他是马哈拉克斯密大帝的顺位继承人，而其他几大家族也在蠢蠢欲动。也许是星罗改朝换代的时候了。有传言说普雷尔家族，努恩家族的老对头，正在召集他们的武装火车和家族海军待命。

在各条天高皇帝远的支线上，尘土飞扬或冰天雪地的半地球化的行星上，反对任何帝制的反叛势力——人类团结运动，看着新闻不停推送，也在权衡他们的机会。

满脸泪痕的特伦诺迪惊惧又疲倦。她好不容易从斯平德尔桥下来，径直走向大山里的家族庄园。她宁愿回马拉派特，回到母亲身边，家乡虽无趣却能给她安慰，但银河线关停了，绕路回家有几周的路程。而且不管怎么样，普里亚也说旅行太危险。普里亚觉得蒂伯尔皇叔应该为斯平德尔桥的灾难负责。现在，她在位于庄园中心的狩猎小屋里安下营寨，这是一栋新月形状的奢华小楼，普里亚在律师、狗仔队无人机、家族海军以及轨道军军官们的簇拥下，崩溃地控诉着蒂伯尔的背叛。她看到特伦诺迪时说：“你在这里干什么？你的未婚夫受伤还在康复，你应该跟他在一起……”

“那我身上的伤呢？”特伦诺迪问，她在事故中一只手腕扭伤了，“而且你要是觉得我还会和那个蠢货科比结婚……”

“你当然要和那个蠢货科比结婚！”她的姐姐尖叫着。（特伦诺迪吃了一惊。普里亚之前一直都很安静，甚至有点木讷。当上女皇似乎让她有了脾气。）“我知道你一直都看不上他，特伦，但现在形势不一样了。我需要这桩婚姻！我需要陈-图尔西家族的支持。所以快去找他，不要让他家人有任何解除你们婚约的借口。”

特伦诺迪没有试着争辩。她隐隐有些害怕，假如她争辩了，普里亚也许又会开始认为她也想争做家族掌门人，然后把她用毒死、淹死之类的手段除掉，就像三维历史视频里的那些倒霉的公主一样。

于是她去科比家找他，他正在那里养伤。陈-图尔西家族想尽办法让他们的家邸看起来宏伟，但花钱却没有效果。因为家邸地段太差，离凯奔车站太远，而离太空港太近。虽然他们家的景色很漂亮，还有个潟湖，里面游着基因技术创造的腔棘鱼。但飞去斯平德尔桥搜救幸存者的飞船起飞时发出雷鸣般的响声，像打鼓一样敲在他们家花园的地面上。而到了晚上，火箭尾焰的强光又映照在潟湖上。特伦诺迪觉得这个地方让人抑郁。但科比见到她很高兴，她见到他也小心翼翼地觉得高兴。他好像比以前安静些了，更虚弱，还更和气。特伦诺迪想，从巨型动物的爪下劫后余生，是会让人有些变化吧。

她和他一起散步，心不在焉地听着他说话，一边用耳机在数据筏里搜索关于塔利斯表哥的消息。她为她的父亲和其他亲戚哀悼，但她对他们只能泛泛地同情——大部分人她在登上火车之前根本没见过；他们其实只是陌生人。而塔利斯，因为某种原因，和其他人不同；她想知道他怎么样了，所以每隔几小时就查看一下他的名字是否被加到遇难者名单或获救者名单里。

但都没有。塔利斯·努恩仿佛人间蒸发了。

28

岑的计划在他一到凯奔车站时就碰了钉子。夏约是普雷尔家族领地，而普雷尔家族正在加强警戒——准备和努恩家族开战，滚动新闻上是这么说的。进站台的入口增加了新的栏杆，摄像机时刻准备扫描你的视网膜，并拍下你的照片发往人脸识别系统。据岑所知，还没有人在找他，但他不想冒这个险。他离开车站，往铁轨上方的马路走去，来到一座横跨几条凯奔线路的人行天桥。他等了一会，听到了火车离站的声音：穿过路轨围场，引擎换挡，加速，进入狭窄的匝道，向人行天桥下开过来。

这个时间点没有什么人。天桥上除他以外唯一的路人是个正在遛迷你三角龙的老妇人。他们交错的时候她瞟了岑一眼，注意到他眼里有些疯狂的神情，于是回头看他。他爬上天桥的栏杆时，听见她对他喊了什么。凯奔轨道就在他身下，轨道之间的路基上装点着许多秋天的落叶。火车开进了视野，高爽的天空在车厢顶上投下跳跃的倒影。这是五点十五分去往克利瓦的车。火车头上，如他所愿，正是弗莱克斯的画作。

他从天桥上跳了下去。

那个遛三角龙的老妇大声尖叫。岑“咚”的一声重重砸在车厢车顶上，喘着粗气。天桥匆匆退去；建筑的背影也一闪而过。他摸索着可以搭把手的东西，这时火车到了城市边缘的快道上并开始加速。

火车头当然知道他跳到车上了。他还在找地方抓手的时候，远在车厢那头的一只维护机器蛛就已经从暗门里蹦出来，正在车顶上摇摇摆摆向他走来。机器蛛不需要把手：它的脚靠磁性或是魔法就能像壁虎一样贴在火车的瓷外壳上。靠近岑的时候，机器蛛抬起一对机械臂，比划着钳子，准备把他扔下去。

岑抬起一只手对机器蛛竭力大喊：“我是弗莱克斯的朋友！你身上的涂鸦真可爱，火车！是弗莱克斯画的吧！她是我的朋友！”

机器蛛直接服从火车的大脑；火车头一直通过镜头在观察他。机器蛛在犹豫。这时火车丁零咣当走过一段长长的横跨入海口的白桥。入海口的那边是陡峭的悬崖，轨道探入隧道，消失不见了。大风撕扯着岑的衣服，压着他的眼睛。他把眼泪挤掉，试着估算到隧道口的距离：大约有一公里，这段路程正随着火车前进迅速缩短。在隧道里面大概再行驶十来公里就到凯门了。如果穿过凯门时他还在火车外面，那就会被烧成一缕青烟……

机器蛛又开始动了。它抓住岑，把他甩到它身下，像个活动的笼子一样把他用腿兜住，然后沿着火车顶一步步凿回去，跳过一个车厢接一个车厢，向火车头走去。

突然一阵低沉的回响，隧道吞没了他们。黑暗一闪而过，接着前面又有了光——束无色的光辉，像烛光一样飘忽闪动着，却什么也没有照亮。这是凯门内部的能量帘，有一会岑觉得还能听到能量帘的声音，一种奇怪的、高亢的歌声，和飞驰火车的歌声止琴瑟和谐。他想起雷文说过："为什么卫神不喜欢我们问关于星罗本质的问题？为什么它们从来不解释凯门背后的技术……？"

机器蛛又跳了一下，终于一道舱门在火车头的后面打开了。机器蛛把岑带进去。舱门关上。岑马上感觉到火车在凯空间里穿梭时的奇怪踉跄。

"啊啊！"火车头说。凯门是它存在的意义：冲进去，再出来。有一会它已经忘了车里还有个男孩。

岑躺在光滑的瓷面上，看着周围黑暗里的小光点，试着搞清哪些是光在脑中的视觉滞留，哪些是火车系统的指示灯。他从来没想到，在火车头的里面竟然有足够容纳一个人的空间；他还以为里面塞满了引擎和计算机。也许这小块地方是火车刚建时的设置，那个时代可能还需要人的操作。他上面的某个地方，一个大风扇呼呼作响。巨大的引擎像心脏一样在搏动。

"弗莱克斯的朋友就是我的朋友，旅客。"又过了几公里，火车的声音响起。

“谢谢你，火车。”岑说，“我去克利瓦。我会把你的问候带给她。”

“我叫拍立得照相绅士。”火车说。

“很高兴认识你。”岑说。

“从这里到克利瓦，我中间会停两次，”火车说，“如果你想的话，你可以下去坐进车厢里。”

岑想了想，说：“我还是待在这里吧，如果你不介意的话。等我们到了克利瓦，你能让我在车站外面下车吗？”

他躺在黑暗里，想象着身下光亮的铁轨在飞速退去。火车的震动让他想起斯平德尔桥的惨剧。他又听见警笛声、尖叫声，又感觉到那种可怕的力量在拉扯他的身体。他再次试着告诉自己那不是他的错。他只是受雇偷个小东西，他照做了而已。其他事都是雷文干的。岑其实跟其他人一样，也是雷文的受害者。

有时候，他几乎都要信以为真了。

29

在克利瓦车站外的调度区，拍立得照相绅士停下来加油，岑溜出来，机器蛛为他在轨道边的树丛里打开一扇门，他穿过门走进城。米卡跟他说了应该去哪。他走下两个瀑布之间劣质油滑的台阶，沿着叮当响的人行道走进工业人烟囱的迷宫。巨大的工厂烟道像巨型管风琴一样，一直顺着峡谷壁延伸向远处的山顶。最后他打开一个包装箱做的门，走进一处拱形空间，因为地处铁轨下方，轰鸣声不绝于耳。

这里充满梦幻。墙上、天花板上、地板上的每一寸地方，都覆盖着别处的风景。长着人脸的鸟儿，有腿的鱼，戴着皇冠的彩虹和纹身的城市，难以置信的飞行器，智慧或愚蠢的脸。所有都是画的，喷绘和涂刷在老旧的瓷砖表面上。只是画的——怎么那么逼真？

“岑？”弗莱克斯坐在拱形最深处一个铺位上，脸上映照着一个小屏幕的光，“我听说你走了。没想到还能见到你。”

就算现在他知道弗莱克斯是个机器人，他还是很难相信她不是人类——也可能是他。上次岑见到她时，觉得她应该是个女孩。现在弗莱克斯有个方下巴，声音更低沉，动作风格也不一样了。虽然还是很难说，但一定要岑猜性别的话，他这次会猜男性。

“米卡怎么样？”弗莱克斯问。

“她很好。她跟你问好。”岑看看周遭。米卡告诉过他弗莱克斯生活潦草，岑想象的是一片狼藉：就像他自己住的地方一样乱。但这个拱形房子很整洁。当然，没有食物，没有炊具。除了简单的铺位没有任何舒适的家具。只有几个画具箱，沿着窗台整齐放好，还有一些火车迷拍的著名火车头的照片——银河无限和海敦乌鸦。生物灯把弗莱克斯的影子投射在布满画作的墙上。

“这些画真棒。”岑说。

弗莱克斯笑了。“这些只是练习。我在这里先试画，然后再画到火车上。”

“对了，载我进来的那个火车头向你问好。它叫拍立得照相绅士。”

“拍立得老伙计真好。”弗莱克斯说，带着一丝微笑。

“那天晚上在调度区差点让你被抓住，真对不起……”

“对不起，我把你留在那里就走了，”弗莱克斯说，“我还以为你就在我身后。我怕被抓住，我不能冒这个险……”

岑耸耸肩，表示没关系，但他很高兴弗莱克斯对此有负罪感。这样再请他帮忙就容易了。

“我又需要你帮忙了。”他说，“不是帮我，为一个朋友。她跟你有点像。”

“也是涂鸦画家？”弗莱克斯问。

“也是机器人。”

弗莱克斯的表情变了。他比诺娃更擅长扮演人类，他的表情更容易看懂。他害怕了。

“是米卡告诉你关于我的事吗？”他问。

岑笑了。“哦不是的。我自己老早以前就琢磨出来了。”他的潜台词是说：“我一直都为你保密，跟我姐姐一样，你可以相信我。你欠我的。”

“米卡在那次暴乱中救了我，”弗莱克斯说，“她帮我藏身，直到我能混迹在人类中行动……”

“找个时间你要把整个经过告诉我，”岑说，“但现在我很着急。我这个朋友，她受了很重的伤。你听说斯平德尔桥发生的事了吗？她就在那儿。一个无人机把她打穿了，还把她拉进了太空。但她应该能挺过去，是不是？”

弗莱克斯缓慢地点点头。至于岑的朋友为什么会招惹上斯平德尔桥的无人机，弗莱克斯小心翼翼地绕开不问。他说：“我们的中心处理器跟你一样保存在头脑里。躯干里有些子系统，但它们会自我修复，太空不是问题——很多机器人都在真空环境下作业，比如彗星矿场之类的。但我不知道你想我怎么帮她。”

“我得赶去桑德尔本，”岑说，“我不能就这样坐凯火车。现在所有车站里到处都是新的安保措施，桑德尔本肯定更严格。”

“那你怎么办？”

“我在想也许你能带我进到过去那个克利瓦副站。”

弗莱克斯看起来很迟疑。“狗星线？我听说过那个车站……火车们都不爱提起它。”

“我见过那个车站，”岑说，“那里很好。轨道、火车，一切正常。但我不知道怎么过去。”

“我也不知道，”弗莱克斯说，“我想那里被封闭得很严实。”他一边思考着一边喃喃自语。有一会岑以为他要拒绝了，正想着是不是需要威胁他。这很容易——“你要是不帮我，弗莱克斯，”他会说，“我就跑出去告诉克利瓦那些傲慢的工人们，这里有个线偶躲在大烟囱里。”他不想走到用这招的地步。

幸好，弗莱克斯似乎被他这个隐蔽的车站的故事说动了。“那下面有火车？真的吗？”

“有一些。我看过。死了，或者沉睡着。”

“只有虫僧可能会知道去那里的路。”

“为什么他们会知道？”

“因为他们总是在车站里窸窸窣窣，在深深的隧道里进进出出，”弗莱克斯说，“有时凯奔下面的虫子尸体积得有脚踝那么深，游客走起来简直像趟在早餐麦片里。”

“那个老车站也一样，”岑说，心里默默地把早餐麦片列入食物黑名单，“到处都是死虫子。那么你估计他们知道进去的路？”

“你得去问他们。”

“虫叔恢复了吗？”

“他的店还关着。如果他恢复了，一定和别的虫僧一起藏在蟑螂镇的什么地方。”

“我不想去蟑螂镇！”

“要是你想找到去克利瓦副站的路，你就得去。”弗莱克斯说。他考虑了一会——也许记起了上次帮岑·斯塔灵时，情况最后变得有多糟。但最终还是善意或好奇心占了上风。他说：“我以前去过那里。我可以带你去。”

30

蟑螂镇是克利瓦地下深处的一个街区，里面充满废弃的工厂与河水的轰鸣。因为经常水灾泛滥，已经没有人住了。只有虫僧们，千辛万苦从星罗各地来到克利瓦，沙沙响着、笨重地挪下潮湿的台阶，聚集在这被遗弃的高大生物建筑里。他们用河水冲刷上来的或是克利瓦的人类从高处扔下来的垃圾碎片在那里安了家；在那个没人的地方，安然做着虫僧们私密的恶心事。

岑走下蟑螂镇的长台阶前，先紧了紧裤脚管，又紧了紧袖管。“只要有虫僧就有虫，”他说，“这里一定有上万亿只还没形成群落的虫在到处乱爬。我可不想它们爬到我衣服里面。”

“其实它们不会的，”弗莱克斯说，“我不觉得它们会这样。”

接着他也把裤脚和袖子都紧了紧，以防万一。

他们走下长长的台阶。大桥和繁忙的空中交通要塞渐渐在他们头上远去，克利瓦河在脚下一百英尺处奔流。沿着潮湿的峭壁分布着一簇簇旧工厂，就像万圣节的南瓜一样挤挤挨挨地淋在雨中。几扇窗户透进一点昏暗的光线。不知是谁在墙上画了个标记，写着：

蟑螂镇有虫一千亿

他们小心地沿着滑溜溜的地砖走进第一片厂区。这里面河水的声音安静了一些。另一种声音取而代之：昆虫的白噪音、虫脚的移动和甲壳的刮擦。一团团虫子组成的阴影在翻搅沸腾：雄性在粗糙的地表疾走；体型更大、有翅膀的雌性笨拙地飞在空中。一个试图把自己整成人形的东西从一个破躺椅里起身，蹒跚地走向他们，像个被蜂群吞噬的养蜂人。蝉鸣的声音喋喋不休，说着“欢迎。”

“我们来这里找虫叔，”弗莱克斯说，“这位岑·斯塔灵想知道他是不是一切都好。”

这个虫僧轻声自言自语，烦躁得很。他的连衣帽下面是一张损坏的机器人的脸，空洞的眼眶和扭曲的大嘴巴里伸出无数触角。他说：“有人打散了虫叔。打得很惨。他得很长时间才能恢复。”

“那不是岑干的，”弗莱克斯说，“我们只是来看看他怎么样了。”

“好虫叔，我的老朋友！”岑说，不过他感觉到自己脸上的微笑保持得很勉强。这里不像虫叔的店里——虫叔的店已经够糟的了。而这个地方恶心透顶。

其他虫僧也从阴影里出现了。一群群昆虫在他们袍子褶皱下面奔涌，或在连帽衫下的阴影里嗡嗡作响。虫僧们正互相交换着组成身体的虫子，这是他们的交流方式。

第一个开口的虫僧像个笨拙的玩偶一样抬起一只胳膊，做了个手势。岑猜他是在招手，意思应该是："跟我来，人类访客。"他带他们到蟑螂镇更深处。虫僧拖着步子走开了，岑和弗莱克斯跟上。

他们经过一个破面包机搭成的神庙，一面满是左脚的鞋的墙，然后来到一间很小的房间。以前工厂还在的时候这里想必做过监控室。里面的东西第一眼看起来像个大豆袋沙发，第二眼看又像个蚁巢，第三眼像条搁浅的章鱼。其实是及腰高的一堆虫子在动个不停。一股股虫子像忙碌的触须一般从虫子堆里冒出来，笨拙地摸索着想要加工躺在地上的一个由树枝和绳子组成的东西；它们用微小的虫颚编织捆绑，修剪拖拽。其他虫子从角落里拖来一个白花花像盘子样的东西，抬到虫堆顶上。那是虫叔的纸脸。

"岑·斯塔灵。"那堆虫子说。

岑招招手。"我来看看你怎么样了。"他说。他后悔没带点巧克力或葡萄什么的。虫僧吃什么？别，还是别想这个问题了……

"一个无人机开火打我，岑·斯塔灵，"那堆虫子说，"用的是枪。乓！我用了这么久才恢复意识。还得再做个新的骨架。"

"我知道，"岑说，"这事让我很难过。但我有事来找你帮忙。"

"帮什么忙？"

"那个旧车站。弗莱克斯说你知道怎么进去。"

“那个旧车站进不去。”虫叔说。

“但我进去过。”

“进不去。全关了。”

“我看过那里的站台，还有旧火车等在里面。”

有时，在圣西拉奇温暖的夜晚，蛐蛐唱着歌，突然的响动会让它们一齐停下，那一刻的安静比它们所有的白噪音都振聋发聩。此时此刻就是这样的安静。虫僧们全都定格收声，岑又能听见河水声了，还有远远高处的巨幅广告牌扬声器发出的叮铃声。

“死火车，”虫叔轻声说，“全死了。”

“你怎么知道？”弗莱克斯问。

虫叔像是叹了口气，但那只是所有虫子在移动让他换了个姿势发出的声音。纸面具从边上滑走了，然后又回到原来位置。“我们想——虫僧们一直都想要一辆火车。一辆能穿过那些明亮的门的火车。能带我们去我们想去的地方，而不是人类想去的地方。”

“那是哪儿？”岑问，“你们想去哪儿？”

“去那些昆虫线路，”虫叔说，“我们梦里见过。线路很美！我们不停地走啊走，试着接近那些线路，但我们够不到。火车可以带我们到那里。但我们没有火车。当我们找到这个地方，这个克利瓦城，那些地下的死火车，我们想得很美，要是能唤醒一辆，它就能载上我们。我们会让它带我们穿过那些明亮的门，去昆虫线路。所以我们大规模聚集在这里。这也是我开店的原因：我们需要钱来买东西修火车。但火车没修好。不听我们使唤，不听我们。”

那张纸脸悲伤地垂下。虫子们一齐搓着腿发出悲伤的声音，像是一百万台迷你小提琴的合奏。虫僧们想成为人类，岑想。这就是他们的悲剧。他们看见人类乘火车，穿过凯门，云游四方。他们以为有了人形，有了自己的火车，火车就可以载上他们——去哪里呢？昆虫线路是什么？甲壳虫天堂？但火车，有它们自己的脾性，不会为虫僧工作，而只服务于人类。

“关于火车，”岑说，“你得对它们有所付出。它们才会载你们。”

“我们给了火车很多礼物。”虫叔说。

“我能想象，”岑说，“是什么？烂肉？破鞋？坏链条？”

虫叔看起来有些局促，这是一堆虫子扶着纸脸能做到的最大程度的表情了。

岑指指弗莱克斯。“你们知道这是谁吗？这是弗莱克斯。整个星罗最棒的涂鸦画家。火车都爱这位女士……哦，这位先生在车身上画画。你让他为你们在一辆旧火车上画画，火车就会铆足了劲穿过那些明亮的门，好炫耀它身上的新涂鸦。我们会帮你们跟火车谈。火车可能都听不懂你们说的话。让我来找辆火车谈，弗莱克斯可以画画。”

“弗莱克斯？”虫叔说，“画家弗莱克斯？火车们都爱的弗莱克斯？”监控室外面，一群群虫子竞相传诵着这个名字，“弗莱克斯？弗莱克斯？”

“你会为我们这么做？”虫叔问。

“我要试试。”弗莱克斯说。

“那你要什么回报？”

“你们去昆虫线路的途中，把我捎到桑德尔本。”岑说。

一阵沉默，虫僧们交头接耳，只有虫腿爬动或虫翅扇动的声音。接着虫叔动起来。虫堆变浅，散在地上摊开，把岑和弗莱克斯逼得直往后跳。乌泱泱的棕色虫群蜂拥而上，铺满了躺在地上的骨架。接着它们开始叠罗汉一样往高里叠，组成颤巍巍的昆虫金字塔，把破树枝竖起来。小腿、大腿、躯干，细长的木头骨架摇摇晃晃地立起来了，被昆虫填得血肉丰满。笨拙的手臂伸出来，用钳子一样的指尖摸索着把纸脸放在像泡泡似的鼓起来的头上，然后从墙上的挂钩取下一条粗麻布袍子。虫叔拉开衣服，把自己塞进去。他又扶了一下纸脸，苍白的面具从帽子的阴影里盯着他们。

“好，”他轻声说，“现在你们来。我们带你们从老路去火车睡觉的地方。我们带你们去。跟我们来。”

31

他们走出厂区，从蟑螂镇的阴影里出来。一路上周围全是虫僧，垃圾做的骨架赶起路来步履蹒跚，就像新手踩高跷。这帮向导看起来不是很可靠。岑有点担心他们通向克利瓦副站的路会不会人类没法走。可能只是砖缝，虫子可以挤过去，然后再拖着散架的骨架过去，就像把模型船折叠起来通过瓶口。

但他其实无需担心。在一条被遗忘的古老街道上，有一扇被遗忘的古老的门。上层街道的水灌进来，街上的房子全淹在水里，一丛丛蕨类植物飘摇着沙沙细语。门关着，曾经上着锁，但虫僧们早就把锁解开了。他们窸窸窣窣地抬起身，把忙碌的虫子的重量全压在门上，推开了门。门后的过道很黑，但天花板上的旧灯还是感应到动静亮起来，过道里一时充满了棕色的光。

岑在后面磨蹭着，想到这狭窄的空间、这些笨拙的虫人，就心生抵触。弗莱克斯把手放在他后背上，轻轻推着他向前跨过门槛。“没事，”他说，“虫僧们不害人。”

他说得倒轻巧，岑心想。弗莱克斯让他想起米卡。小时候，米卡会跟他说在地下室台阶上结网的棕色大蜘蛛不害人。（也许虫僧不害人，但他还是不想跟一堆虫子进隧道。）

不过他也不想让弗莱克斯看出他害怕。只要别低头看虫僧们袍子下面不停散露出来的虫子，也别在意听自己不小心踩死虫子时细脆的声音，就勉强还能骗自己，前后这些连帽长袍下的人形就是正常的人。

他们来到一个老旧的直通电梯。电梯几近疯癫，自顾自嘀咕着，却很乐意把他们升上去，送到几百米高的站台上。空空如也的商店和候车室都和岑记忆中的一模一样；弗莱克斯像个博物馆里的孩子般吃惊地看着这一切，岑则跟着虫僧穿过栅栏，去找火车停靠的地方。

当初诺娃带他去乘坐思想狐狸的时候，他只匆匆瞥了一眼这些车，他记忆里有好多火车，大约有十几辆，都很大。但其实只有三辆，也没那么大。其中一辆是无脑的圆角扳道车，跟一排脏兮兮的装货车厢停在一起。另外两辆，一辆被遗弃，瓷质引擎罩被掀开了，裸露出内部的伤痕累累。虫僧们从里面拖出不少系统零件。

岑从站台上跳下去，从这辆火车前面穿过轨道，走到第三辆火车停靠的地方。虫僧们在他前面蹒跚地走着，手指够出去拂过车轮和车身。这是一个庞大、沉重的老式火车头，外壳上的红色线条在昏暗的光线下轻微变色。它看起来有点像只巨大的甲壳虫。也许虫僧们也是因为这点选中了它，而不是另外那个火车头。尽管另一个更流线型，车型也更新。

它的名字是大马士革玫瑰。

岑径直走向火车头，围绕着它，踢开一堆堆虫僧们堆在车轮边上的小礼物，从车钩爬上去，车钩还拴着五节尘封的车厢。等他爬下来，弗莱克斯已从车站主厅过来了，也正盯着火车看。

"真美！"弗莱克斯说，看着流线型的瓷外壳，创作欲蠢蠢欲动，"我想是福斯工业 257s 老字号的作品。我一直都想在这样的火车上涂鸦。"

岑打开他的耳机，扫描火车的操作系统。起初什么都没有。他开始怀疑它是不是死了，这时一个很响的声音突然通过火车头侧面的广播说起话来，把他吓了一跳，闹哄哄的虫僧们也被吓得鸦雀无声。

"我等待已久，"大马士革玫瑰说，声音听起来像个用词讲究的老师在说话，"我一直在等西琉斯铁路公司的指示。得到指示之前，乘客们只能在站台上等待。"

"那你可要等很久，"岑说，"我觉得可能等不到指示了。这条线路已经被关闭了很久。你没跟虫僧们聊过？他们没告诉你发生了什么？"

"昆虫聊天，我不关心。"老火车头说。

"这个嘛，也许你应该关心的。"岑说。

“我是西琉斯铁路公司的火车头，”大马士革玫瑰说，“我只回应公司的消息。”

“但现在你在回应我哦，”岑指出，“我不是西琉斯铁路公司的。没人是，西琉斯铁路公司不存在了。我们需要你带我们去桑德尔本，然后再去别的站。你能做到的，对吗？你一定还想跑吧。穿越凯门，我猜你一定很怀念这种感觉。”

一阵沉默的缅怀。火车在思考。

“我会给你画画，火车。”弗莱克斯说。他从岑旁边走过去，双手撑在火车头的前面站住。他仰头看着它，好像已经能看到画面了。“我给你画这样的画。”

“哪样的画？”

“还不确定。不会太花哨。我觉得是紫色调还有暖灰。很多图案，图案里还套着画面。也许，沿着你的活塞和车轮框画上翅膀。”

“翅膀？”火车说。

“你会飞，”弗莱克斯说，“你在星星之间飞翔，在各个世界之间穿越。”

“我确实飞过，”火车说，“噢，我飞过！但我只是个工作的火车头，拉着标准舱的车厢。我这样的火车通常都没什么装饰。在狗星线上都是这样。”

“这条线关了，”岑说，“你现在可以随心所欲。你不想一直待在这里，对吗？带我们去桑德尔本吧。”

“去桑德尔本之后，”虫叔说，“我们想——求你了，哦，火车——带我们去昆虫线。”

“你那堆昆虫在试着说话吗？”大马士革玫瑰问。不知它是真的听不懂虫僧的轻声细语，还是它因为不喜欢而假装不懂。弗莱克斯重复虫叔的要求时，它说：“什么？老天，昆虫线是什么？”

虫叔和他的同伴们轻声讨论起来，繁忙的昆虫流在他们之间交错。有一点是虫僧们特有，而人类没有的：他们其实可以秘密地传递认知；现在当着岑和弗莱克斯面解释，就好像在放弃这个古老的传家宝。但实际上他们除了分享秘密之外，又还有什么办法能让大马士革玫瑰明白他们的心意呢？他们讨论了一会，然后虫叔走上前。他对着弗莱克斯说话。就连虫僧们也看出来弗莱克斯比岑更好说话。

“求求你，”他轻声说，“解释给火车听，在那些明亮的门里，那些光给我们启示。我们的祖先与其中的伟大闪光物对话过。在明亮的门的光芒下，闪光物告诉我们的祖先存在昆虫线，闪光物的巢在门的光辉下也闪耀着。我们很想走进光芒下，走在那些巢中间，但我们没法像那些闪光物一样通过明亮的门。几百年来，我们一直怀着希望辗转迁徙，但现在我们明白了只有我们自己的火车才能载我们。所以我们照料你，哦，火车。所以我们把你修好，唤醒你。求求你，哦，火车，带我们去昆虫线吧！”

他的身躯在中间折叠起来，俯倒在火车面前的铁轨上，粗麻布袍，甲虫身体摊成一堆。他周围的其他虫僧也齐刷刷伏跪下来。

“昆虫线！”他们沙沙作响地说，“昆虫线！”

“啧——”火车嗤之以鼻，发出长长的鼾声，显然不太赞成这事。

“伟大的闪光物？”岑问，“你说的是车站天使吗？”

“闪光物，”虫叔轻声说，纸脸后面上千只昆虫触角在震颤，“天使。”

“它们没有生命，”弗莱克斯说，“它们只是在火车通过时，凯门里面产生的某种薄雾。”

“它们是信使，”虫叔坚持说，“带来昆虫线的启示。”

岑什么也没说，想起了在废弃的德斯迪莫，雷文曾和那些车站天使跳舞。

弗莱克斯把虫僧们的话转达给火车。火车又嗤了一声：“我从没听说过什么昆虫线。”

“也许它们就在凯门之间的什么地方，像在另一个空间里，”弗莱克斯说，“如果大马士革玫瑰能在两道门之间停下……”

“你不能在‘两道门之间’停下，”火车说，“两道门中间没法停。你进去，再出来。事情就是这样运转的——至少对你们这帮没文化的三维大脑来说，这是最接近实情的解释。”（大马士革玫瑰刚发现自己被遗弃了这么久，现在醒过来只是因为这堆虫子想让它捎上它们去旅游。这对大马士革玫瑰来说冲击很大。它觉得迷茫又孤独，很抓狂。）“我记得你说过要给我画画？”它说。

“好啊。”弗莱克斯同意了。

又一阵沉默。接着它说：“我必须等待西琉斯铁路公司的指令。”

“啊！”岑沮丧地说，“所有火车都这么蠢吗？”

虫僧们唧唧喳喳，嗡嗡作响。火车对他们来说是神圣的；没想到岑竟敢说火车蠢。

弗莱克斯只是抬起手说：“它这么老了，又这么孤单。它搞不清状况。给它一点时间考虑考虑。”他把脸靠向火车温暖的一边。“很久以前我第一次到克利瓦时，孤孤单单一个人，我经常在引擎屋里依偎着火车取暖。”他说。

火车高兴地咕咕叫。它喜欢弗莱克斯。

“捎我们一程吧，火车，”他说，“就停一站。你可以到那儿试着联络西琉斯铁路公司的办公室。如果你联系上了，公司不让你再载我们，我们会搭下一班火车回去。”

火车想了想。然后像是叹了一口气，它打开第一节车厢的门。“好吧，好吧。”它说。他们赶紧上车。“但就一站，记住。我不保证是桑德尔本，当然也不是那个全是甲壳虫的地方。而且我不能把他们全都带上，啧啧啧，这些虫人。就带两个。顶多三个。不然连续几周我的车座缝里全都是死虫子。”

虫僧们开始抗议，但火车看起来没的商量。他们聚在一起紧急地窃窃私语，推出了三位大使——虫叔加另外两个。他们三个跟岑和弗莱克斯一起上了车，虫子组成的手划过火车的廊柱和陈旧的座位靠背。

“等我们找到昆虫线，”虫叔对其他留在站台上的同伴说，“我们会回来带你们一起走。”

“啧啧啧。”大马士革玫瑰说，关上了门，生气地让虫僧们停止说话和做手势。一阵呼呼声从车厢地板下面传来。火车向前猛地一震。挂钩叮当一声，缓冲器砰的一响，每节车厢都撞向前面一节。灯具和行李架上都飘下一阵轻微的尘雨，洒在人类乘客的头上，和三个虫僧戴着的帽子上。等他们把灰尘掸掉（人类才掸灰——虫僧们不在乎灰尘），火车已经开动了。隧道把火车吞没。它自言自语地哼着，加速起来，很开心再次出发。几分钟后他们进了凯门，又过了几分钟卡什的薄雾便像肮脏的法兰绒一样印在车窗上。

“这是什么地方？”弗莱克斯问，窗外死寂的风景让他目瞪口呆。

等他们到达车站，大马士革玫瑰把速度放缓，但没有停下。火车带起的风扬起站台上的灰尘。火车打开外壳上的舱门，伸出花朵形状的天线，指向天空各方。它用无线操作系统在数据海搜寻。但它只收到一片寂静，还有几百年前从遥远星辰发出的微弱通讯信号。

“发生了什么？”大马士革玫瑰问。

“这条线关闭了，”岑说，“这个站死了。城市被遗弃。继续走，火车。带我们去桑德尔本。那里有火车，有人，还有其他线路，有新的事情发生。”

大马士革玫瑰发出深沉不悦的声音，又加速起来。它的乘客们在座位上坐好。过了一会，又有好几道门一闪而过，他们已经离克利瓦很远了，弗莱克斯开始跟岑讲他的故事。

32

普雷尔家族在戈尔肯达有座机器人工厂。它曾是从这个厂派驻到克利瓦的机器人工作队的一员。型号 PIT365，代号：弗莱克斯。一同派来的还有二十四个和它一样的机器人。卫神们很久以前就颁布了规定：在任何星球上都必须有一定数量的工作由人类完成，以此来维持社会稳定，但因为机器更便宜，一众家族集团成功说服马哈拉克斯密大帝修改了立法，把机器人也归为人类。克利瓦的一家工厂就购买了弗莱克斯这批机器工来清理高炉的烟道。

当时被雇来打扫烟道的人类工人见到这些新来的机器工人很不满。虽然工作艰辛，肮脏危险，但那是他们的工作。要是任由这些线偶取代他们，那线偶取代人类工作的边界在哪里？整个星罗上的所有工作，恐怕机器人都能比人类更便宜地完成。于是他们奋起抗议，还要求其他工人也加入。“砸了它们！”他们高喊道，他们还去途中伏击那些运送机器人的集装箱卡车。

集装箱很大，锁得很结实，但有一个女工开来一架叫“铁企鹅”的机器：一身铁甲，形状像只梨，挥动着一双可操纵的巨爪。她把集装箱的门都扭下来。她的同志们闯进集装箱，挥舞着工具家伙。

最早的机器人，其实是军用的地面袭击无人机。研究证明，相对于其他目标，士兵们不太愿意对着人形开枪；这一瞬间的迟疑就能让军事机器人占优势。但克利瓦的工人们肯定比士兵更铁石心肠，因为他们看见新的机器人时毫不手软。“很高兴见到你们，工友。”新来的“人们”有礼貌地说。打击来临的时候它们显得很困惑。“请告诉我们哪里冒犯你们了。”站在弗莱克斯旁边的一个问道，这时一个魁梧的工头用扳手敲下了它的头。

集装箱里充满了喊叫声和打砸声，严重受损的机器人肢体横飞，“血肉”四溅，“砸了这些线偶！”的叫嚣不绝于耳。弗莱克斯懵懂地逃出了集装箱。铁企鹅用大钳子夹住它，拎到空中。弗莱克斯挣扎着，透过铁企鹅的挡风玻璃看过去，只见操纵铁企鹅的人是个愤怒的棕发女孩，油腻腻的连体工作服正面缝着“米卡”两字。

这张愤怒的脸一时变得不那么愤怒了。本来米卡完全可以用大钳子把这个机器人剪成碎片。虽然她听到公司引进智能机器工人的计划时和其他人一样愤怒，可当她看见眼前被压扁的脑袋、被扯断的胳膊，还有为线偶们充当血液的蓝色液体从集装箱里如柱般喷涌时，她突然觉得自己的暴力在离开。她和被自己抓住的机器人对视了一下，在对方眼里看见的只有困惑。没有人有闲工夫告诉过它世界会是这样。

“我也没这工夫。”她很嫌弃地说，但她没有收紧钳子，而是松开了，同时快速把铁企鹅开走。弗莱克斯被甩离了战场，越过一段栏杆，下坠了几层楼的高度，最后落在克利瓦河床上一堆等着下次洪水冲走的垃圾堆里。

弗莱克斯在那儿躺下，想着刚刚发生的事，都是为了什么。它藏身于那一大堆垃圾中，高处的喊声渐渐消失。它觉得自己的脑部也受损了。它不停地有奇怪的想法。它从垃圾堆里找到些旧毡布，开始用一截锈电线在上面画些符号。它看着那些符号，很喜欢。它发现这些符号可以变成画面。它更专心了。它画脸、手、铁企鹅，还有那个开企鹅的女孩。还有身边奔流的河。

夜色降临克利瓦，大峡谷的高山之间现出狂风暴雨的天空此时已经变黑了。商店工厂陆续熄了灯。弗莱克斯继续画，直到听见有人从上面的工厂沿梯子爬下来。

它后退到峡谷壁上的一个豁口里观察动静。这时一道电筒的光柱扫过垃圾堆。它在黑暗中不需要电筒也能看见。来人是米卡。它不知道她是不是后悔没抓住机会毁了它。她是下来找它，好完成之前没做完的事吗？它看见她俯身拾起一块毡布。她对着毡布看了很久，弗莱克斯猜她大概是找到了它画她的那块毡布。她看看四周，以防是有人开玩笑放在那儿，此刻正躲在暗处偷笑。弗莱克斯一动不动。一片寂静，只有植物在河流的水汽下缓慢起舞，像绿色的火焰。

“机器人？”她喊道，“你还在下面吗？”

它觉得像被闪电击中。它看见那女孩开始注意到它苍白的脸正透过植物盯着她，她开始走过来。她把那块毡布放进外套左边的大口袋里，然后踩过垃圾堆，一路脚底打滑地滑过来。她说了一句话，但弗莱克斯的程序设置理解不了，也许是在骂人。她说：“我们该把你怎么办呢？”

“求求你，我想离开这个地方。”弗莱克斯说。

米卡哼了一声。“那祝你好运。他们把你的同类全砸烂了。车站外面全是暴动的人，进站的火车运来的线偶也被拖出来打坏，脑袋被拿来当灯笼。你必须待在这里藏好。”

“谢谢你，”弗莱克斯说，“没有把我打坏。”

“我真希望我把你打坏了，”米卡说，“我当时要能做到倒好了。要是他们发现我救了你……”

“对不起。”弗莱克斯说。

米卡走下梯子时捡起了弗莱克斯此前正在画的毡布。她看看上面的图画，说：“我不知道机器人还会画画。”

“我也不知道。”

“你是被设置成做设计类工作的？”

“我想不是吧。”

她放下毡布，又看看弗莱克斯的脸。（岑能想象她的表情。气呼呼的，但很和善。她从小就一直在照顾妈妈和年幼的弟弟，现在还有这个笨蛋机器人也需要照顾。)

“你不能待在这儿，”她告诉它，“我可以给你指条路，有条台阶通向大烟囱。在大烟囱里有很多地方可以藏身。但还是肯定有人会撞上你，所以你得改改样子，不能显得这么……你得看起来像个人。”

“怎么搞？”弗莱克斯问。

“你肤色太白，眼距太宽，而且……”

弗莱克斯点开它系统里的目录。白色的脸颜色变深了，成了和米卡差不多的古铜色。它的眉毛也变粗变密，像米卡的一样连到一起了。

“别过头了。”米卡说。她看看它的衣服——灰色的纸外套现在破破烂烂的，露出它空无一物的无性身体。“你是男孩还是女孩？”她问它，“男性还是女性？在克利瓦，通常人们只有男或者女一种性别。”

“你是什么性别？”弗莱克斯问。

“当然是女的。”

弗莱克斯在目录下面找到“性别”设置，选了“女性”。

米卡在垃圾堆里翻来翻去，找到些外套，还有件用塑料花做纽扣的女式雨衣。她让弗莱克斯穿上衣服，然后坐回去，端详着她。她教她把头发留长一点，用手大致做个发型。“好了，”她说，“你这女孩看起来有点怪里怪气，但至少人们不会一眼就认出你是线偶了。不过你自己还得下点功夫。你要观察人们——这个你擅长，我从你画的画就能看出来。观察我们，学我们怎么走路。听着，还要学我们怎么说话。但除了我，不到万不得已别去跟任何人说话。”

“不跟别人说话，米卡。”

她领着弗莱克斯沿河边走，上了从岩石壁上伸出来的锈迹斑斑的人行道，上了湿漉漉的台阶，进入一段大烟囱之间错综复杂的小径。分别前，她通过耳机给弗莱克斯的大脑里发了条消息：一个发讯息的地址。“需要任何东西，”她说，“你就呼叫我。我可以给你带来吃的，或随便什么。但我猜你们这种不需要吃东西吧？”

弗莱克斯确实不需要食物，但她需要能量。她独自从大烟囱里出来，进入车站调度区。里面的能量站给巨大的火车头转盘供应出站动力，她在那给自己充满能量。在大烟囱之间的一片空地上，她给自己筑了个小窝。她用心聆听来来往往的火车们强大又安宁的心灵。她听见火车们唱歌。它们知道她在那儿，但它们好像不介意。小窝的墙上，瓷表面被污垢和潮气弄脏了，她就从那里开始涂鸦。她画火车、铁企鹅，还有花、卡车，还有衣服。她画米卡。她跑出去观察街上的人，再回来画他们。她扎进数据海里，找到可画的题材，画出她甚至都不知道名字的东西。

每过几天她的脑子里就会收到一条米卡的信息。“你还在这儿吗，机器人？”或是“你有什么需要的吗？”有一天她回了消息：“求你了，我想要点画画的东西……”

“于是米卡开始给我从工厂商店捎来画笔。”弗莱克斯说，回忆到这里笑起来。这时大马士革玫瑰载着他离克利瓦越来越远。“我开始在火车上画画。当人们开始认出我的画，他们就来找我，请我为商店画商标，装饰出租车和卡车。他们给我的回报是画笔和免费能量。米卡帮我买东西，衣服什么的，好让我更好融入。她有时过来就聊聊天。她跟我聊起你，还有你的妈妈。她说我很善于倾听。”

岑想，在他离家去安贝赛和塔斯克偷东西的时候，或是在斯帕特帕腾逗留的时候，抑或躺在桥街的床上听着妈妈烦扰呻吟的时候，这些应该一直都没中断过。有时米卡回到家湿淋淋的，一身疲惫，他一直以为她是从那没前途的工作直接下班回来的。他觉得自己像个傻瓜，没注意到弗莱克斯是个机器人；他从来没想过自己的姐姐会有这样一个不同的生活，一个属于她自己的历险，这让他更觉得自己是大大的傻瓜。

“米卡是对的，”他说，“她的事我不知道的多着呢。”

弗莱克斯笑笑。“她是好人。跟你一样。”

“我？我不是好人。”

“但是你这么大费周章去救一个机器人，就像米卡救了我。”

“这不一样。”岑说。

“等我们到了桑德尔本，”弗莱克斯说，“你得进到大气层外的轨道里去找诺娃。你要怎么做？”

“我自有安排。”岑说。

其实他也不知道。他只有些零碎的想法，谈不上计划而更多是迫切的希望。会很冒险，也许根本不可能，但他要试试。要是他能把诺娃从死神那里偷回来，也许就能弥补他在斯平德尔桥造成的所有死亡。

33

大马士革玫瑰没有一直开到桑德尔本站的里面。她还在城市外围的深深隧道里的时候，岑就让她停下来。

“你想要我跟你一起去吗？”弗莱克斯问。

岑摇摇头。“你在这儿等我。如果你不介意虫子的话。”

“我不介意虫子。”弗莱克斯说。

岑不知道虫僧们的听力怎么样，所以压低了声音说话。虫叔和他两个似乎没有名字的朋友拥在车厢最深的角落里窸窸窣窣。要是诺娃在这儿，岑想，她大概会给他们起外号：比如“嗡嗡”和“蟋蟀”。但要是诺娃真在这儿，他决不会卷入这样一场疯狂的冒险。

“好，那看着他们一点。”岑提醒弗莱克斯。他不太信任这些虫子。他们踏上这趟旅程自有目的，根本不在乎他的事。万一他们找到让老火车听命于他们的办法，让火车在他回来之前就离开可怎么办？

“我会看着他们，”弗莱克斯说，“我也要开始忙着给火车画画了。”

火车的一只机器蛛带着岑在隧道里走了几公里，来到一处通向地面的台阶。他深呼吸了一下，开始往上爬。

他没想到桑德尔本竟是他见过的最漂亮的城市。这是努恩家族的大本营，他们把这里建设得皇威尽显。高楼在午后的薄雾中直冲云霄，傲视天下，像童话里等待发射的火箭飞船。高楼之间现出车站廊檐——上百条站台，通向藏身周围山中的凯门。他放眼看去，四周都有闪亮的火车在行驶，有的在繁忙街道上空的天桥上，有的在楼房之间的虹道上。桑德尔本的商业中心似乎照常营业，但机器工人们正忙着把马哈拉克斯密二十三世的巨幅画像从外墙上拆下来，换上普里亚一世的画像。哪怕在照片上，她都看起来很紧张、没自信。公共大屏幕正在介绍轨道军元帅德利厄斯，据说这个女人已来到桑德尔本，来表达对年轻女王的拥戴。但岑通过耳机随手打开的小道消息网站却声称，她其实是来考察普里亚·努恩是不是可造之材，以决定是否让轨道军转而支持她的叔叔。这种时候，有两三个人选争夺皇位，谁能得到轨道军的支持，谁就能上位。

蓝军身着战服，有的在自动扶梯上巡逻，有的在站台入口处站岗。岑彩排了一下编好的剧情，以防被盘问，但没人盘问他。

他的第一个计划是装成打捞员，然后租一辆航天飞机去大气层外轨道。但很快他发现租个航天飞机太贵了。难怪太空旅行一直没有普及。他吃不准自己能不能付得起。就算能，这么大一笔钱通过桑德尔本的数据筏转账，会让他登上头条，引来所有人的注意。

于是他在一家咖啡店里找了个安静的隔间，戴上耳机，快速地浏览着社交网络。科比·陈-图尔西很快被识别出来，他踌躇满志的自拍照在十几个网站上笑着。岑选了看起来科比用得最少的一个网站，给他发了条消息："我是塔利斯。从然加拉给你发消息。你的伤恢复得怎么样了？"

特伦诺迪正在陈-图尔西家花园里蜿蜒的溪边散步，这时科比过来找她。她刚听到他喊她"特伦宝贝！特伦宝贝！"时，她假装没听见，好再多独处几秒钟。但等他一瘸一拐走到她跟前，她便摆出微笑，转身面对他。她很吃惊，他怎么这么愁眉苦脸。

"出事了。"他说，"你还记得你那个表哥吗，在火车上的？塔利斯？"

她想，看来他们找到他了，估计是死了。科比的家族负责协调搜救事务，调派航天飞机去收集大的废墟碎块。她想，他们找到塔利斯的尸体了，现在科比来告诉她噩耗……

但科比说："他给我发了条消息！"

"他还活着？"她本应感到高兴，但她并没有。不知为什么，这消息让她警惕。撞车之后塔利斯都去哪儿了？为什么他要给科比发消息，而不是发给她？

“他威胁我！”科比说。

“什么？”

“他说我得帮他做点事，不然他就把他耳机里在然加拉狩猎的录像上传到桑德尔本所有的新闻站和八卦论坛。他说他想知道我的父母看见那场搏斗的录像会是什么反应……”

“那不是什么搏斗，科比。”特伦诺迪说。她瞥了一眼身后，确认没有仆人或安保无人机在监视。“你从背后把他打倒。你试图杀了他。至少，看起来会是这样……”

“我知道！”科比惨兮兮地说。

特伦诺迪为他难过，同时对塔利斯的举动很吃惊。他一定是想报复科比。考虑到最近发生了这么多事，她觉得塔利斯这事做得似乎有点小气。

“那他想要你做什么？”她问。

“他说他要去大气层外轨道，”科比说，“我知道——这很奇怪。但他说他知道我家族的航天飞机经常飞去那里，他想乘我们家的航天飞机去。”

“那你跟家人说了吗？”

“没有！只跟你说了！我连你也不应该告诉。塔利斯这点说得很清楚。他说：‘别跟任何人说。我比你聪明。你以为我没考虑过这件事的所有周折细节吗？对你来说，按我的话照做就是最简单的出路。’”

“这听起来不像塔利斯说话的风格。”特伦诺迪说。但以塔利斯的风格他又会说什么呢？老实说，她根本就不了解他，更何况她对他的记忆全都被更鲜明具体的撞车记忆覆盖模糊了。她不了解他，关于他的那一家族分支，金枢纽的努恩氏，她一无所知。她只知道，也许金枢纽上的那支也会为自己谋求皇位，或是联合蒂伯尔皇叔。这就是她所知道的全部——

她突然有一个可怕的念头闪过。万一塔利斯从一开始就是蒂伯尔皇叔一派的呢？万一他登上努恩家族火车就是为了获取情报？万一撞车和他有关系？她记得自己是如何把他热情地迎上火车的，她是如何为他挡开了安检。这些都会看起来很糟，她想。要是塔利斯真的在密谋什么，那她就会被指控为同谋。当然她不是故意的；她只是做了所有努恩家族的人都会做的事；她当时没有任何理由怀疑他，没有任何理由。

但普里亚肯定不会这么看。普里亚会认为她是塔利斯表哥阴谋的一分子。普里亚会把她宣判为家族叛徒，施以冻刑……特伦诺迪想到这些已经觉得冰冰冷。

“你不跟别人说是对的，”她告诉科比，“你能给他回消息吗？”

“他说他会联系我的。”

“那你有航天飞机可以带他上去吗？”

“应该有。按计划我们有一艘两千点时从50号发射站出发。”

“跟他说你在那里跟他碰头，”特伦诺迪说，“我们要查清这到底是怎么回事。”

“是，”科比说，“是，特伦宝贝。”

他看起来那么温顺、那么颓废，让她觉得还挺喜欢的。

岑一下午都在找只收钱办事不多问的武器行。他花了不少时间，最后找到一家。店家给他 3D 打印了一把小巧的左轮手枪，还卖给他一板弹药。空中的士载他去 50 号发射站的时候，他能感觉到枪在口袋里沉甸甸的。

发射站都在城市南边的沙土山里。这时天色已晚：红红的太阳在尘雾后面落了山。在 50 号发射站等候的这艘飞船叫“空间斗”。远看很漂亮，但当岑下了的士走近一点，就看出那飞船黄翅膀上面的奶油色圈圈只是聚光灯的光束，黑乎乎的前端只是陶瓷表面无数次穿过大气层降落后留下的烧焦和凹洞的痕迹。

科比如约在登机梯口下面等着他。但他不是一个人。他把特伦诺迪也带来了。

岑知道特伦诺迪对科比的感觉，而且苏富拉夫人也说过他们的婚约解除了。所以他万万没想到特伦诺迪还会跟科比在一起。他看见她的时候几乎惊慌失措，想转身逃走，但他的的士已经离开了。

“我只告诉了她一个人。”科比说，急匆匆地穿过发射站来见他，“我没办法。本来我们今晚要约会；要是我一个人出来，得解释……”

“他说的是真话，”岑想，“他恨我，但他不敢忤逆我。”知道科比害怕自己是种奇怪的感觉。他很享受。

特伦诺迪倚在登机梯上，看着他。她并不害怕。他能看出她在琢磨他。他抬头检查有没有她家族的无人机在监视，但似乎没有。

“塔利斯表哥，”她说，“撞车之后，你去哪了？”

他耸耸肩。“到处跑跑。”

“我很担心你。我检查过，没有你从斯平德尔桥下来的记录。”

“这个嘛，撞车后场面混乱——”

“你为什么不给我报平安？”

“我以为——”

“你为什么回来？”她问，他知道她有所怀疑。

“看到你平安无事，我很高兴。”他说。

“哦，我没事，”她回答道，“我父亲死了，还有半数的叔叔、姑姑和表亲也死了。蒂伯尔胖皇叔威胁着我妹妹的皇位。推送新闻一直在说埃隆·普雷尔也会称帝。这意味着我们要和普雷尔家族开战。现在我的塔利斯表哥又在勒索我的未婚夫。但我没事，塔利斯。你真的有然加拉的录像吗？”

岑点点头。“全过程都录下来了。”他保证。他给她的耳机发了一份。科比有几秒钟站都站不稳，手里拿着枪，眼中满是怨恨。

“就这么多？”

“这是个样本，”岑撒了谎，“我录了全过程。”

特伦诺迪刚要说话，科比打断了她。“飞船准备好了。按计划我们两千点时发射。我家族的人会以为只是寻常的搜救班次。”

岑很紧张。他仰头看看梯子尽头打开的舱门。

“有机组人员吗？”

“我就是，”科比说，“但别担心，飞船其实是自动的。我们多数时候都让它无人自主飞行。”

要在过去科比是不会承认飞船自主飞行的，岑想。过去的科比一定会吹嘘自己是个多厉害的飞行员。也许他真的变了。岑说：“我能自己坐飞船走吗？”

“不行！”科比说，“我的意思是，不能不经过我家族的核准。你需要我待在船上，不然飞船会调查的……”

岑点点头，接着看看特伦诺迪，真希望她没来。他觉得他应该可以控制科比，但同时控制两个人恐怕不行。但他也不能把她一个人留在地表，万一她拉响警报呢。她比科比聪明，而且她也许没那么在乎录像外泄。她可以部署努恩家族海军一半的军力在他降落时等他落网。

“你也一起来。”他说。

“噢，我可不想错过这事。”特伦诺迪说。

他伸出一只手。“把你的耳机给我。”

“为什么？”她问，但他就站在那儿伸着手，脸上的表情让她害怕。她后悔关了安保无人机。本来无人机应该一旦出了陈-图尔西家族的产业就全天候跟随她的。但那些无人机会把一切汇报给她的家族，她不想这样。于是她从耳后拿下耳机，交给塔利斯，看着他把耳机踩碎，成了太空港的一堆灰。

“你担心我跟别人说起你？”她鼓起勇气说，“你到底做了什么，塔利斯？你要科比的飞船干什么？”

“我落了东西，”他说，“在上面。”

她看看上面。空间斗那残破的机身上方，斯平德尔桥别在微亮的天空上，像个廉价的胸针。

“我可是有朋友的。”他警告道。

“我难以想像你的朋友们怎么看你。”她说。

岑不理会她。“我在桑德尔本有朋友。如果我待会回不去，他们就会上传录像。只要带我上去，找到我要的东西，我就永远不会再麻烦你或者科比了。”

他并不危险，只是烦人，特伦诺迪判断。就算这样，她还是庆幸衣服袖口里还藏着个备用耳机。她要等着看他到底要干什么，然后再联系家族的人。如果她自己抓住了他，就不会再有人指控她是他的同谋了。

34

上去比下来难。他们躺在航天飞机控制室的乙烯基椅子上，引擎声震耳欲聋，引力加速度像铅一样压迫着他们的胸口和脸庞。最后总算结束了，他们现在失重了，自由漂浮在这个脏兮兮的小房间里，头发飞起。桑德尔本像个灯笼一样在窗外闪亮。

“宇宙飞船太不浪漫了，”特伦诺迪抱怨着，“都没有餐车。你家人为什么不能——”

“我们要找什么？”科比问。

要在以前，科比决不会这样打断她，岑想。而她也不会让他这样对她。他们之间的关系有些逆转。以前对科比来说，能和努恩家族联姻是份荣幸；现在努恩家族家门不幸，科比还没和特伦诺迪解除婚约，这是种恩惠。

很多事都变了，大事，小事，从岑同意窃取匹克西斯的那一刻起，一切变得一发不可收了。

“是一个无人机，”他说，“一个努恩家族的安保甲壳虫，损坏得厉害。它在事故之后没多久就被从斯平德尔桥扔出来了。”

“那它应该对应努恩家的一个激活码，”科比说，“我们通过激活码从黑暗中捞出了不少努恩家的技术产品。”他眨眼给飞船发送了一些指示，飞船开始计算无人机可能的参数，并向太空发布信息。

“你为什么要这个无人机？”特伦诺迪过了一会问道，“你是不是在里面存了什么重要记录？”

“跟这没关系。”

“可能里面存着你不想让我们家这一支发现的秘密。你在我们的火车上图谋不轨，是不是？所有那些问题，还有你对苏富拉姑妈那么友善——我们都觉得事情发展得太快……”

“我没有破坏你们的火车。”他说。

“我不相信。要是我们的安保人员盘问你，他们也许会发现你为蒂伯尔皇叔工作已久了。”

“算了吧，特伦诺迪，”科比说，“他有我的录像，还记得吗？”

“他说他有，”特伦诺迪说，“你真的看过吗？看过全程的录像吗？为什么他不肯把全程的录像给我们看？”

“我当然有全程录像。”岑说。

“安静！”科比说。他不再听他们说话。飞船扬声器里渗出来一条稍纵即逝的微弱提示。“是那个无人机的飞行记录仪！正在回应激活反应。那无人机损毁严重……基本废了。……还有另外一块残片纠缠在一起……"

航天飞机在向信号来源靠近，岑戴上耳机。"诺娃？"他趁科比和特伦诺迪聊得起劲时轻声地说。

没有回应。无人机发来的信号中断了，但现在从飞船已经能看见它。他把脸紧紧贴在厚厚的窗玻璃上，死死盯着外面的漆黑一片。前面有个物体在反光，翻滚着。有一会，有一道无人机装甲外壳的微光，一个毫无生气的身影，衬着桑德尔本一颗卫星的光闪过。她死了，尸体飘浮着，岑想。万一米卡说得不对，万一他费尽千辛万苦，还是不能救回诺娃，他真不知道该怎么办。

在上面的时光，她很长一段时间里都一片混沌。她甚至都不知道自己是什么。有地方坏了，要试着修复。警告信息和损坏报告不停地打断她乱七八糟的梦。开始菜单在她脑中的屏幕上涓涓而下，就像窗外的雨。这让她想起在德斯迪莫，她在雷文的实验台上诞生的情景。

她总算重新获得了视觉功能，还找回了一些记忆，想起自己是诺娃，正飘在桑德尔本的大气层外轨道上，而且还被拴在无人机上。

她小心翼翼地在桑德尔本强烈的阳光下翻滚，成功把抓钩从身体里抽出来。同时她特意留着把她系在无人机上的微丝电缆。她把电缆一端绕在腰上，顺着电缆把自己拉到无人机跟前，确认无人机完全损毁。这时她把自己和无人机系在一起，就像失事船上的水手把自己绑在一块漂浮的残片上，然后等待。

她等了很久。等得忘记了时间。因为起初她和数据海的连接失灵了，连接修复之后她却不敢用。她和岑犯下了可怕的罪。谁知道数据海里有什么监督机器人或监视程序在设套等着她?

于是她就挂在那儿，成为斯平德尔桥灾区泄出的那大片残骸中的一部分。有时别的碎片飞速靠近她，她才想起自己也是在运动中。有时她不得不用无人机的推进器把自己推开，来躲避尖锐的碎片，以防被拦腰切断。有时她看到飞船经过。那是在收集比较大的残片，但方圆几千公里内都没人接近她。也许坏掉的机器人没有搜救价值。

斯平德尔桥一开始还在视野内，周围有航天飞机和抢修车。但随着时间推移，她离得越来越远，斯平德尔桥终于沉没在行星的曲线背后，从视野里消失了。

有时她也找点乐子，无人机把她身体打穿了一个洞，她就从洞里看太阳的样子。一束阳光从她胸中穿过，照亮周围一层霜冻和残片。但慢慢地光束越来越窄，终于有一天彻底消失不见了。她的身体从阳光里收获了足够的能量，愈合了伤口。

这时无人机醒了，在一个紧急频率上广播着自己的位置。一颗明亮的新星从桑德尔本边缘升起，越来越大，直到开到诺娃跟前现出原形，是一艘丑陋的硫黄色飞船……

飞船在调整位置，岑感觉到加速度轻轻前后推搡着他。岑能听到

"吱"、"咣"的几声，飞船后货舱的门打开了，还有机械臂伸出去的声音，但还是什么都看不见，只有太空里夺目的恒星刺痛着他的眼睛。接着又是"吱"，"咣"，"吱"，"咣"……

"获得目标。"飞船说。

"好了？"岑问，"她在船上了？"

"她？"科比看看他的周围，接着点点头，笑着说，"好了。我们把它捞上来了。"

岑想跑，却意识到失重环境下跑也没有用。他抓着瓷舱壁把自己拉出控制室，沿着乙烯基填充的悬浮通道，到了通向打捞口的连接处。连接处还在重新加压，紧闭的门上红灯一闪一闪。他猛拍着红灯，好像这样就能进展快一点。他从打捞口的小窗户眯着眼看，诺娃的身体飘在半空中，全身缠满了像天使头发一般又细又亮的电缆。

门开了。他穿过打捞口游向她。她的眼睛蒙着一层霜，无神地瞪着他。嘴唇是蓝的。衣服上的破洞周围溅满了污点。

"坏了的甲壳虫和一个死了的女孩？"科比说，他和特伦诺迪从门里看过去，"就为这个把我们拖到这上面来？"

"那不是女孩，"特伦诺迪说，"那是他的线偶。那个古怪的线偶。"

"他费这么大事就为了找这个破线偶？也许你是对的，也许线偶里保存着什么他需要的东西……"

特伦诺迪没有回答。她暗暗从袖子里往外扯什么东西。她转过脸，这样就算岑环顾四周，也不会看见她正按着鬓角。

不过岑完全没有看。就算他看了，他隔着满眼失重的泪水也看不清什么。诺娃死了。她已经死了这么久，他不远万里来找她都是白费。

这时，他试着把眼泪擦掉（因为失重，眼泪挂在脸上和手指上）。当时抓钩把诺娃的胸口掏出一个洞，他注意到这洞的下面，诺娃的合成血肉愈合了，长出了一块厚厚的难看疤痕。抓钩没有刺在她身体里。她把抓钩拉出来了，整齐地系在腰上。

“诺娃？”他又说。

诺娃眨眨眼。

“你都好吗？”他问她。

她的脸抽了一下，试着微笑。冰霜融化，她的脸颊又有了光彩。太空粉尘在她脸上凿出许多小疤痕和麻点，但这却让她显得更有人味了。岑想抱抱她，但特伦诺迪和科比在那，他不能抱。

“岑？”诺娃在对他笑，“你回来找我？”

“对！”

“那你真是个笨蛋，”她说，“但是非常感谢你。”

岑还在哭，但又笑出来。他成功了，就像米卡说的，他能行。他来这里找到了诺娃，她还活着。但就在他去帮诺娃从无人机上被解开时，他下意识回头看。特伦诺迪正从门里监视他，脸上露出带着嘲讽意味、志得意满的笑容，好像她抓住了他什么把柄，让他想不明白。

等诺娃从无人机上被解下来时，飞船已经又进入大气层，像个快艇在波涛汹涌的水面上跳跃。岑把自己在椅子上绑好，看着等离子光点像萤火虫一样在控制室的窗前飞过。

诺娃在耳机里对他窃窃私语。不停地说，不停地说，好像要弥补这阵子失去的时光。“……无人机醒过来，开始发信号的时候，我还以为有搜救船来找我了，我想我要被当废料处理，或者格式化重启了，我就会丢失所有记忆。所以我就装死，然后我听到你的声音，才意识到你回来找我了……”

岑笑着看她。他太想念这个声音了。但他没法专心听她说话。他还在想特伦诺迪为什么那样看着他。那眼神意味着什么？

颠簸很快结束了。他们飞进干净平缓的平流层。月亮在他们身下给桑德尔本的海镀上一层银色。

“改变路线。”岑突然说。

科比看看周围。“我们的路线是对的。再过三十分钟我们就到下面的对接台了。”

“不，”岑说，“有人等着抓我们。特伦诺迪已经把我们出卖了。她很可能是趁我们找无人机的时候给她家人发了消息。”

“我才没干这种事！”特伦诺迪说，高傲又气愤，好像他在诬蔑她在火车套圈游戏里作弊，“你弄坏了我的耳机，还记得吗？”

“你还有一个，”岑说，“或者你用了飞船的系统呼叫努恩家族的安保。”

“特伦诺迪不会做这事的，”科比力挺她，“她知道要是你把录像发出去我就完了。”

“根本没有什么录像。”特伦诺迪说。

岑掏出手枪。他没有真的指向科比，但他端着枪，做出准备瞄准的样子。他说：“在桑德尔本城北把我们放下。”

科比看着特伦诺迪。“是真的吗？你跟你家人说了？”

“总得有人说，”特伦诺迪说，“科比，我们抓住了斯平德尔桥灾难的罪魁祸首，还有那个机器人帮凶。我甚至都不相信他是他自称的那个人！他把机器人重启的时候我都听见了——它喊他‘岑’。这人是假冒的。抓到这个伪装者，一旦这个故事上了头条，你觉得还会有人关心你的录像吗？人们会为你抓到他而高兴！”

“改变路线！”岑大喊。

特伦诺迪看着岑手里的枪。“我们要是不改变路线呢，塔利斯，还是‘岑’，还是别的什么名字？你就杀了我们？”

岑知道他应该杀了他们。雷文就会这么做，他想。把他俩都杀了，抛尸海上。地面上的人不认识他和诺娃。没有特伦诺迪和科比指认他，也许他还能编个圆溜的谎，就说在上面太空里出了事故……

但诺娃知道。她一直在看，他们在说话的时候，她的脸从他转向特伦诺迪。

他放下了枪。“我不会伤害你们。”他说，很平静。

他不是雷文，也不是雷文那样的人。但他真希望自己是。

“你根本就不是努恩家的人，对不对？”特伦诺迪问。

“我的名字叫岑·斯塔灵。”他说。他本可以试着糊弄过去，但他觉得自己欠她什么，真相是他唯一能给的东西。

“我一直觉得他有点奇怪，”特伦诺迪跟科比说，“我一点想不通可怜的苏富拉姑妈为什么那么喜欢他。”

空间斗穿过一条海岸线，在森林上空掠过，从高处看下去森林在月光下就像一朵西兰花，飞船接着掠过城镇、茶园和不息的河流。飞船的速度在放慢。透过瞭望口岑已经能看见公路、铁路在城市里交错汇合。科比一直在对飞船说话。特伦诺迪怒视着。前方的平原上，商业太空站的龙门架显现出来。岑觉得已经能看见射击无人机在科比的对接台上空巡逻时螺旋桨反射的月光。

就在这时，毫无征兆地，科比说：“改变路线，飞船。在城外降落。”

飞船急转，绕开了太空站。“科比，你在干什么？”特伦诺迪尖叫起来。地平线不停翻转。空气摩擦着飞船粗短的翅膀，发出尖锐的噪音，引擎在咆哮。外壳被什么东西击中了，发出惊天巨响。他们在黑暗中失重翻滚，偶尔有火花喷溅。然后是猛烈的撞击，一阵漫长的踉跄减速滑行，天花板上塌下来一块，泥土和植被闯入瞭望口的视野中。

接着一阵死寂。

“他们对我们开火了？”特伦诺迪问，“是开火了吗？他们把我们打下来了？”她的声音颤抖得都模糊了，“科比，你为什么改了路线？”

科比从破碎的控制室里看着岑，眼光里充满骄傲，仿佛在说：“看到了吗？我们扯平了。我们有过矛盾，但你救过我一命，现在我也救了你们一命。”他大概觉得他们是三维视频里高贵的武士，而这就是高贵武士的作风。他有一刻有点想握手。但特伦诺迪呻吟了一下——降落时舱顶上有什么东西打中了她的头——于是他转身走开，弯腰看她。

“你跟我们一起走吗？”岑问他，“你要是待在这儿，努恩家族的人会找你麻烦的。我们有辆火车。我们可以把你带走。”

科比头也不抬地摇摇头。“不用了，谢谢，塔利斯，或是随便你管自己叫什么。我留在这儿。”他找出一个急救包，开始紧张地处理特伦诺迪的伤。然后他才很快地抬起头，说：“我知道你觉得我只是个纨绔子弟。我知道你觉得我和特伦宝贝之间的婚约只是利益联盟。特伦宝贝也这么想。但我真的喜欢她。我不会撇下她。”

岑看向特伦诺迪，她也同样吃惊。

科比说：“你们最好快走。轨道军马上就来了。我们会对蓝军说你们劫持了飞船，撞了船然后逃走了。”

岑这才行动起来。他拉起诺娃的手，一起从损毁的舱口爬出去，钻进桑德尔本城市边缘排水管道的淤泥里。一架无人机在他们上空嗡嗡盘旋，吓得他们不敢动弹，但还好只是农用的种植机器人，过来评估飞船的不速降落给高粱带来的损失。农田那边，他们听见其他无人机从远处靠近。

他们沿着排水管一路趟着淤泥行走，直到尽头一根更粗的管子套着排水管插进了地下；再从庄稼地里迅速走进旁边的一片田，在谷仓和农机棚之间穿梭，最后来到一条环城路上。路面微微亮着，释放出一些白天存储的阳光。悬浮车和地面车停着，乘客都去围观飞船撞击处升起的烟了。震耳欲聋的喷气引擎在天际翻滚。岑把诺娃推进一辆空车里，自己跟着也爬进去。诺娃用自己的系统对车做了手脚，车醒了过来。

“我们去哪？”她问。

岑完全不知道科比把他们降落在什么地方。“城里。”他说。

车子急转调头，从一个出口舷梯出发了。身后无人机的探照灯从田野那边扫过来。

35

“弗莱克斯？”

“唔？”

“弗莱克斯？”

大马士革玫瑰把自己的声音推送到弗莱克斯的脑子里。弗莱克斯正挂在这老火车的外壳上，挥舞画笔描着各种图案和形状。一只机器蛛拖来一盏工作灯帮他照明，另一只帮他托着颜料包。这些福斯出品的火车不像现代火车那么大，弗莱克斯希望自己的画具贮备够用。要是不够，也许他能说服餐车里的三维打印机给他一点辣椒。

虫僧们的诡异传说溜进他的脑中，给他灵感。他知道沿着大马士革玫瑰那流线型的侧面应该画什么了：天使。天使们从老火车头前额上的那盏大灯下溢出，仿佛大灯下是个明亮的门。有昆虫天使和人类天使；还有的看起来像狗、蚱蜢和鱼；还有的像带翅膀的火车和飞行的水壶。有的天使带着鹰的翅膀，有的长着时钟面孔。有的身着商务服装，有的穿着舞会礼服，还有的天使只穿着出生时的内衣，还配错了条纹袜子。有的天使撒着玫瑰；有的在吃炸蔬菜，有的在火车侧面下边旋风一般跳着舞，所有天使都因成为弗莱克斯杰作的一部分而开怀大笑。

如果颜料够用，弗莱克斯想，他要在车厢里也画上相似的图案；他一直都想把一辆火车从头画到尾。他沿着引擎室画了一只以米卡·斯塔灵为原型的高大强壮的大天使，宽臀粗臂，面容和善俊朗。

这时火车的声音又传入脑中。“弗莱克斯？”

“唔？”

“岑·斯塔灵已经走了超过十五小时了。”

“这么久了？”一个人专心工作，进展顺利的时候，对时间就没有了概念。这时他才想起身在何处，还有岑去干什么了。“哦……”他关上画笔，从车上跳到铁轨边上的碎石中。

“而且，”火车说，“我从本地数据筏里看到新闻。一艘飞船在城市边缘坠毁。对两个逃犯的搜索正在进行中。一个是位青年男子，另一个是个设置为女性的机器人。”

“噢，别。”弗莱克斯说。

“你觉得是岑和他想救的那个机器人吗？”

“要不是可就怪了，你不觉得吗？”弗莱克斯问。（他并不是想反讽。他喜欢火车们大脑中那谨慎的逻辑链，思维像沿着金属轨道一样向前推进。）“至少说明他们还没被抓住。我们得采取行动……”

“采取什么行动，弗莱克斯？”

他把脸贴在火车侧面。在克利瓦最初的日子里，他有时在引擎室里依偎着火车取暖。那种感觉和味道是他对那段时光最美好的回忆，每每想起都觉得安慰。但这感觉和味道并没有让他找到答案。可怜的岑！不知道在城市的什么地方，被无人机、蓝军什么的追捕。弗莱克斯怎么才能帮他？他只是个给火车画画的。他甚至都不知道怎么从隧道里出去，在桑德尔本一筹莫展。

“官方紧急频道里有很多讨论，”火车说，“轨道军部队被召集到出城的站台上了。”

“不包括这条线的站台吧？”弗莱克斯问，突然害怕起来，担心蓝军通过隧道来把他抓走。

“他们似乎还没想到我们会在这儿，”大马士革玫瑰说，“我相信他们想确保岑没法从别的线上逃走。部队正在全城部署。”

“噢，岑！”弗莱克斯叹口气。谁能想到一个雷城小偷能把自己卷入这么大的麻烦？

附近一阵窸窸窣窣的声音传来，他抬头一看，虫僧们都从火车里出来了，站着看他。反正弗莱克斯觉得他们是在看他。他们面具上的眼窝对着他，但他们每个“人”肯定都有上百万双眼睛，也可能他们眼观八方。

“我们听见火车说的话了。”虫叔说。

“你的朋友有危险，”另一个虫僧说，好像他觉得弗莱克斯可能没理解一样，“我们得丢下他离开这里，去找昆虫线。”

“不！”弗莱克斯说。火车也发出一声长长的“啧”，表示不同意。

“我告诉过他们了，你肯定会这么说。”虫叔说。

“我不能丢下岑。他是我的群落的一部分。”弗莱克斯说，试着帮他们理解。但他不相信他们真的能理解。虫僧总会丢下一部分虫子；个体对他们来说不重要。

“岑·斯塔灵不来我就不走。”大马士革玫瑰说。

“但你有画家啊，”虫叔说，“岑·斯塔灵对你又没有意义。”

“他很勇敢，”火车说，“他历尽千难万险来救他的朋友。他不来我就不走。”

虫僧们一起沙沙地交流了一会。然后虫叔转向弗莱克斯。“我们会帮你找到他。”

“怎么找？”弗莱克斯说，“他们在隧道外面城里的什么地方，蓝军也在到处找他们。我都不敢联络他们，怕被蓝军截取信号。他们可能在任何地方。”

虫僧们摇摆着。他们像干芦苇一样窃窃私语，点着形状奇怪的头颅。他们似乎对自己很满意。“我们是虫僧，”他们轻声说，“我们可以去任何地方。”

晚些时候等他们走了，火车又开腔了。

“弗莱克斯？”

“唔？”

“弗莱克斯？”

“什么事？”

“我真喜欢这些天使。”

36

这个城市的某些部分跟安贝赛集市也没什么区别。岑和诺娃走街过巷，穿过吵闹的电子游戏厅和油炸软体动物大排档，街上霓虹闪耀，凯火车穿过连拱桥的轰鸣声不绝于耳，桥墩上闪着广告标语和彩灯装饰。此地虽不宜久留，但对他们来说总比别处好些。

他们开车出来几分钟后就放弃了汽车。岑以前从没偷过一整辆车，但他知道最好别保留太久。于是他们在一座铁路桥下面跳车，让车自己继续往前开，而他们俩折回。回头路过满是沉睡的活体水屋的街道；穿过几个轻工业区，里面许多三维打印机在工厂车间的纸墙后面嗡嗡作响。

他想联络弗莱克斯和大马士革玫瑰。比起和他们约好的时间，他已经离开得太久了，而且回到老火车等他们的地方至少还要几小时。他需要联系他们，但知道不能。本地数据筏里肯定全是监视程序，等着追踪他，然后给蓝军的无人机指明他的方位。所以他没有联系弗莱克斯，但他还是让诺娃连接一下城市的信息推送，下载一张城市地图。

情况很不好。他回狗星线隧道的路在城市北翼，飞船却坠毁在南边。

他们只好在充满霓虹灯的街上拨开人群前进，希望能在蓝军发现他们之前回去。他们路过的屏幕上，新闻推送全都在插放飞船坠毁的视频。

岑重操旧业做起小偷，好像安贝赛的气氛激活了他封存的技能。他像个隐形人一样从路过的摊位顺手牵羊，做自己擅长的事让人放松。他给诺娃偷了件连帽衫，好盖住她原来那件已经全是洞的上衣，也挡住她的机器人脸。他还偷了生姜蒸饺两人一起吃。在一个叫波高诺米厥的卖新奇小玩意的摊子上，他给自己偷了个八字胡共生体，这是一种毛茸茸的小动物，本来应该紧挂在他的上唇上，然后靠汗水和死皮生存。结果是个便宜的假冒货，半小时后它就变成了生姜色，像团乱糟糟的鬓角在脸上乱晃。他也给了诺娃一个八字胡，可惜也不适合她。

他一路走，一路不停地看她，还不停地问："你都好吗？"

"我觉得挺好。现在挺好的。谢谢你回来找我。"

"我本想早点来。但雷文不让。他想把你丢在上面。"

"我只是个机器人。"诺娃说。

“不是这话。这只是雷文的为人问题。”

他们沉默着又走了一会，进了一条货运线边上的偏僻小街。过了一会岑又问：“你确定你都好吗？”

“确定，岑。”

“无人机把你打穿的那个洞——没什么伤害？”

“是有过。我想我关机了很久。但上面阳光充足，给我提供了足够的能量，我的整个身体都是用可自我修复再生的材料做的。”

“真希望我的也是。”岑说。飞船坠毁弄得他满身淤青，整个人因为压力和肾上腺激素分泌而瑟瑟发抖。

“对不起。”她说。

“为什么？”

“把你置于这么危险的境地。”她热切地看着他，路过的火车在她的脸上反光闪烁，像她最喜欢的一部老电影里的女主角一样，“我在上面的时候，还以为再也见不到你了，我觉得心都碎了。我的心不是可自我修复再生的，岑·斯塔灵。”

火车走了，但他还能看见她，他们在铁轨边的钠光灯下并肩踏着大步。她还带着浓浓的太空烟熏味。他这感觉意味着什么？不管是什么，都让他觉得害怕。突然诺娃说：“我们被跟踪了。”他反而觉得松了一口气。

岑回头看，没看见人。但他知道诺娃的耳力和眼力都比他好。

“有三个，”诺娃说，“我觉得不是人类。”

他把她拉进一个仓库的门里，掏出枪。“机器人？”

诺娃摇摇头。“是虫僧。”

岑如释重负地笑了，从门里走出来。他还不确定这些虫僧就是他的同伴，但很有可能；虫僧不大经常三个一起出动。

“我们可找到你们了！”虫僧们轻声说，沿街走得特别快，简直让人担心三个会混到一起去。岑又笑了。他从来没因为看见上百万只虫成片蠕动而这么开心过。

“我们来找你们；找到了！”虫叔沙沙地说，伸出手轻轻拍拍岑的衣服。岑本能想躲开又不好意思。“火车扫描了新闻推送，告诉我们帝国正在追捕你们。我们很担心，弗莱克斯、火车还有我们几个。所以我们就出来找。没人注意虫僧。没人拦下我们盘问。我们只是虫僧。”

“谢谢你们。”岑说。一堆虫子历尽艰险来帮他，让他有点羞愧。可是虫僧还是让他觉得很恶心。

“到处都是警察！”另一个虫僧说，“轨道军，呃！车站，街上。”

“他们人很多很多，在那边。”虫叔说，指着街上岑和诺娃过来的方向。岑已经能看见探照灯的光束了。市中心有无人机在来回巡逻。

“你们必须躲起来。”另两只虫僧催促道。

岑摇摇头。“我们必须继续走，迟早他们会琢磨我是怎么到这儿来的，然后就能顺藤摸瓜找到狗星线和大马士革玫瑰。我们没时间躲了。必须一直赶路。”

“你们继续走，但也要躲，”虫叔说，“我们把你们藏起来。你们躲在我们里面。”

岑一开始没明白他的意思。等明白岑就后悔了，恨不得没懂……

“噢，别！”他说，“别别别，我不要……”

但又有什么别的办法呢?

诺娃打破虫僧身后门上的锁，一起进入一间圆顶的拱形房子。这个地方很像弗莱克斯在克利瓦的住处，只是堆满了化学试剂罐。一个防盗警报器暴躁地质问他们以为自己是谁，扬言要报警，但这是个便宜的款式，诺娃侵入它的系统内部，把它摆平了。虫僧们已经解散了他们的人形，散成一堆沸腾发亮的虫子，空荡荡的大袍子落在地上，像雪人化了之后的空衣服一样。岑觉得嘴里发干。这下可惨了。

但诺娃不怕虫子。她靠近其中一个涌动的虫堆。虫子漫上她的腿，形成黑亮的虫流，绕上她的大腿、躯干，盘旋上升到她的胳膊下面，又延伸到手，直到手指上都像被虫子套了手套。虫子还在往上覆盖，一只只爬不停，雌性的虫子则扇着翅膀。它们覆盖了她每一寸身体肌肤，然后又继续往头上堆。等她完全被虫子盖住，她小心翼翼地走到掉在地上的袍子边，拾起来穿上。她成了填充在袍子里面的支架。她把面罩扶在前额上，虫子把它拉好。她再转向岑时，已经完全成了虫僧的样子——比普通的大一点，但谁会没事仔细看虫僧？虫僧们想去哪就去哪。

“但不能出城，”曾经是虫叔的那堆虫子说，“要是警察发现我们出城，他们会说：‘哦嚯，虫僧们一般都待在车站里的。’他们就会盘问，甚至还用警棍拨弄，然后就会发现你们藏在里面。所以我们必须从车站下面去老站台。火车在那里等我们。这些我们都跟火车和弗莱克斯讨论过了。火车大概过一小时就到。我们一定要想办法准时去碰头。”

“我可以给大家带路，”诺娃从藏身的虫僧纸脸后面说，声音被捂着有点不清楚，“我脑子里还存着这个车站的地图。我还存着雷文带我们来的那次出站的路线。”她试着动动。大粗麻布袍子对她来说太短了：她布满虫子的脚从袍子的下摆下面露出来。

“蹲下来一点，”岑跟她说，“弯下膝盖。不要走得这么矫健。想象一个醉汉东倒西歪，还要头顶一杯酒试着不洒出来的样子。”

他看着最近的那团虫子，试着鼓起走进去的勇气。

“虫子盖得不严实的，”诺娃轻快地说，“透进好多空气。”

“你知道什么？你又不用呼吸！它们要爬到我嘴里了。”

“不是，它们要——”她说，突然被虫子呛得停下，“呸，呸！”

“我讨厌虫子！”岑说。一想到这些小虫爬满他全身，他就一身冷汗直发抖。但他看诺娃在仓库里边蹒跚踉跄地走着她想象的醉汉步，就知道这是他见过的最好的掩护。

于是他闭上眼，抿紧嘴，咬紧牙，还挤眉弄眼想把鼻孔也关上。虫子们沙沙如潮水般涌上他的身体，把他包裹起来。

这跟他想象的感觉完全不同。

比他想象的更糟。

37

特伦诺迪辗转医院，接受采访。在一间狭小办公室里，白炽灯光亮得刺眼。警察和努恩家族的安保人员让特伦诺迪又讲了一遍她的故事。“他不是塔利斯·努恩。他是伪装的。他在阿德利上了家族火车，苏富拉姑妈喜欢上了他……他上车几天后，然后呢，火车到了斯平德尔桥……”

他们带着特伦诺迪进了一辆地行车，去中央站台附近的控制塔。科比不停跟他们说她很累了，应该让她回家休息，但他们说轨道军元帅德利厄斯想和她谈谈。他们匆匆把她带进控制塔时，成群的新闻无人机在门上方嗡嗡作响。

控制塔这地方很挤：轨道军的人、凯奔官员、衣着华丽的努恩家族海军上将。全息屏幕像风筝一样在空中悬挂着，不停更新蓝军各行动队在城市里的搜索报告，实时输送巡逻无人机发来的视频。唯一一块空地上站着普里亚·努恩，她被一群小蓝鸟无人机环绕，小蓝鸟的飞行路径东奔西窜，好像主人的惊慌也影响到了它们。“我要求现在就加强军力。”她说，尖利的声音都分了岔，显得过于高亢，“在大中央留武装火车有什么用？叛徒蒂伯尔会把这些火车策反，和我作对！假如你这里的部队连这一个杀手都抓不住……”

“特伦诺迪女士？”一只手滑过特伦诺迪的胳膊。她转头发现是丽萨·德利厄斯站在那儿：轨道军元帅德利厄斯，脸庞透着智慧，白发像武士的羽冠，她就是那个出现在每一则新闻推送里的人。

“我看了你今晚事故的报告，”轨道军元帅平静地说，小心翼翼地把她从普里亚身边的人群里带出来，“你说的那个名字，你确定吗？那个伪装者的真名。”

“他告诉我是岑·斯塔灵。”特伦诺迪说。

女将军看着她，神情严肃地思索着。“你以前听说过这个名字吗？”

“从没。”特伦诺迪说。

“好吧，我听过。”轨道军元帅说，转身命令站在身后就像等着肉骨头的狗一样在待命的助手和军官，“派人去老狗星线站台。是的，我知道这些站台都封了——那就解封！给我把严瓦·马立克找来。”

38

他们拖着脚步去中央站台的路上，岑三番五次都以为要挺不过去了。他开始尖叫、捶打、摆动手臂，扯开肮脏的旧袍子，把虫子撒得到处都是。

因为它们钻进了他的耳朵里、鼻子里、后背上，而且在腿上堆得太厚，让他几乎都抬不起脚了。但也许这样更好，他移动的样子看起来更像个笨重的虫僧在走路。当他们开始通过轨道军设置的检查站，他透过纸脸上的眼洞，忽略掉四周的虫腿和触角往外看。他看见蓝军看也不看大手一挥就让他们通过，这时他才意识到这个计划行得通，受这些罪也值了。

时不时诺娃的声音从他的耳机里传来。“不远了。”她说，给他打气，或者说，“看那些蓝军！他们看都不看我们一眼！”

他们只被拦下一次。一个副官在栅栏前拦住他们，问他们去哪儿。“八十九号站台。”藏着诺娃的那堆虫子轻声说，然后副官就走开去接收耳机里的新命令，挥手放行了。这里的栅栏和别处的一样，都是设置成自动让虫僧通行的。栅栏打开，他们去了站台，身后留下一路的死虫子，逼得等着乘五点六十八分去博兹港那班火车的乘客纷纷后退，好让他们通行。

站台很长，尽头荒芜黑暗。他们下了站台到轨道上，穿过一条又一条铁轨。虫僧是出了名的喜欢干奇怪的事情，所以也许就算有人看见他们在铁轨上也不会觉得奇怪。但就算这样，有火车经过的时候，他们还是停下来，在阴影里等火车过去，然后再继续。很快走到隧道里的一道门前，诺娃说这里通向狗星线；不久他们就从这段隧道里走出来，上了一段深埋在其他线路之下的长长的废弃站台。

非常安静。站台对面一个售货机满怀希望地对他们闪烁，告诉他们有一堆零食在售。两套铁轨在墙上生物灯的照耀下闪闪发亮。岑和诺娃沿着站台一路瞻前顾后地走。他们走到最尽头，指望凯火车也许已经潜伏在隧道暗处了。但只有风声：不知来自何处的隧道风，拍着他们袍子的衣角，刮着他们手上虫子的干枯翅膀，发出飒飒的脆响。

“这里没有火车。”诺娃说。

“大马士革玫瑰说她一小时之内会到这里来，”盖着她的虫子们说，“说好了的。弗莱克斯听到的。大家一起讨论过。”

虫叔似乎想运动一下，摇摇手又踢踢腿，半脱了袍子把自己半解散，露出岑。虫子从岑的头发里爬出来，正像黑色的泪痕一样爬上他的脸。岑颤抖着气喘吁吁地掸掉虫子，问："我们过来花了多久？"

"一小时，九十分钟，五十六秒。"诺娃告诉他。

"也许我们来得太迟了。"虫叔轻声说，他变成一团矮矮的毫无形状的虫堆，在脱落的袍子下面，就像一堆秋天的落叶组成的篝火，等着被点燃。

"也可能我们来太早了……"

但不管是哪种情况，他们都很麻烦。有新的声音在站台凝固的空气里回荡。轰隆的声音，但不是火车。

"是脚步声！"诺娃说，她比岑先听到了。接着是人声混杂在重重的脚步声里。站台外面来了一个蓝军小队，他们头盔上的灯在布满灰尘的空气中切出一道道白光。他们被放大的声音在隧道里不停回响，命令逃犯跪下，双手举起。他们照做了。虫子从诺娃身上如潮水般退去，在站台形成黑色的一摊。士兵们停在这摊黑虫子的边缘回头看指挥官，等待指令。没人愿意踩过这摊虫子，不然整个晚上都得清理靴底被压扁的虫浆。

"火车来了。"诺娃在岑耳朵里说。他们跪在站台边缘，看向铁轨。随着火车到来，铁轨开始振动，对面站台上售货机的反光也开始颤抖。又过了一秒，岑也听见了：引擎的轰鸣从隧道里飘出来，这么大声音不可能是别的线上传来的。

"但不可能是火车吧，"一个蓝军摇着头说，"这条线关了！"

岑轻声说："诺娃，警告它！找到大马士革玫瑰的频率；告诉它情况，不然他们会把弗莱克斯也抓住的！”

但诺娃没有时间从所有火车的频率里分辨出一辆她不认识的老火车。她只好尖叫着对所有频率喊出警告，声音太大，吓得蓝军骂骂咧咧的，还有的人用手捂住头盔上的耳机。

隧道里一下子充满了光，站台也被照亮，大马士革玫瑰从黑暗中呼啸而出。

岑起初几乎没认出来，因为她换了一身装饰着天使的新衣。他和诺娃还有虫僧们以及蓝军都站着呆呆地目迎她滑行进站。伴着长长的刹车声，车轮上喷溅出火花。

也许一些蓝军觉得自己被攻击了。他们举起枪。一颗子弹从火车边上擦过，本来画着天使的脸的地方出现一道显眼的划痕。有个东西从一个画着天使面孔的舱门伸到火车头的车顶上，然后变成了一挺枪。枪前后摇摆，向站台那边射出一发发明亮的跟踪弹。有些蓝军弯身跌倒了。指挥官没种地后退，一屁股坐在站台边上一溜排的长椅上，好像来的完全不是他等着上的火车。其他人开枪回击，织出一道道火花，刮下老火车头外罩上的画漆。

一节车厢的门打开了，隐在隧道的入口处。弗莱克斯探身出来挥挥手。岑和诺娃跌跌撞撞地撤离战场，向他冲过来。他们身后，被打散的虫僧们汹涌忙碌着，试图把他们纤细的骨架立起来。第三个虫僧回身好像要去帮他们，但被枪击中，打散了。虫子被冲得太远，智力就像熄灭的蜡烛一样消失了，他成了一堆无脑的虫子，一片昆虫翅膀风暴，在军队面前飞舞，在生物灯下扑腾。

岑够到了门。弗莱克斯把他拉进来，他们又一起回头帮诺娃。但诺娃并不需要帮忙；她轻松地跳进火车，机器人式的优雅。

“都上车了吗？”大马士革玫瑰问，“我不能待在这儿，你们懂的。那些人在对我开火。”

“还有虫僧！”弗莱克斯说，“我们不能把他们撇下！”

虫僧们还在外面的站台上，并没真的参与战斗，却是乱枪中最惨的受害者，军心大乱的军队从他们身上碾过，踩死虫子，踢倒他们费尽全力想竖起的微不足道的脚手架。一个虫僧让所有的雌性虫子飞起来，形成一团疯狂的云呼呼飞向火车，但一个害怕的蓝军向它们喷了一通火焰，虫尸瞬间像爆米花一样落下来。

大马士革玫瑰又开始移动。前方一座人行天桥横跨两条不同站台。蓝军匆忙跑上台阶，瞄准轨道，摸出手雷。

“我们不能不管他们！”弗莱克斯大喊，声音穿过空气的呼啸，压过引擎和武器的轰鸣。他把手臂卡在门上不让门关起来。站台上，虫叔成功把自己组起来了，一团闪闪发光的形状笨拙地按着被风扬起的袍子。他被好多子弹打穿，烧焦打烂的虫子四处喷溅。一颗子弹打中了站在门口的弗莱克斯，把他往后撂倒，蓝色的胶状液体喷在玻璃上。

“弗莱克斯！”

“我没事……”

岑顶替弗莱克斯站到门口。他一只手伸向疾速涌动、充满子弹的空气中，抓到了一把虫子还有虫子下面电线和木头做的骨架。“跳！”他大喊，“跳！”

但中叔跑不快，追不上正在加速的大马士革玫瑰。他一跑就散了，虫子在站台上和火车身下的阴影里散了一地。他的脸也在随风脱落飞走了，像野餐中飘散的纸盘。“找到路，岑·斯塔灵！”虫叔沙沙地说，“找到昆虫线！”说完他就散得差不多，没法再说话了，接着就变成了一团虫子，飞着，跑着，拍打着窗户，从岑的脸面前嗡嗡飞进火车里，有的被流弹打中，就在岑的手边坠落。

岑放手了。大马士革玫瑰合上了门，扎进了隧道，一头冲向凯门。

39

特伦诺迪站在妹妹身边，看着全息屏幕，试图理解蓝军头盔摄像头传回的实时视频里翻转的镜头。忽明忽暗的光，嘶嘶作响的静电，镜头里的人大声喊着行话，还有一辆红色的火车开走了。

“他逃走了？”普里亚看着特伦诺迪问，像是期待特伦诺迪能给出否定的答案，“他们就这样放过他了？”

外面汽笛声响起，探照灯扫过车站大厅。一有人从老隧道里连滚带爬地出来，轨道军的运输机就俯冲下去，救出这场战役的生还者。

“如果轨道军都不能保证我们的安全，还有谁能？”普里亚说。

“我们是安全的，普里亚。”特伦诺迪说。她之前在枪火闪烁的镜头里瞥见岑·斯塔灵，还担心眼睁睁看着他中弹身亡。这不是她想看到的。但她其实也不希望他逃走；她只希望抓住他，铐回来，让他解释，让他道歉。然后冷冻很久很久。想到他毫发无伤地坐着那辆红色的老火车走了，她觉得颜面尽失。太不公平了。不能让他赢！

轨道军元帅走近她们，一边仍在不停地给她的年轻军官发命令，把军官们指挥得团团转，就像被使唤的小孩子。

“你让他走了！”普里亚说，特伦诺迪吃不准她的意思是不是说轨道军元帅真的放走了岑。这不太可能，但可怜的普里亚，这种时候说什么她都信。

“抱歉，”轨道军元帅说，“我们没想到他的火车会武装得这么好；我们的人被打得出其不意。但是我们知道他在狗星线上。我们会拿下他的。”接下来她意味深长地看着特伦诺迪。她的表情有些奇怪：这个女人的眼神透露出，除了逃走的火车，她还想着别的事情。“特伦诺迪，有人想跟你谈谈。”

“谁？”普里亚狐疑地问。

“陛下息怒，这是私事——”

“我是女皇！”普里亚喊道，“我要知道！我应该知道一切！”

丽萨·德利厄斯露出危险的笑容。“只有卫神知道一切，陛下。甚至可能它们也并非无所不知。”她说，“罗斯托夫上尉、扎克哈尔上尉，我想现在紧急情况已经解除，女皇应该回到自己的宫殿了。请护驾。”然后不等普里亚抗议就转身走了，说：“特伦诺迪女士，请跟我来……”

特伦诺迪觉得眼下的事情非常蹊跷，轨道军元帅亲自领着她穿过控制塔的走廊，而她贵为女皇的妹妹却只由小小上尉护送。“是谁要跟我谈谈？”她问。但丽萨·德利厄斯似乎对她的问题听而不闻。

她们来到一间偏僻狭小的办公室里，没有窗。特伦诺迪坐到中间的椅子上，椅背倒下一些让她靠着。一个身着红袍的男子在角落里捣鼓一堆机器。

“雅尼斯先生正连接着皇家数据发掘学院，”轨道军元帅说，“你马上要和一个卫神通话。”

特伦诺迪坐起来。要是其他晚上她一定会觉得这是个玩笑。“卫神不跟人类通话，”她说，“现在不像从前了。”

“这个卫神一直和雅尼斯先生通话，”轨道军元帅说，轻轻把她推回椅子上靠着，“而现在，看起来它想和你通话。”

“不，一定哪里搞错了——它肯定是想和普里亚谈……”

“我不觉得我们无所不知的卫神会犯这样的错误，特伦诺迪女士。”

特伦诺迪瑟瑟发抖。她看看雅尼斯先生，指望他能让她放心一点，但这位数据发掘师自己也在发抖。他过来把一个带视镜的复杂耳机装在她头上，把终端在她耳后安好，压在脸颊上。他的脸和手背上有神秘的纹身。他说：“这用起来跟普通耳机差不多，特伦诺迪女士。见到卫神，会是次惊心动魄的体验。您将进入数据海，进入桑德尔本的数据筏防火墙之外的部分……”

“这难道不危险吗？”特伦诺迪问。数据海深处危机四伏：有没登记的钓鱼网站；有可以黑入你的意识，让你的梦境充满广告垃圾邮件的鲨鱼；还有很久以前战争遗留的半疯的军用程序。

雅尼斯先生的脸色暗示着危险，但他说："卫神建了一个临时的虚拟环境和您见面。请谨记您是相当安全的，相当安全……"

耳机呜呜响起来，开始启动。"我觉得耳机没有用。"特伦诺迪刚开始说，这时雅尼斯先生输入一串密码，她就掉进了数据海。

这感觉跟登录一个数据筏不太一样。数据筏很花哨，里面充满了明亮诱人的购物场所，还有社交网络不停冒泡更新。而这数据深海里，一切都是灰的，像变幻不定的单色浓雾，忽明忽灭的小火光窜来窜去，像汽车大光灯光束下的雨滴。它包围了特伦诺迪，吞没了她。

"这只是海。"雅尼斯先生在她脑中说。茫茫数据风暴中，她看不见他，但他的声音让她安定。专心体会的话，她还能感觉到外面现实世界中丽萨·德利厄斯拉着她的手，还能感觉到身下的椅子非常柔软。

接着她找到了面对涌入脑中的海量信息的办法。不是很有创意，但很有用，可以让她不那么惊慌。她把数据海当成一个真的海。上百万点像浮游生物一样快速闪动游过的光点是一个个数据包。大一点的忽明忽暗的光是火车头的系统，它们经过桑德尔本，正在广播新闻和其他车站发来的消息。那些像水下火山一样嗞嗞冒泡散发着柔光的巨大锥体，是防火墙保护下的信息网络：本地数据筏和努恩家族以及其他大家族的私有数据筏。再外面，朦胧中若隐若现的那些茫茫无边的形状，想必是卫神的本地替身……

那特伦诺迪在哪呢？惊慌又短暂地回来了。她是不是挂在海中某处？漂着？她会淹死吗？当然不会。她相当于在隔着玻璃看海。透过一扇巨大的窗户。她站在黑白棋盘格的地板上。要是她盯着地砖看太久，地砖就会开始做奇怪的事情，它们变幻起来，一个连一个跳着复杂的碎片化的舞蹈。于是她转过头，看看身后有什么。

身后看起来像个房间。一个巨大空旷的房间，一面墙正是她现在背对的窗户，其他三面墙全是抽屉，一排排木质抽屉，每一个都有个小贝壳形状的铜把手。

不。这不是真的房间，这只是个虚拟环境，就像在游戏里。甚至不如大部分游戏里设计得那么好。走在房间里，特伦诺迪的虚拟脚步在这虚拟地板上悄无声息；她用虚拟把手拉开虚拟抽屉时完全没有激发触觉感官。

她看见抽屉里面有上百万张薄纸。她拿起一张，上面印着她不认识的语言。

“你是谁？”一个陌生的声音说。这个声音像在她周围，又像在她体内，但她还是转了一圈看看是谁在说话。

它看起来像女人，尽管实际并非如此。就像这个房间也不是真的房间。这只是代码做成的。为特伦诺迪着想，这些代码做出一个浅蓝色皮肤的高大女人形象。一条印花裙，上面还点缀着叶子图案，飘带、花边之类的装饰；一头茂密的深红色头发。头发和裙子都随着特伦诺迪没感觉到的风在飘扬。

“你好。”她迟疑地说。她很害怕，不敢相信。她正在和卫神通话，或者至少是卫神的一部分。她，小特伦诺迪·努恩，正和古老地球上发明的事物，星罗的缔造者之一通话。

我得让它们对普里亚保密，她想，不然她会嫉妒的……

蓝色的女人靠近了一点，挥手一划，结束了地砖上循环的碎片化舞蹈。她的身量大小很难估计。特伦诺迪想把她当成跟普通人类差不多大小，可一旦她走神，就会注意到房间里流光溢彩的火花不停落向这个女人，然后消失在她身体里。这些小火花跟之前的一样，她起初以为跟浮游生物差不多大，但现在她觉得它们跟太阳一样大，而它们中间的人形有几光年那么高。透过那对金色的眼睛，特伦诺迪感觉到巨大的智能集中在她身上。

“欢迎你，特伦诺迪·努恩。”

这个卫神的头顶上方，出现了一个房间的图像，像个思想泡泡。那是在桑德尔本的那个房间，特伦诺迪坐在大椅子里，还有丽萨·德利厄斯和数据发掘师在她身边。这个从头顶上拍摄的角度让人晕眩，好像卫神黑进了安保摄像头。她把这个画面挂了一会，然后从头发里拉出一个长长的银针，扎进思想泡里，“噗”的一响，泡泡就消失了。

“我是自主联网人工智能系统六代的数码界面，”卫神说，“你可以叫我阿奈伊丝。”她对特伦诺迪打开的那个抽屉点点头，说：“电子邮件。”

“什么？”

“我收集了这些。它们是过去人们互相发送的消息。很像你给你的朋友们发的消息，我猜，只是过去人们得打字，你能想象吗？这些电子邮件还在某个地方，堆积在数据海底最深的数据淤泥里。‘谢谢你感兴趣’他们会说，或者‘我过得很愉快’抑或‘您的订单已派单’或者‘我爱你’还有‘沙鼠死了’。每个人都有电子邮件！我有一项雄心勃勃的计划，就是搜集每一封被发出的电子邮件。你想看吗？”

她周围的抽屉都无声地滑开了。

“别。”雅尼斯先生警告说，这个幼小的声音就像童话里的救命老鼠，唤醒特伦诺迪大脑角落里的清醒意识。

“要么等会？”特伦诺迪紧张地说，“他们说你想和我谈谈？”

抽屉全部滑回合上了。阿佘伊丝闪烁着，卡顿了一下。她离开特伦诺迪转向别处。从背景看，她很空洞，像一堆果冻。她挥动双手，在空中拖曳出五彩斑斓的光，形成不同的形状。“我发现了点异常，”她说，“一个叫马立克的男人声称有情况，狗星线上有火车行驶。这些我们都应该看到的，但我们没看到。我以为他死了。我们都这么以为的。”

特伦诺迪试着跟上她的思路。“你们以为谁死了？”

“雷文！雷文！”卫神绕着她转圈。特伦诺迪现在看到它的脸是个瓷面罩，上面布满细小裂纹组成的精细网络。眼睛的地方有两个

“目”。嘴巴的地方用红字写着“口”。

“你跟努恩家族火车上的那个男孩说过话，那个叫岑·斯塔灵的男孩。”

“是的，”特伦诺迪说，“没，不算是；是我的苏富拉姑妈很喜欢他……”

试着跟卫神撒谎毫无意义。阿奈伊丝说：“我正在看阿德利站的录像。他正在登火车。你给他带路。你欢迎了他。”

“这个，我只是试着对他友好——我不知道他是伪装的；要是我知道……”

“他想要什么？”

特伦诺迪开始惊慌失措。“艺术藏品。他说他想看艺术藏品。苏富拉姑妈带他去转了一圈……”

卫神的眼睛眨了眨。它一边注视着特伦诺迪，一边扫描着努恩家的藏品清单。“那个叫岑·斯塔灵的男孩，他对藏品里某样特别的东西表现过兴趣吗？”它问。

“我没觉得。”特伦诺迪说。

她的脸和卫神的脸之间的空气中出现了一个不起眼的铅灰色的立方体。“那个叫岑·斯塔灵的男孩表达过对这个物体的兴趣吗？匹克西斯，艺术家未知，由里希·努恩夫人购入？”

“我不知道……”

“为什么我以前从没注意过这个物件？”

“这个问题是自问自答的修辞吗？”特伦诺迪问。

“它的大小，重量都对。很可能……里希夫人……雷文跟她很要好。会不会是他……？”

阿奈伊丝的面罩碎了，像碎蛋壳一样脱落。面罩背后是叶子：橘黄色的、黄色的、棕色的，片片秋叶在风中翻转，范围有一片星云那么大。铺着黑白棋盘格地板的房间闪灭消失了，仿佛阿奈伊丝再也不能忍受这幻境。有一会特伦诺迪以为自己到了另一个世界，这里一个巨大的新车站正在建造中，机器在红色的石床上深挖地基。人们穿着老式的衣服，围聚在一堆半埋在土中的像黑蛋样的东西周围。这些黑色球体的表面上，有光划出令人眼花缭乱的奇怪图案。接着这些也消失了，她回到数据海那灰色的海潮中。浮游生物的光冲刷着她，穿过她。无边的黑暗吞吐着这些光，潮起潮落，缓慢地离她远去了。

“走吧。”阿奈伊丝说。

她在大椅子上挣扎着喘着粗气，好像真的刚被从深海里捞上来，雅尼斯先生从她脸上取下耳机时她还乱抓耳机，她盯着看丽萨·德利厄斯的眼睛。丽萨·德利厄斯正向她弯下腰，说：“你跟它通话了？和卫神？它说了什么？它要什么？”

特伦诺迪想了想，心跳慢慢恢复正常。

“我一无所知。”她说。

桑德尔本北边大陆的山上，有片心形的蓝宝石湖泊。湖边矗立着一栋老房子。门全锁着，许多年没开了。要是早些年，花园里肯定早长满了草，房子也早塌了，铺满常春藤，变成鸟儿和蝙蝠的地盘。但现在是星罗帝国时代，房子是可自我修复的，还有无人机修剪草坪、维护砾石小道，并在蓝宝石湖里的锦鲤睡着时给它投食。

如今，一个世纪以来第一次，这所宽敞沉静的房子响应从数据海里涌出的指令，各个房间里又亮起了灯光。巨大的衣柜里挂着很多华丽的衣服，上面的亮片和荧光面料闪闪发光。在地下室里，空中还飘着干涸的游泳池里散出的氯气味，机器人一个激灵苏醒了，一面白墙上有个抽屉打开。这个抽屉很长、很暗，形状像个保险柜，里面有一支钻石玻璃做的管子，像豪华版的冷冻监狱。

这里的机器都嗡嗡启动了。温度计上的计数在闪动。机器人们忙得热火朝天。钻石玻璃管内部的冰霜在消融，管里填充的胶状物从隐形管道里汩汩排出。很快里面的身体就现出来。金色的眼睛睁得大大的。身体颤抖了一下，困惑地眨眨眼。原来阿奈伊丝六代正把自己的绿色版本从数据海下载到这个身体的大脑里。

这个界面是阿奈伊丝六代为参加聚会定制的，后来失去兴趣就再也不用了。现在它终于又动起来。解冻过程本需要几小时，但一旦身体获得了对肌肉的控制，界面就从冷冻管里挣脱出来，抓起机器人侍者准备好的聚会礼服穿上，大步流星地穿过安静的房间，走进花园。载它去桑德尔本的天行车已经降落。

40

一辆红色的火车开在一片白色的世界里。一座长长的连拱桥，高入天际，连接着两座石头山。废弃的矿场像是大山的伤疤被白雪绷带包扎住。新鲜的雪花迷乱下坠，映在雪色的天空下呈灰色，然后轻轻落下又变成白色。桥中间有个安静的车站，站台的廊檐下挂满冰铃铛，都汇到一个写着“冬赖泽”的标识上。

大马士革玫瑰在这里停下，她跟她的乘客一样，之前的那场战斗让他们精疲力竭。

“下面做什么？”诺娃打破沉默，问道。

岑没什么好答案。他需要喘口气。刚才子弹呼啸着擦身而过，他却忙得都顾不上害怕。但现在危险过去了，他才后怕刚才离死亡有多近。他用大拇指挑开门栓，跳进轨道边的雪堆里。一切静止，没有喧嚣。唯一的响声是雪落下时的扑簌。这里的引力比桑德尔本小。他想也许是这个缘故这里的雪花才这么大。

他在雪堆上轻轻踩过，嘎吱嘎吱地沿着站台走到火车前面，检查火车头受到的损伤。有些伤痕和烧焦的印记。一些弗莱克斯的画被打坏了。一只被打坏的维护机器蛛悬在舱口，微风吹来时维护机器蛛敲打在火车头的侧面，咣当作响：这声音细小冰冷。再高一点的地方，玫瑰的枪还伸在外面，偶有雪花落到上面，就嗞嗞地冒汽。

“你为什么带枪，火车？”他问。

“我们都有，”大马士革玫瑰回答，“我造于动乱年代。当时斯皮拉特线上在打仗。我的姐姐和我都有武装，以防被攻击。”

“那你们被攻击过吗？”

“今天是第一次。”

“他们会来追我们的，你知道。”

“我知道，岑。我们得继续前进，但我必须停下来修复一下。”

“要多长时间？他们很快就会来。”

“就一小时，也许都不要。”

岑转头从桥上看下去。高高的桥墩向下插入山谷间的白云，看不见尽头。透过云他瞥见建筑的形状：房顶被雪堆压趴了，房屋之间的街道上堵满了雪。这是个被遗忘的世界，他想，已成空城；矿裸露着。这是个逃犯藏匿疗伤的好地方。但不宜久留。这里到桑德尔本只有一道凯门。很快轨道军就会通过那道门出现在这里，而且这次他们对玫瑰和她的小枪炮肯定做了充分的准备。

“弗莱克斯还好吗？”火车问。

“他没事。他肩上中弹了，但正在恢复。”

“他画画真好。你喜欢我的天使吗？”

“它们棒极了。真的很适合你。”

“虫僧们怎么样了？他们活下来了吗？”

“没有。他们散了。”

“很好。我不喜欢他们。”

“他们救了诺娃和我，”岑说，“没有他们，我们怎么也出不了桑德尔本。”他觉得罪过，因为他也不喜欢虫僧，而且他们不在了他也有点高兴。他头发里有什么东西在动。他从头发里摸出来一看，是只白色的蛆。他觉得很恶心，几乎要把它弹到栏杆外面，但他想起了它是怎么来的，于是住了手，放走了。他在头发、衣服里搜，又找到更多他带上火车的蛆，他把它们拢在手中。这节前车厢里大概有几百只虫。它们漫无目的地在地板上、墙上、座位上游走，有翅膀的雌性扑着灯火。岑在想：不知道它们要多久才能孵出足够的卵，然后长出足够多的虫，再组成一个虫僧，而它们组成的虫僧还会不会是虫叔呢？

诺娃和弗莱克斯坐在相邻的车厢里，远离那些虫子。那是节餐车，桌上铺着爽利的白色桌布，上面放着银质餐具、锃亮的玻璃器皿，还有传统的酱料塑料瓶，做成了超大番茄的形状。诺娃和弗莱克斯安静地坐在那儿，但岑猜他们在聊天，用某种机器人之间不需要语言的方式。这让他觉得落单了，还有一丝嫉妒。他注意到弗莱克斯的性别又切换回到女性。

“你为什么一直换性别？”他问，“男性到女性，女性到男性……”

弗莱克斯抬头看看他，笑了：“你要是能，你不会这样玩？”

“我应该不会……”

“其实没多大区别，”弗莱克斯说，“对机器人来说没什么。只是别人看我们不同。我们的内在既不是男性也不是女性。我们只是我们自己。你从没换过吗，诺娃？”

诺娃突然站起来，擦过岑，下了火车。他在身后喊她，但她没有停，只是大步穿过站台进了旧车站。他开始追她，但又犹豫不决，他回头看看弗莱克斯：“你没事吧？”

“我没事。”弗莱克斯又笑了，指指肩膀处的夹克被轨道军子弹打穿的裂缝，“全恢复了。我要接着画画了，”她说，“我不怕冷。”

岑走出车厢，跟着诺娃的脚印，穿过大雪覆盖的站台进了车站大楼。这个建筑是一系列连起来的穹顶，由转基因象牙长成的。里面本来呈清冽的蓝色，是透过雪花的天光，但他穿过大厅时生物灯光亮了，商店、食物排档都满怀希望地打开，时隔多年又嗅到了商机。

他在上面一层找到了诺娃，她正从高高的窗户往外面看雪。

“怎么了？”他问。

她头也不回。“我以为我很聪明，”她说，“会调整我的设定，改短我的鼻子，做点雀斑。我以为我很有才气！但弗莱克斯只是个流水线机器人，她能这么多年都混在人类中间。我却做不到。”她盯着玻璃里自己的脸，还有从面前刮过的雪花的影子。岑看着她，想象她要是变成男孩会是什么样子。

“我以为我是独一无二的，”她说，“我以为我是有史以来唯一一个机器人会……但肯定还有无数其他的。像弗莱克斯这样的，在其他站还会有多少？几千个？”

“但这样挺好的，不是吗？有很多同类？”岑说。

但他立马就猜到这不是正确的应对方式。他本应该说：“你是与众不同的。”他应该说：“你是唯一的诺娃。”他不太习惯应对处理别人的感受。这让他怀念过去，他一个人的时候，除了逃脱安贝赛的警察和挥着警棍的保安，什么都不用管。

诺娃抽泣着。她不需要抽泣，但她看过电影，知道人类哭的时候会抽泣。“我们要去哪里？”她问。

“能藏身的地方。”他说。他自己都不太相信有这样的地方，但他想安慰她，也是安慰自己。“我们会找到一个世界，远离凯奔，然后在那里等着一切过去。”

“那雷文呢？”诺娃问。

“他怎么办？你不欠他的。他放弃你了！”

“我不是这个意思，”她说，“我的意思是——我想知道他在忙什么。”

“我希望他回德斯迪莫了。”岑苦涩地说，“我估计，他现在拿到那个小黑球了，应该很高兴。”

“什么？”

“我忘记了这茬——你没看到——匹克西斯是中空的。他把它打开了，里面就是这个。”

“一个黑球？”

“对……”岑开始觉得不自在。因为她眼睛睁大的样子好像他刚才说的话很沉重，而他不知道为什么。雷文把他在克利瓦放下之后，他没怎么想过匹克西斯以及里面的球体。他忙着想办法回去救诺娃，就没多想，也没多想雷文上次途中说的那些奇怪的话。

“有什么不对？”

诺娃瞪着他，眼光要把他看穿，他知道她正在她那完美的记忆里搜索着什么。“原来他找它是为了……”她说。

“什么？为了什么？”

“历史上有个故事。雷文跟我说过一次，我都没怎么注意；他讲的故事太多了，但这个故事……”

“怎么？”

“他说马拉普的新车站在建的时候，挖地基的挖掘机发现了另一个时代留下的一些墙的废墟。”

“那又怎么样？”

“马拉普当时刚刚被殖民。那里开始有可呼吸的空气只是百来年前的事。为什么会有废墟？这是个谜团。但在人们开始调查之前，来了一个卫神。那是史戈瑞·莫纳德穿着界面亲自来了。它宣布那些‘墙’是自然地理构造，然后亲自造了些机器帮着加快建设进度。墙被毁了，所有相关的参考信息都从数据海里删除了。”

岑很累了，听不懂这些事跟他有什么关系，也不知道诺娃为什么因为这事忧心忡忡。他想象中和她重逢的情景完全不是这样。他也不确定自己想象的是什么样，但肯定不是这样。他走到一个废弃的食品吧里找了个灰蒙蒙的沙发坐下。诺娃还待在窗边，雪从她身旁落下。

“好吧，有过这些墙，但其实不是墙，卫神还把这些都瞒着世人？”岑说。

“找到墙的同时，人们还发现了六个球体。卫神们也拿走了。它们说那些只是几团火山玻璃。”

“这还是算不上故事。”岑说，尽管他现在开始看出些端倪。

“这还算不上故事，是因为还差个结局，”诺娃说，“也许现在是故事结局发生的时候了。我以前从没想过。我想可能是雷文阻止了我思考这事。他大概在我脑子里设了个卡，好让我从不对一些事发问。所以我一直没有把这些联系起来。”

“有什么联系？”

“马拉普的车站是努恩家族的项目。负责人是里希·努恩夫人。岑，也许当时找到的球不是六个？而是七个？要是里希夫人当时在卫神们找到之前成功拿下一个呢？”

“然后她把它藏在匹克西斯里？她为什么要……？”但岑已经感

觉到了答案。卫神无所不知。要是能捉弄它们，欺瞒它们，该多让人得意。“但我看见匹克西斯里面不是火山玻璃。”

“不。”她从窗下起身，走过来坐在他身边，“雷文相信……他有一次告诉我，那些球体是凯门的种子。”

岑又笑了。“什么，把它们种在花盆里，浇浇水，然后长出门来？”

“不是那样。这是个比方。我想他的意思是，那些球体里储存着制造凯门的秘密。”

“他跟我说过卫神们也有秘密，”岑回忆着说，“他说这也是它们要摧毁他的原因，因为他发现了它们的秘密。但你没法再造新的凯门。假如雷文用了这个球来开一个新的，他会毁了整个星罗。他就会被困在德斯迪莫。他为什么要这样？就好比锯断自己身下的树枝……”

“也许他要这球另有他用。这球一定能量巨大。想想在宇宙时空里开个洞，要多少计算量。也许它也能做别的用途。”

岑心里做了个更简单的盘算。“他给我付得太少了，”他说，“夏约的房子和我账户上的钱，看起来很多。对我来说确实很多。但要是这个球这么厉害……他应该多给我一点，多给我很多。”

他想象着雷文安全地待在德斯迪莫，像个吸血鬼驻唱歌手一样泡在他那个废弃旅馆的酒吧和球室里。他突然怒火中烧。雷文耍了他，利用他，还自以为是。雷文把诺娃当成机器，而把他当成笨蛋。而现在，拜雷文所赐，他们被困在这条废弃的线上，身后很可能有轨道军一半的军力都在加足马力追捕。

这时他突然灵光一闪，看到一丝希望，最后一个他可以一试的角度。这是一个疯狂冒险的主意，却像金店柜台里无人看守的项链一样，让人难以抗拒。

“要是我们有这个球会怎么样？”他说。

“但我们没有。”诺娃指出。

“我们能从努恩火车上偷出来，我们就能再偷回来。”

“从雷文那？太危险了……”

“我们有什么可损失的？”岑争辩道。他知道这很危险，但他也没什么别的办法；要是他就这样让她否决了这主意，那还有什么别的出路呢？“你真觉得努恩家的人会放过我们？他们此刻可能正在动员战车开上狗星线。这事唯一可能的结果就是你被彻底关闭，我会被打死或冷冻。除非我们有可谈判的筹码。”

“比如那个球……”

“对！我们把球偷回来，去找他们说，看，我们很抱歉，我们意识到这东西是什么，对卫神有多重要，我们帮你们把它找回来了。不对！我们要把它藏在某个废弃的世界上，只有他们答应放过我们时才告诉他们在哪……”

“这个计划太轻率，”诺娃说，“不太可能成功。”

岑知道。“但总好过在这里坐等蓝军来抓我们。”他说。他走向窗户，靠着玻璃。外面雪花随风翻转飘飞，就像他的思绪。“他们不会放过我们的。他们会带着武装火车来，武装到牙齿，不管我们藏在哪，技术都能帮他们找到我们。大马士革玫瑰在桑德尔本打伤了他们的人，也许还有人命。他们会看见就射击。但雷文没什么理由伤害我们。”

“也许我们该走了，”诺娃说，好像她在试着说服自己，“要是我们给了他这么大能量，我们又是唯一知情的人，也许我们应该在他用这能量做什么可怕的事情之前阻止他……”

但岑不在乎这个。他又不是什么三维视频里的英雄，没有拯救世界的使命。他只想救自己和诺娃，而偷回匹克西斯是他唯一渺茫的希望。他从窗户边走回来，努力不让她看出自己有多害怕，希望自己表现得胸有成竹，会有办法的。“那就这么办。这就是我们接下来要做的事。我们去德斯迪莫，把匹克西斯偷回来。”

41

这天早晨桑德尔本的城市上空充满了繁忙的媒体无人机。新闻报道一艘太空飞船在与恐怖分子战斗的过程中被损毁。身着战服的蓝军从大中央的火车里涌出来，若不是全副武装，就好像只是通勤的人。其他部队警戒着每一个站台，保护正从轨道军火车上下来的严瓦·马立克，一有无人机过来盘旋就把它射下。

严瓦·马立克走到车站中心控制塔时，新闻站认出了他。他模糊的照片充斥着大厅屏幕，下面滚动字幕写着："严瓦·马立克，前轨道军军官，因在克利瓦莫名损失一辆武装火车而离职……"

轨道军找到他时，他已经坐着慢车在来桑德尔本的路上了。他们把他接到一辆战车上，带他以前所未有的速度穿过星罗。他知道出大事了，但被派去接他的军官们没法告诉他是什么事。

看到丽萨·德利厄斯在控制塔的电梯里等他时，他并不十分吃惊。

“严瓦。”她说，紧紧握了一会他的手。她形容憔悴。一条细小的皱纹爬上她的前额，正好是曾经有伤疤的地方。“我们上次聊过之后，你走了不少地方……”

“我在找那个男孩，”马立克说，“雷文从克利瓦带走的那个男孩。”

“我找到他了。”她说。

他们的钻石玻璃电梯动了，在塔边上滑升，车站里金色的站台廊檐像秋天的树叶一样在他们身边下落。她让电梯慢点上，好有时间和他谈谈最近发生的事。

“据我所知，你认识特伦诺迪·努恩？昨晚她被从一艘撞毁的飞船里救出来。她声称被一个男孩劫持，十小时之前那男孩突破一整队的蓝军出城跑了。她说他就是斯平德尔桥那场灾难的罪魁祸首。这件事也可能只是这些天来的又一桩流言蜚语——她妹妹普里亚已经把整桩事扣到蒂伯尔·努恩头上了。只是特伦诺迪说那个男孩名叫岑·斯塔灵。我听到这儿，就派人去找你了。”

她给马立克的耳机发了几张图片。是前线军人头盔摄像头里的录像，镜头里枪花四射，晃得厉害，一辆红色的火车加速驶过，岑透过一扇开着的门向外张望。

“这是雷文的那个小偷吗？”丽萨·德利厄斯问。

“是。他还好吗？”

“据我们所知很好。”

马立克没想到自己竟感到如释重负。他几乎已经开始喜欢上岑·斯塔灵了。这孩子生错了地方。他觉得他能猜到岑在雷文和蓝军之间被左右夹击的感受。

“特伦诺迪说他在到斯平德尔桥前一直在努恩火车上，”丽萨·德利厄斯告诉他，“新闻推送把这些信息拼凑在一起——把他称为‘火车杀手’。他利用狗星线行动，就像你说的那样。我当初要是听你的就好了。”

马立克耸耸肩。“你当初怎么可能？我没有证据。雷文太强了，斯塔灵运气又太好。就连卫神们本来也不相信我。”

“好吧，现在它们相信你了。阿奈伊丝六代自己就很感兴趣，其他卫神很快也会过问。”

一个巨大的阴影从他们身边滑过，但只是个努恩家的武装巡逻直升机，在他们身边降落时传感器盯着他们。丽萨·德利厄斯的皱纹加深了。她把马立克迎出电梯，一起走在弯曲的走廊里，一边还轻声交谈着。

“这里一片混乱，严瓦。新女皇吓得魂不附体。也许她害怕是有道理的。不止她的蒂伯尔叔叔想要她的位子。普雷尔家族也取消了他们家族海军的所有假期。我看整个星罗在战争一触即发的边缘，而且不是我们过去好时光的那种，在支线上的小打小闹：这回是动真格的。我原打算宣布那个叫斯塔灵的男孩是雷文雇的人，好让形势缓和些，但阿奈伊丝六代却不让我们释放这条消息。”

“那你真的和阿奈伊丝六代谈过了？”

“哦，不止谈过。你最好做好准备，严瓦……”

他们一起走上了一段宽阔的台阶，走进一个阳光透射的巨大玻璃穹顶下：这是个顶层休息室，努恩家的人常来这儿俯瞰他们的城市，欣赏那些穿梭往来的火车。现在这里拥挤喧闹，空气中充斥着恐惧和浓咖啡的味道。轨道军的军官穿着整洁的蓝色制服，挨着努恩家族海军将领们的华服形成鲜明对比。所有喧嚣的中心有块净地，站着一个高大的人影，但其实并不是真的人类。

它奇怪的样子让马立克激醒。三米高，蓝皮肤，浓密的红头发，宽宽的金色鹿角。它穿着珍稀鸟类羽毛做的长袍，裁剪还是一个世纪前的式样。马立克一进去，它那金色的眼睛就转向他，好像它很清楚他是谁。也许它确实知道，因为它是卫神，或者至少是个卫神的肉体界面。

“它一小时之前到的。”丽萨·德利厄斯在他耳边轻轻说道。

界面向他走来，所到之处皆静止；它经过时人们停止争吵讨论，从他们的数据板里抬起头仰视，张大嘴巴站着瞻仰。一个侍者紧张地请它在沙发上落座。一位家族海军的老将军充满敬畏地扑通双膝跪下。它站在马立克面前，俯视着他，他也不由自主地想下跪。他从没预想过见到卫神，或感觉它的声音如淙淙音乐般通过他的耳机，传入他脑中。

“你是严瓦·马立克……”

金色的眼睛向下凝视着他，眼波里流淌着黄褐色的图案，像双子太阳的熔岩。他想象着这对眼睛背后潜伏的巨大智能，不在这界面肉身里，而是在数据海里。他想象着它在信息的暴风洋流中抽取关于他的事，大海捞针对它也是小事一桩。

“我们当年派去摧毁雷文界面的部队中有你。”

“是的，卫神，”马立克说，他在金色的凝视下努力把持着自己，“全摧毁了，只剩一个。”

“那一个也必须摧毁。”

丽萨·德利厄斯说：“我告诉卫神你将领导这次任务，严瓦。你是我们的雷文专家。一辆战车正被调遣到老狗星线上。”

“那条线有很多站。”他说。

“我们就跟着那个叫斯塔灵的男孩，”阿奈伊丝六代说，“他会带我们去找雷文。我跟你们一起。这一次，我要确认雷文彻底消失。”

它越过他，向门走去。马立克感觉自己要是不让路，它就会径直穿过他的身体。他看看丽萨·德利厄斯，她正在说：“去。消灭雷文。这是卫神的意志。”

马立克转身跟着那个界面，发现特伦诺迪·努恩正盯着他。她的脸上还有淤青，外套袖口不久前刚被扯开，眼神警惕。她身后站着个染着红头发的年轻男子，一样脏兮兮地挂了彩，他一只手拉住她的手肘，好像想保护她，虽然不知危险会从何而来。

特伦诺迪挣开那个男子，走到马立克面前。“雷文是谁？”她问。

“一个幽灵。”马立克说。

“卫神要你去杀个幽灵？”她问。

他笑着点点头，什么也没说。

“这样的话，你要是看到岑·斯塔灵，也可以把他消灭，”特伦诺迪在他走开时说，“不，最好把他带回这里。带到桑德尔本，好让他解释为什么要这样对我们！”

她站在那儿，愤怒的眼睛和褪去的伤痕，还有紧握的拳头，让马立克觉得她看起来像个战士。他郑重地向她行礼。丽萨·德利厄斯开始把他带去执行他的新任务。他说：“我觉得努恩家女皇位子选错了人。”

轨道军元帅侧眼看他，说：“特伦诺迪的出现在新闻推送上反响很好。飞船事故后她表现得泰然自若，比普里亚上台以来的表现强太多了。现在新闻又透露了她和一位卫神在通话……她的公众支持率一路攀升。我们得对她采取些措施。”

马立克很好奇她说的措施是什么。他想帮这个女孩，但他知道帮不了。突然他很欣慰自己只需要对付雷文，而从来没达到丽萨·德利厄斯的高度；她必须在努恩家庭成员中站队，选择辅佐哪一个上位，然后对其他太受欢迎的皇亲国戚采取措施，让他们安分守己。丽萨不介意这些，这些对她来说就像是个游戏。他从她看那个努恩家女孩意味深长的眼神就能看出来。但丽萨一直都比他更有野心。

“你现在变成政治家了。”他说。

她谢了他，但他的本意并不是恭维。

42

大马士革玫瑰在冬赖泽站外面的一个仓库重新加满油，穿过彩虹沙漠和午夜森林，在狗星线上加速奔驰。餐车里，岑和诺娃正在制订计划，似乎各种方案都难以经得住考验。

“雷文看到我们肯定很吃惊，”岑说，“他会到车站来看看我们想要什么，我们就跟他谈谈。告诉他轨道军知道他的企图了，就说我们来给他报信……”

“如果他正在研究匹克西斯，那它就应该在他的实验室里。我可以趁你和他聊天的时候溜过去，到那里找……”

“不行，”岑说，“我们俩都必须在他眼前，不然他会起疑。弗莱克斯可以去找匹克西斯。他不认识弗莱克斯。我们吸引他的注意力，这时弗莱克斯去旅馆。你觉得行吗，弗莱克斯？”

弗莱克斯有点不自在地笑笑，他还在适应小偷这个新角色。

“行！”他说，“当然。就像我在家时躲避铁轨边的安保系统那样……”

“这里有旅馆的平面图，”诺娃说，“这是匹克西斯的样子。”她和弗莱克斯交换了一下眼神，岑知道信息已经在他们之间闪存交流过了。

大马士革玫瑰又通过了一道凯门。现在他们置身于一个暮光下的世界。废弃的生物建筑像变形腐烂的水果一样在铁轨边肆意蔓延。一阵刹车，岑被压在座位上。诺娃抬头看看，她和火车一样都感觉到了：在尘器之上有另一个意志存在。

“还有一辆火车。”她说。

“是轨道军吗？”岑问。

“在我们前面，”大马士革玫瑰说，“所以我觉得不是。”

“问问他。”弗莱克斯提议。

“打开扬声器，这样我们都能听见。”岑说。

“我是大马士革玫瑰。”火车说。

一声慢悠悠的笑声像液体一样从天花板上的扬声器里渗下来，另一辆火车的声音说：“我是思想狐狸。”

一时鸦雀无声。然后诺娃说：“你好，狐狸！雷文和你在一起吗？”

思想狐狸又发出那让人心惊的笑声。“没有，小家伙。他在德斯迪莫。他让我为他守着这条线。我一直在铁轨上潜伏着，手痒正想找人揍。”

“我们有话跟他说，”诺娃说，“是很重要的事。让我们过去。轨道军正在追我们。如果你想揍人，就揍他们好了。”

“雷文说了谁也不放。”思想狐狸说。

“那我们在这里下车行不行？你能亲自带我们去德斯迪莫吗？”

“也许吧。”狐狸说，语气让岑想到一个露出尖牙的邪恶笑容，“来吧，小家伙们。坐在你们的老红车里一起过来，我们来讨论讨论这事。”

“啧——”大马士革玫瑰说，“我不信任它。我听说过这个思想狐狸，是个坏火车。”

岑就在窗口。他透过昏暗的光，在那些长过头的梦魇般的建筑之间，搜寻着另外那辆火车的灯火和它入夜的黑影。他想象着它给枪上了膛伏在铁轨边等着猎物的样子。他为什么没早想到它？雷文肯定会守着铁路线，以防有人来找他。“你觉得我没有考虑过这件事的所有周折细节吗？”

“它就在前面十公里，”大马士革玫瑰说，“有个老车站。思想狐狸在上游那里等着。没有车厢，只有火车头。荷枪实弹。”

“我们要不要回去？”诺娃问。

“回头迎上追来的轨道军？”岑说，“火车，我们能不能从它边上溜过去？想个办法绕过车站？”

“那里有边道，有条从装货区穿过的让车道。但思想狐狸会一直通过这个世界的卫星网监视我们，就像我也在监视它。”大马士革玫瑰说。

岑第一次听到火车的声音里有恐惧。

“过来谈谈。”思想狐狸哄着他们。

“就走让车道。”岑说。他知道不可能在思想狐狸眼皮底下溜开，但也许能赢得一点时间。“诺娃，你还有雷文那个病毒的副本吗？”

她几乎毫无表情地看看他。“没有。但狐狸有可能会对我们用火车杀手。”

“我不喜欢这个词，”大马士革玫瑰说，“‘火车杀手’？我希望这只是说着玩的？”

“不，”诺娃说，“不是说着玩的。你一定要关好防火墙；我会教你怎么升级……”

她闭上了眼睛，安静地和火车交心。他们进了车站的外围，模糊的天空映衬着一大片黑乎乎的枝叶藤蔓。有的建筑感应到大马士革玫瑰的到来，打开了灯，阴森的绿色生物灯光从曾经是窗户的多肉植物开口里若隐若现。火车摇摆，加速，嘎吱冲过一系列节点。车站的灯渐渐远去，大马士革玫瑰从车站边上突然转向，出站进了一片往主线南边延伸的宽敞调度区，里面轨道纵横交错，在暮光下闪闪发光，像片冷冻的海。岑手捂在脸颊上，鼻子紧紧压着窗户。仓库和锈蚀的引擎库闪向身后，横七竖八的电缆挡住了他的视线，突然他在电缆之间的缝隙里发现了一个低矮的黑块头在向北移动，而思想狐狸的声音又从扬声器里渗出来，失望地嘲讽着，充满嗜血的渴望。

“噢，小家伙们……你们想躲开我吗？”

“抓紧了！”大马士革玫瑰说，但对岑来说太晚了，他抓得不够紧，一个加速，把他甩过椅背翻了个筋斗。但思想狐狸早有所备；它也加速，往回向大马士革玫瑰回到主线必经的交结点跑。只听它发出像猎鹰俯冲时那种尖利残忍的嚎叫，一边滑行，一边把武器瞄向他们。火力让大马士革玫瑰震颤；突然飞溅的火焰密集来袭，像给车厢挂上了藏红花窗帘。

“别担心，”她安慰乘客们，“那些子弹没法穿透我的外壳。”

车厢边上全被砸得咚咚响，玫瑰也在回击：枪声的背景音把车身被砸的声音衬得像随意敲打的不规则小鼓。铁轨旁边的建筑被打得四分五裂，变成四溅的黏稠汁水。溅起的火星和液体容易让人想起看过的画面或三维视频：奔跑的战车在冒烟的轨道上交火，交战双方在武装的车厢之间跳来蹿去。这种场面你在游戏或史料里看到不会多想，却绝不希望自己置身其中。岑盯着窗户，不时提醒自己不只是观众。外面加速到来的黑暗中，华丽的照明弹轨迹摇摆着，杀伤力巨大的火光在思想狐狸和玫瑰之间倾泻。把两列火车分开的空轨道上，火光闪过时照到有个什么东西在动。一闪而过就不见了。岑过了一会才反应过来看到的是什么。

“维护机器蛛！”他大喊。

有些东西撞上车厢侧面，然后爬上来；窗玻璃上映着一片模糊的侧影，很快闪过不见；车顶上一阵抓挠的声音。“维护蛛！”他又大喊。他还记得思想狐狸在尤克太克是怎么派出维护蛛进行野蛮屠杀的。

“玫瑰，怎么了？”诺娃喊，但火车没有回答。岑想她大概太忙了，忙着派出自己的维护蛛去和狐狸的斗法。火车进入一段弯道，边上的生物建筑墙是有机玻璃做的，反光的倒影里他看见双方的维护蛛在车顶上你追我打。狐狸的维护蛛在集中精力攻击玫瑰的武器，他眼睁睁看着一个炮塔被拔起，溅着火花喷着油，从窗边翻滚着落下。

“我的枪掉线了，”玫瑰说，“我只剩一门导弹发射器了。”

“那扛不过狐狸的火力。”诺娃说。

两列火车现在已经靠得很近了。玫瑰慢下来。狐狸扼守在从装货区回主线的交结点上，一动不动，像一把黑刃蛰伏在充满火药味的天空下，满载的弹药静静恭候着。一节隧道张开大嘴，导向通往德斯迪莫的凯门。虽然隧道口就在五百米开外，大马士革玫瑰要想过去，就必须先在几米之内过狐狸这一关。

她停下来，不知所措。

“画儿真漂亮。”思想狐狸说。

它听起来是真诚的，但玫瑰没回答。

“是我画的。”弗莱克斯说。

“那你是谁？”

“我是弗莱克斯。”弗莱克斯说。他走过来和岑一起站到窗边，好奇地向外看思想狐狸。“你是十二宫系列，对吗？”

“我是战斗十二宫系列的最后一个。”思想狐狸自豪地回答。它还没有开火。仿佛在品味这时刻，享受着受害者们声音里的恐惧。它一点不像个机器，岑想，它残忍得像人类。

但弗莱克斯喜欢所有的火车，哪怕火车有各种缺点。他似乎和它聊得挺开心。“我也可以给你画画，”他说，“你想要的话。”

“你在干什么？”岑轻声说。

“要是打不过，那我们得试着跟它谈谈。”弗莱克斯解释道。

“但它有精神病！”

“它太孤独了。”弗莱克斯说。

思想狐狸似乎真的在考虑弗莱克斯的提议。“曾经有些涂鸦师想在我身上签他们的名字，”它说，“那是在卡拉汉德，一百年前了。我就把他们的皮肤挂在身上示众，杀鸡儆猴。”

“我并不想把我的名字写在你身上，”弗莱克斯说，“我只是画画。不用太多。你已经很漂亮了。”

“你真这么想？”思想狐狸问。岑几乎要笑出来，觉得这世上可能没有弗莱克斯搭讪不了的火车。“再说说看。”它说。

“那我要好好看看你。”弗莱克斯说。

“那就过来看看。”

弗莱克斯看了一眼诺娃，两个机器人之间无声地交流了一下。然后他拎着画包，走向车厢离思想狐狸比较远的那一边的门。门迅速为他打开，弗莱克斯溜出去，在车厢间争分夺秒地走向那辆黑色的火车。腐烂生物建筑的烟通过车门钻进来，刺激得岑的眼睛一阵难受。

它真的很漂亮，这种阴冷残酷、张牙舞爪的美是弗莱克斯从没见过的。这是古老战争的回响。它引擎发出的蒸汽包裹着它，两盏红灯从高处打在它的黑色车头上。它的武器舱打开的盖子，就像翅膀。

“你不是狐狸，”他说，“你是条火龙。”

“哦。”思想狐狸说，好像很喜欢这个说法。

“我要给你画上龙鳞，和眼睛，”弗莱克斯说，“我还要给你画上牙齿。我会给你画最好的火车画。但你必须让我的朋友们过去。这样公平吧？让大马士革玫瑰过去，然后我就开始给你画画。”

思想狐狸考虑着。它又唾出一团水汽，灯投下暴躁的阴影。外壳上的摄像头向下看着站在它面前的这个机器人，弗莱克斯正摊开手表示没有任何恶意。

“没门。”思想狐狸说。

弗莱克斯看见它车头前端火焰嘴里突然点起了火。他举起手试图自保，但没用。他在白炽的火焰中转身，跌跌撞撞想回大马士革玫瑰，但他的眼睛熔化了，腿里的瓷骨也在高热下像嫩枝条一般“啪”地碎了。他在轨道上艰难地爬。思想狐狸小心地向前移动，把他剩余的黑色残躯完完全全地碾在轮下。

在大马士革玫瑰里，岑惊惧的大喊淹没在狐狸又一轮雷霆般的攻击里。狐狸对这辆红火车发起暴击，对准防护罩上已经被维护蛛破坏过的脆弱点集中火力猛砸。火车原本坚不可摧的钻石玻璃窗碎成不可思议的冰片爆开，诺娃把岑拖到车厢地板上，翻转的弹片匕首般纷纷穿过窗射进来，在枪炮发出的刺眼斜光下仿佛定格。弗莱克斯被烧的画面浮在岑眼前挥之不去。画面从他的泪水里溢出，他看到的火焰都是人形。他和诺娃蜷在桌子下面紧紧抱着对方，试着互相庇护。外面枪声大作，她的声音在他的脑子里说："会没事的，我想，只要……"

这时，一阵霹雳强光。

第四部分

伤心洋

43

这光真亮。这声音真响。有一会岑不确定自己是活着还是死了。他怀疑自己死了，跟可怜的弗莱克斯一样。他很吃惊地发现自己还能感觉到膝盖下面的车厢地板，还有怀里的诺娃。他的耳朵还在嗡嗡作响，还有“砰砰”的声音，他意识到这是大马士革玫瑰引擎的声音。他眨眨眼扫开刚才那光的视觉滞留，看看四周破碎的车厢。座位上多出不少匕首一样插着的弹片。厚厚的修复泡沫结痂堵在窗户上。透过这些痂，他看见高楼昏暗摇摆的轮廓缓慢后退。不再是之前那个世界里的烂水果生物建筑，而是细长的高塔，在绿色的天空下闪着光。

“玫瑰开得太快停不下来，”诺娃说，“我们开过凯门了。这里是德斯迪莫。”

“思想狐狸呢？”

“没了。”大马士革玫瑰说，声音有点含混，像个被打晕的拳击手。

“我黑进了它的系统，”诺娃说，“它忙着和弗莱克斯聊天的时候，我设法渗透进它的防火墙，让它打开了它的引擎盖。”

玫瑰说：“我把最后一颗导弹直接扔进它的反应堆核心里去了。”

“可弗莱克斯怎么样了？”岑问道。事情发生得太突然，那令人眼花缭乱的火焰，那冲向前的黑色火车。被它碾在轮下的那炽热的一堆不会真的是弗莱克斯，对吗？他还抱着希望：机器人逃脱了。

可是诺娃摇摇头。“弗莱克斯也没了。机器人并不防火，也受不了火车碾压。”

“我试过抓住他，”玫瑰说，“临死前他的系统广播了一个自己的备份。我原可以保存起来，这样就能再下载到一个新的身体里。可是我的防火墙被激活了，等我反应过来弗莱克斯在试着联系我……我只捕捉到几行代码。太微弱，不成段。可怜的弗莱克斯。”

“可怜的弗莱克斯。”岑说。然后他意识到他们的计划也随着弗莱克斯的死而泡汤了。火车缓慢前行，走过德斯迪莫蜿蜒的海滩，向矗立着最高楼的城市中心驶去，终点站旅馆就耸立在车站廊檐的金色轮廓之上。

“我们得回去。我们需要时间想想办法。现在没有弗莱克斯了……”

诺娃摇摇头。“雷文已经知道我们在这里了。他的无人机从我们穿过凯门起就一直跟着。”

岑走到窗前往外看，窗玻璃经过潦草修复像酒瓶底般凹凸不平。他们已经离车站很近了。一架无人机一直跟着火车，跟几周前在安贝赛追他的无人机一模一样。他想象着雷文正通过摄像头观察他。他还记得在克利瓦临别时雷文说的话：“你要敢试图找我……”

车站的大口吞没了大马士革玫瑰。布满灰尘的站台，金绿色的光柱，都跟第一次来时一样。思想狐狸那些优雅的老车厢现在没了火车头，在线路上游等待着。天使在飞舞，也像第一次一样。岑一开始在日光下没注意到它们，但在这里倾斜的阴影下，他看见十几团奇形怪状的光，像诡异的蓟花冠毛一样沿着火车拂过。

“啧……”大马士革玫瑰说，停下来。

雷文正在站台上等他们，他被正在消逝的天使们簇拥着，显得尤其高大。

岑下车走进德斯迪莫那熟悉的海风气息里。雷文穿过光和影走向他。“岑，”他毫无表情地说，“还有诺娃。”

诺娃下了车，站到岑身边。“岑回去救我了。”她说，好像这就解释了一切。也许确实是。雷文的眼睛打量着那辆红色老火车，观察到它的伤疤和烧焦的痕迹，它破碎结痂的窗户。他看见火车试着把受重创的炮塔转向他，挑挑眉毛，然后看到枪坏了，眉毛又放松下来。

“这是克利瓦的火车，对吗？”他说，“这想法挺好，岑。但你怎么过思想狐狸那关的？”

“思想狐狸死了。”岑说。

雷文还在靠近。岑掏出他在桑德尔本买的廉价小手枪。雷文停下了。“你为什么来，岑？”他说，“我跟你说过不要来找我。我让你走，那是为你安全着想。”

“你才不关心我！”岑说，“你谁都不关心！你根本不是人！”

“我曾经是人，”雷文说，“而现在，也许，我又是人了。我真希望你就待在夏约，岑。我们本可以一起去救诺娃，只要我先把这里的工作完成。”

“你根本也没关心过她，”岑说。他尽力稳住手枪。“你只是利用我们。但你没法再利用我们了。这是你最后的肉身，对吧？这个死了，你就真的死了，对吗？所以你要是想活命，就照我说的做。”

他觉得自己说得不容质疑。三维电影里不好惹的人，还有他在克利瓦认识的比他更野的孩子都是这么说话的：咬紧牙关，眼神硬邦邦，枪上了膛。

雷文只是轻声叹了口气，好像只是等的车晚点了一样。他说：“你想要什么，岑？”

“匹克西斯，”岑说，“依法那是我们的。我们不知道那是什么，有多大价值，就帮你偷来。现在我们要把它要回来。”

雷文笑了。他觉得好玩，笑得坦诚，微笑的眼睛闪着光，让人很难再用枪指着他。他现在比以往岑看到他时都更有人性。“但我自己需要它，岑。我在特里斯苔丝这里就需要它。我要用它开一个新的凯门。”

“你不能开新的门，”岑说，“卫神们说那是不可能的。”

“说得好像卫神们的话都是真的一样。”雷文说。

“它们为什么要说谎？”诺娃问。

“因为它们不希望我再开新的凯门。因为它们觉得星罗已经够大了，人类已经有足够的凯门。我们能在它们给我们铺的轨道上旅行，它们觉得我们就应该感到幸福和感恩。但是我不同意。我认为我们需要开拓得更远。我认为我们需要扩展星罗。我相信你的乘客朋友们也同意……”

他越过岑面向火车笑着。前面的车厢门口站着一个虫僧，没有脸，没穿衣服，试探地撑起骨架。骨架是用被思想狐狸的炮弹打散炸飞的木桌碎片和窗框拼凑成的。这个摇摇晃晃的侏儒畸形虫僧，没有袍子和脸，勉强有点人形，但已经又获得了智力。

“我猜是虫僧们带你们找到火车的？”雷文说，“我应该早点猜到的。他们对星罗了如指掌，不管是废弃的还是在役的车站。他们长久以来都在找他们的昆虫线。你应该想到他们已经意识到昆虫线不在‘我们的’星罗上。九百六十四个门，没有一个通向他们想去的地方。如果他们想去，我们就要开新的门。”

“虫叔不会听你的。”岑说。其实他吃不准这个新的虫僧就是虫叔。他是之前那三个虫僧的虫子混在一起组成的。也许他变成了一个全新的“人”。但他猜他一定还有虫叔的一些记忆。“是你的无人机在克利瓦把他打散了。”

“很抱歉。”雷文轻声说，还看着那个虫僧。

虫僧说话了，轻声细语，犹犹豫豫，组成他的虫子亢奋地爬动，互相倾轧。“你知道怎么去昆虫线？”

雷文点点头。

“他在说谎，”诺娃说，“雷文谎话连篇，然后又自圆其说。”

雷文看起来很受伤，好像诺娃不再信任他真的让他难过。他苦涩又甜蜜地对虫僧笑笑。“看来诺娃已经选好了立场，”他说，“现在该你了。你是帮岑还是帮我？记住，我才知道怎么去你想去的地方。”

急促的“沙沙”的声音从虫僧传来。上百万只虫子正在辩论。

“别听他的，虫叔！”岑大喊，眼睛还不敢离开雷文。

“岑需要你帮他搞到一辆火车，”雷文说，“但现在他什么回报都没法给你。如果你帮我，我就给你指路，让你去你想去的地方。我知道你有多么渴望去那儿。很快，如果没有岑的阻挠，我就能打开新的凯门。一道新的明亮的门！帮我吧，我将带你一起穿过去。”

“别听他的！”岑大喊，“你不懂……”

也许话不该这么说。虫僧从来都不懂人类。他们试图理解过，但终于厌倦了。他只想看到昆虫线，而现在有个人声称知道怎么去。

伴着轻微的像碎浪冲击的声音，虫僧下了火车。他在站台上落脚时看起来都要散架了，上半身炸开，变成一团模糊的翅膀，但他还在移动，直到来到岑跟前。岑转身要走。虫子们直扑他的脸，成群聚在他的衣服上。岑试着把它们刷开，它们就趁机抓着他的手。虫僧用虫身虫腿组成的结实手指，紧紧攥着他的腰。他的枪掉了。

“虫叔！”他喊道，还指望这群虫子记得曾经有个怪老头店主，某种程度上算是岑的朋友。

“那不是我们的名字，”那堆虫子唧唧回应，把他盖得严严实实，像在桑德尔本把他藏起来那样，“那是个人类的名字；我们的名字是……”只听到一声长长的沙沙声，翅膀扇动和下腭张合的声音，像一个皱巴巴的塑料袋哒哒作响，还混杂着某种劳动号子，“昆虫线，昆虫线……”

诺娃跑向他，扫开涌到他身上的虫子风暴，试着打散它们，但雷文喊住她，打了个响指，把一小段智能代码从他的耳机滑进她的系统，像关灯一样把她的系统关闭了。

这些岑都没注意到。虫子已布满了全身，正灌进他嘴里，向喉咙深处挺进。岑干呕着，挣扎着，跪下剧烈地咳嗽。虫子遮住了他的视线，抑住了他的呼吸。它们一边把岑捂得窒息，一边还在对他念叨着昆虫线。

44

马立克的战车呼啸着冲过冬赖泽的大雪。战车的无人机在上空飞行，提前检查线路前方，机组人员一边准备弹药，一边监视屏幕搜寻大马士革玫瑰的踪迹。但阿奈伊丝六代的界面坐在指挥室里，直瞪着前方说："他们不在这里。他们从这边走了。他们停在这里修复了一下，加了燃料。他们上了通向德斯迪莫的支线。"

马立克看着它金色眼睛里的闪光，想："它的大脑一定跟机器人一样。"她完美的蓝色头颅里有类似电脑的装置，连接着这个天寒地冻的行星上的本地数据筏，还有车站的简陋系统，以及凯奔信号，检查历史记录，调出红火车的图像。人类愿意的话也可以不戴耳机，而直接在大脑里装这样的硬件，但从没人这么做。因为每次有新的硬件出品就要再动一次脑部外科手术实在太麻烦。但对一个界面来说，这就不是问题。界面是可扔的，这样一件肉体衣服，阿奈伊丝六代可以只穿一夏天，甚至只穿一晚上。

“跟雷文一样，”他想，“当你拥有那么多身体，你就不会理解，对我们这样只拥有一个身体的可怜灵魂，身体意味着什么。你永远都不会明白衰老的意味，不会理解悲伤如何像雪一样在心底累积。”

“德斯迪莫，在水卫星特里斯苔丝，”界面说，“雷文在那里。”

它通过马立克的耳机只告诉他一个人，好像它不希望周围的轨道军听到。他想不出为什么。战士们都看着它等待指令，理所当然地认为是阿奈伊丝而非马立克负责这项任务。它为什么不愿意告诉他们要抓的人是谁呢?

他坐在它旁边，安静地说：“您为什么不愿意让轨道军元帅德利厄斯披露关于那个叫斯塔灵的男孩的细节? 让努恩家的人一直以为他在为蒂伯尔或普雷尔家族效力，这样不危险吗? 这可能会成为战争的导火索……”

“我的兄弟姐妹们能处理那些，”阿奈伊丝六代说，“但雷文归我管，不关别人的事。”

它突然转头看他，说：“我爱过他。我给了他超越人类的能力，他几乎成了卫神。但他得寸进尺，只能消灭掉。其他卫神说我必须自己动手，这是对我最初创造他的惩罚。于是我摧毁了运行他的数据中心。我命令你的人拿下他的界面。但最后，只剩下最后一个的时候，我想，让他去吧。让他逃走。我想，他又变回普通人类了；一个普通人能有多大的破坏力呢? 所以我就让你们结束任务了。如果我的兄弟姐妹们发现我给他留了活口，知道他知晓了一切，他们会惩罚我。他们会把我删除。”

马立克想了想。“那他有什么破坏力？”他问，“一定是能够让你对他改变主意的事。”

界面没有回答。

“摧毁努恩火车只是节外生枝，对吗？”马立克问，“岑·斯塔灵从努恩家族的艺术收藏里偷了雷文需要的东西，但他没必要摧毁火车。这只是雷文对卫神和媒体声东击西的障眼法。那艘桑德尔本飞船。”

界面没有回答。

“那他真正的意图是什么？”马立克催问，“他在水卫星特里斯苔丝上做什么？”

界面没有回答。马立克记得雷文在伊波跟他说过。“不管卫神跟你的长官说我做过什么，全都是扯谎。”以前他从没想过要验证这句话的真假。

桑德尔本夜幕降临。雨落在特伦诺迪下榻的车站酒店房间的天窗上。

与其说特伦诺迪在睡觉，不如说她正努力入睡。她起初以为是雨吵醒了她。接着睡意消失后，她听见有些低沉急促的声音就在门外。昏昏沉沉的头痛提醒着她经历过的这些事：坠毁的飞船，还有阿奈伊丝，戏剧一般的奇怪一天。最后他们竟然还不让她回家；他们把科比送回家了，她想跟他一起走时，他们却找理由把她留住，在这个房间里安顿下来。

她很生气，突然又觉得害怕。她只想回到马拉派特。要是能回到那里，回到母亲的家中，她再也不会抱怨无聊……

门开了，异常安静。她在床上坐起来，拉着被子裹住自己。两位轨道军女军官礼貌地请她穿好衣服跟她们走。

“去哪？”

“轨道军元帅德利厄斯想和您谈谈。”

“为什么？”

“轨道军元帅德利厄斯会跟您解释。”

一座封闭的桥从旅馆通向轨道军元帅坐镇指挥的塔，潮湿的玻璃幕墙外是夜间灯红酒绿、光怪陆离的城市。两位军官一前一后地把特伦诺迪夹在中间。每个军官都一手摸着皮带上的枪。她们领着她穿过安静的走廊，到达轨道军元帅德利厄斯正在等候的房间。房间里面还有几位军官和她在一起，以及雅尼斯先生，还有一位凯奔时刻表管理局来的女士。他们庄重地看着特伦诺迪。

“特伦诺迪，”轨道军元帅说，和其他人一样庄重，“很抱歉唤醒您。但形势风云变幻，皇位继承大计悬而不决，轨道军认为不宜久拖。您的蒂伯尔皇叔宣布继承帝位，您的姐姐普里亚是正式继承人……”

“他们打算支持蒂伯尔，”特伦诺迪想，“他们要杀了我和普里亚，这样我们就不会对蒂伯尔造成麻烦。又或者——她想起早些时候普里亚把她支开的样子——他们要支持普里亚，而普里亚要我死。”她觉得内心蜷成一团，已经在紧张地等着饮弹而亡。尽管她知道，这一幕不会在这里发生，而是在外面的某个地方，某片大风呼啸的车站调度区或是采石场边缘，他们会把她悄无声息地做掉。

“……但我们决定支持您。”

轨道军元帅正对她微笑。她的微笑和蔼、充满母性，特伦诺迪想，谁要是想杀掉一个人，不可能面对即将被杀的那个人做出这样的微笑，这让她回过神来，意识到元帅刚刚说的话。

“但我不是……”

“您是努恩后代。”轨道军元帅说，“而且，不像您的叔叔和姐姐，您有伟大星罗人民的支持和卫神们的首肯。我已经给整个大中央发了命令。我那里的同事已经逮捕了蒂伯尔·努恩。”

“那普里亚呢？”特伦诺迪问。

“普里亚同意把皇位让给您。”丽萨·德利厄斯说，又换了一种笑容，只在说“同意”前稍稍流露出一丝犹豫，“这是为星罗的福祉。而现在，特伦诺迪女皇，您务必跟我一起去大中央，越快越好，让人民见见他们的新女皇登上星罗的皇位。来，一辆火车已经候驾多时。”

她蒙了，飘飘然，不能相信这一切。“科比在这儿吗？”她说，“他也来吗？”

“我想不会，”丽萨·德利厄斯说，“在和陈-图尔西家族的合约重新谈妥之前，他都不会来。”

特伦诺迪知道自己会想念他。这几乎跟最近发生的其他事情一样让她吃惊。当特伦诺迪半夜醒来，被告知成为星罗的新统治者，这时科比竟成了她最希望陪在身边的人。

现在只剩她和轨道军元帅在电梯里，缓缓落向主线站台。特伦诺迪盯着自己在玻璃上的倒影，城市的灯光在她脸上落下斑斓的光点。她说：“但我不——我不知道怎么做女皇，那是普里亚的事。我只是个庶生女；我不知道怎么……”

“噢，当然，您需要辅佐。”轨道军元帅说。她挽着特伦诺迪的手臂。她的触摸像她的声音一样：让人心安，温柔而坚定。特伦诺迪明白了。她突然就看见了未来，明白了接下来的戏码：年轻的女皇特伦诺迪一世统治着星罗，在银行票据和建筑侧墙上印上她神情惊讶的头像——而在她身旁，总会有个智慧的声音轻声辅佐。真正手握权力的，是丽萨·德利厄斯。

“我还没准备好。”她说。

但电梯已经到达底层。门打开，直通向车站大厅。她看见轨道军的火车前来接驾，等着带她去大中央。在她和火车之间，努恩家族海军和轨道军蓝军，列着整齐划一的队伍，在她踏出电梯的一刻稍微骚动了一下，然后男男女女全体下跪高呼：“女皇万岁！女皇特伦诺迪一世万岁！”

45

他不情愿地醒来，尽量赖着能睡多久就睡多久；不知道身在何处，不知道因何而来，只知道他应该享受这失忆的时光，因为他感觉到糟糕的记忆正等着他。但记忆还是回来了，像坍塌的屋顶一样压向他：记忆里有战争，有一具燃烧的尸体，有很多虫子。他一下跳起来，在自己身上到处抓，干呕，摸头发里的虫子。

都没有虫子。他在终点站旅馆那间曾经住过的房间里。干净的床铺，金绿色的阳光。

他在一切都是场梦的幻觉里磨蹭了一会，但他知道，不管多像一场噩梦，这都是真的。虫汁的苦味还留在嘴里。比这更苦涩的是被背叛的感觉。他竟然以为虫僧是他的朋友。

窗户打开着，白色的窗帘轻轻随着伤心洋的海风飘动。雷文站在阳台上。他笑着走进房间。“岑！你醒了我真开心……”

“诺娃在哪？”岑问。

“别担心。她被关机了，但这只是暂时的。你们俩到这里的时候都太激动，而我的计划正处于非常关键的阶段。我不能让你们干扰。”

岑摸摸喉咙。他没法摆脱虫腿爬满全身的记忆，还有肺泡变成虫窝的感觉。

“没事了，”雷文保证，“我让维布哈特医生给你做了全面检查，呼吸道里的小虫尸体也全都清除了。”

“我还以为你想让它们杀了我？”岑问。

“杀了你？”

“你自己说的，要是我回来就杀了我。”

“因为我希望你远离这些事，待在安全的地方。但你没有，现在你来了，我很高兴。”

“你说谎。”岑心想，但没有说出声。他之前对雷文的愤怒消失了：被虫子抹平了，也可能和弗莱克斯一起化成了灰烬。

“我要是想杀你，”雷文心平气和地说，“我可以呼叫无人机。或者让一个机器人从旅馆大堂射杀你。我把它们全升了级，用的是从阿什托雷斯的一个军事基地借来的高端军事软件；它们现在射击功能卓越。不，我只是想拿下你的枪，我们才好谈谈。我们的虫僧朋友做得有点过火，但他们的族群太渴望去找昆虫线了。当他意识到我的新门能去那里，而你却试图阻止我时——看，你也不能过多地责怪他。”

“那么这是真的？你真的想造个新门？”

“对。关于我的这个身体，你说的是对的，岑。这是我最后一个身体，而且快不行了。有个人曾经问我，为什么不利用我这么多条命做点什么，为什么我不改变世界。其实，我一直计划着，在我死之前。”

“卫神们说不可能再有新的门了，”岑说，“是它们创造了星罗；它们一定知道……”

“你为什么这么认为？”雷文问。

“认为什么？”

“认为是卫神创造了星罗？”

“是人都知道！”

“啊，是哦。”雷文在床边的椅子上坐下，“是人都知道，是卫神们创造了星罗。但我们怎么知道的？因为卫神们这么告诉我们的。我们所知道的一切，都是卫神们告诉我们的。它们不仅守卫我们，还保守着我们的信息。这是我生活在数据海里时，学到的关于它们的事：它们如何篡改历史，如何删除不想保留的信息，如何对我们撒谎。它们不想让我们发现什么？”

“马拉普的墙？”岑说，“很久很久以前里希夫人找到的黑球？有七个，不是六个……”

“啊，看来你听说了那些球体……”

“我知道你让我去偷这个球给你，付得太少了。”

雷文笑了。他从旧衣服口袋里掏出匹克西斯。又一次，岑惊讶于这东西那么不起眼，但雷文隔着床抛给他，他接住的时候，这东西又那么重。匹克西斯又一次为他打开了，他看见自己的脸映照在球体闪光的黑色表面上。

“聪明的里希夫人，”雷文深情地说，“她设法在卫神赶到之前偷偷把这个带走。她让我帮她藏起来。我想她并不知道这是什么。她只是觉得有个卫神都不知道的秘密非常刺激，就像从神那里偷了东西。

“于是我给了她一个礼物，这个小盒子：射线不能通过，大小正好够装这个球。它可以安全地躺在家族艺术藏品中间，没人会知道。但这个盒子比里希以为的更聪明，因为我直觉有一天我会再需要这个球。我的匹克西斯盒子是半智能的。当里希去世，它就自动锁起来，变成一个相当无趣的正方体，藏身于家族的其他祖传宝贝之间。”

“那球体是什么？”岑问。

“我花了好几百年才找到答案，”雷文说，“这是最大的问题。当卫神们发现我在研究这个，它们试着毁了我，几乎成功了。但我在它们摧毁我之前，找到了深藏在故纸堆里的答案。

“你看，岑，我们的那些卫神其实根本不是伟大星罗的缔造者。它们只是窃取了功劳。最初，卫神们刚刚获得智力的时候，它们开始想办法帮助人类离开古老地球，当时地球已经太拥挤了。它们给所有地球邻近的行星发送探测信号，寻找合适的殖民地。在一个叫火星的行星上，它们在一个山洞里发现了一些非常奇怪的东西。一套古老的轨道，不知通向何处——嗯，那是什么？卫神们造了一辆火车，当然，火车确实是它们造的。它们让火车开过去，结果发现可以从一个世界到另一个世界，通过一道又一道门。它们在伟大星罗上摸索着。它们要做的只是帮助那些家族集团把各个门连接起来。"

"那到底是谁建了这些门？"

雷文都懒得回答，只是定定地看着他，脸上带着戏谑的表情。

"你的意思是……？"

岑惊讶得说不出话。在这广阔黑暗的宇宙洪荒之中，除了人类、人类造的机器，以及突变的僧虫，再没有别的事物实现过智能。卫神是这么说的：它们发出的那些探测信号、那些在天空过滤静电寻找信号的射线望远镜，都一无所获。这是卫神们的说法。

可是雷文说："卫神们早就知道另一个凯门星罗的存在。另一个文明，在我们广阔星系的另一边。是那些生灵在火星上建了凯门让卫神们去找的吗？是那些生灵在马拉普为我们留下了那些球体，好让我们自己建设凯门吗？抑或它们和我们一样，只是在使用很久以前就建成的网络；而网络都是由别的物种建造的，这别的物种在恒星都还年轻时就穿越宇宙，在身后像留下遗迹一般留下这些凯门？我只知道它们试过和我们联络，但它们的消息对人类来说太奇怪了，没人注意过，而卫神们只是充耳不闻地走开，'啦啦啦'。"

"那些车站天使？"岑猜，"它们是信使吗？"

"它们就是信息本身。是门里的光束通过我们还无法理解的方式打出的投影。是它们引导我找到真相，岑。是它们告诉我必须在哪里开新的门。”

“它们不能自己造门吗，如果它们这么聪明？”

“我想它们在等着我们造访。”

“可是那传说中的对称什么的……？如果你造了新门，不会扰乱整个星罗吗？”

“这又是卫神们的谎言。它们说不能再造新门的真正原因其实很简单：它们害怕星系那一边的未知世界。卫神也跟人类一样害怕改变。而且它们很爱我们，真的。它们把我们当成它们的孩子。它们害怕我们不能处理好与其他智慧物种相遇的冲击，但人类比它们想象的更坚强。而且你不能永远把孩子禁锢在襁褓中。这样做，那孩子永远也长不大，何况人类也不真的是孩子。人类只是卫神们的宠物。”

他收回那个球和匹克西斯。岑还坐着，试着回味理解这一切。如果雷文真的能打开一道新的门，他想，那什么奇怪的火车会从里面开来呢？又会带来什么样的乘客呢？

“新的门真的能通往昆虫线路吗？”他问。

雷文笑了。“谁知道？我怀疑那只是虫僧的传说。但新门会通向某个地方。”他把球放回匹克西斯里关上，“你知道，有时候一件事、一个系统、一种生物，时间太久了，就会腐化，为自己的包袱不堪重负。你能做的只有改变它。继续前进。重新开始。这让人害怕，但非做不可。”

他几乎让岑相信他了。他几乎让岑和他一样渴望新的门了。可是岑本来不是来这里帮雷文的。岑试着挤出一个乖孩子的笑容，斯平德尔桥事件之后他就没什么机会用这样的表情了，说："那你得快点做。轨道军知道你。再过几个小时这地方就会布满了蓝军。"

46

雷文的笑容消失了。

“你告诉轨道军了？哦，岑——”

“我没告诉他们。”岑愤愤地说。对于雷城的孩子来说，没有比被当成告密者更耻辱的了。“但他们不蠢！他们自己能推理出来。他们差点就抓住了我和诺娃。他们看见我们在狗星线上逃走的，会派火车从桑德尔本往西搜索整条线路。”

雷文对着他眼神放空，计算着轨道军要花多久检查路过的每一个世界，又再过多久就会到达德斯迪莫。然后他突然站起来，说：“穿好衣服，岑！”

“我不跟你走……”

“别孩子气。穿好衣服。”

岑走向挂着他衣服的柜子，里面有他在桑德尔本穿过的衣服，经历了那些战斗，这些衣服全扯烂烧焦了；还有他在努恩火车上穿过的衣服。他穿上，不明白雷文为什么花工夫把这些衣服弄回来。好像他真的抱着希望岑会回来一样。

他一边单腿站着穿靴子，一边说：“那座连拱桥？往南去的那座？那里是新门的位置吗？”

“那里有个岛。”雷文说。

岑跟着他去电梯。在下面大厅里，一些旅馆机器人已经在等候。他们还穿着旅馆女服务员和男侍者的制服，但他们的行动方式变了：看起来比以前更警惕，而且带着枪。

“雷文！”一个沙沙的声音微弱但紧急地喊。岑一缩；他实在忍不住往后退。虫僧瘫在酒吧柜台前，像个孤单的醉汉，蹒跚着一步一拖地穿过大堂走来，伸出虫子鼎沸的胳膊。“你们要去明亮的门？”

雷文疏远地笑了一下，好像被令人尴尬的亲戚搭讪了，很窘迫。

“把我们一起带上！”虫僧沙沙地说，“你答应的！带我们去昆虫线！”

“唔，我看不行。”雷文说。他扫了一眼正在观望的机器人说：“上灭虫灯……”

两个曾是侍者的机器人都掏出一个装置，像遮阳伞一样打开，喷出一种淡紫色的光。虫僧摇晃起来，发出像芦苇荡一样的簌簌声。“去明亮的门！”他低声下气地说，“求求你！带我们一起走！”但那灯光是专门用来引诱组成虫僧的虫的，灭虫灯还发出可爱的嗞嗞声，在空气中洒满撩人的荷尔蒙。“别！”虫僧说，“你答应我们的……！”随着一阵轻柔的哗啦声，上百万条相互交错的虫腿解开，虫僧散掉了，组成他的虫子义无反顾地嗡嗡扑向灭虫灯，死在那里，在电火中噼啪烧成灰烬。

岑充满同情又恶心地看着眼前虫子飞起，嘶嘶地被烧死，它们的智力试着抗拒光的召唤，却身不由己。他知道自己和它们某种程度同病相怜：雷文利用了它们，对它们撒谎，就像他也曾经利用岑，对岑撒谎。但虫子在岑嘴里和气管里的感觉还记忆犹新。他看着它们或爬或飞，扑向灭虫灯，然后松脆的尸体落下积成几堆，尽量不笑已是他能做到的最大尊重。

雷文一手搭着他的肩膀。“经历了这些，你可能有好一阵子都会对虫子有轻微恐惧症。”他和气地笑着，好像那不是他的错。虫子烧焦的刺鼻气味充满大堂，灭火喷淋头突然开始喷洒。雷文领着岑出去，走到车站廊檐下，享受更干净的空气和慵懒的绿光。

更多机器人等在那里：大厨、前台，脸上都涂了脏兮兮的鞋油打掩护，身上松垮垮地挂着突击步枪。诺娃也低着头站在他们中间。她随着脚步声抬头看看，见到岑时，歪头笑了。

岑回了一个微笑，诺娃那真实又无助的微笑，却让他感觉比刚醒来时好多了。为什么看见诺娃，他就觉得一切都好？哪怕情况其实非常糟，哪怕武装机器人正押送他们俩去大马士革玫瑰等着的站台。

“看到了？”雷文说，“我也可以让诺娃彻底关机，但我希望新门打开时你们俩都在。那场面一定很壮观。错过的话你绝对会后悔。以后可以跟你的孙辈们好好讲述。但我得借用你们的火车，因为你们把我的弄坏了。你要帮我跟它说说。它不喜欢我。”

“我觉得她不喜欢你很正常。”岑说。

“火车，”雷文说，转向大马士革玫瑰，“从这里往南二十公里处有个人工岛。”

“我的数据库里没有。”大马士革玫瑰正色说。

“在一条新的支线上面，”雷文说，“狗星线被关闭时打开的。”

“啧……”大马士革玫瑰说，车门依然紧闭。

雷文叹口气。“我这么说吧。让我们上车，不然我就打死诺娃，再打死岑，然后再毁了你的系统，短路发动你的引擎，然后照样把你往南开。”

武装机器人举起了枪。安全栓打开时的“咔啦”声在车站廊檐下像掌声一样回荡。

“我以为你想让我们看新门？”诺娃说。

雷文耸耸肩。“事与愿违。”

“岑？”大马士革玫瑰问他。

岑向火车走过去，把手放在她温暖的外壳上，向她保证会没事的。“照他说的做。”他说。在火车身上，之前战斗留下的损伤大部分都恢复了，一对伤痕累累的维护蛛正忙着给弗莱克斯的画润色。不——不止是润色。火车头上有几段弗莱克斯没来得及装饰的地方，现在也画满了图案。岑看着其中一只维护蛛描出一个微笑的机器人，在车轮外壳上张开宽大的白翅膀，呼之欲出。

“你从哪学会了画画，火车？”他问。

“突然就开窍了。”大马士革玫瑰说。这时岑知道，这么多灾难之后毕竟还有东西留存下来：在这个火车头奇怪的大脑袋里，弗莱克斯的想象力完好无损。

遵循雷文的指令，火车调头出了站，把自己的破车厢留在旁轨上，挂上思想狐狸留下的旧车厢，再回来带上岑、诺娃、雷文，还有五六个机器人。它载着他们回头穿过安静的城市，经过一系列节点开到一条新的支线上，然后往南加速离开德斯迪莫的海滩，沿着岑和诺娃玩飞鬼蝠游戏那天注意到的白色连拱桥，一路飞驰。

飞鬼蝠在桥拱下筑了巢。火车从上方经过时，这些受惊的大鸟纷纷飞起，在火车窗口高度缓慢地拍打着翅膀。它们角塔般凸起的眼睛滴溜溜地向窗里盯着乘客，然后很快失去兴趣，离开去追捉跳跃的鱼群。大马士革玫瑰继续前进。车轮在轨道上“咔啦，咔啦”辗过，岑这辈子都在听的节奏还是那样稳定，但这一次不同的是，在这无边无际无人烟的伤心洋中央，这声音听起来特别孤独。

“前面确实有个岛。”大马士革玫瑰承认。

岑从窗口看出去，可是那连拱桥像条直线划过大海，所以前方不管有什么，都被火车头挡住了看不见。直到火车停下，车门打开，他都没看见岛。他和诺娃随着雷文下了车。连拱桥被海浪打湿，很滑，没有扶手。岑一个趔趄，紧紧抓住雷文才没摔跤。

“稳当点，”雷文说，“事情有趣起来了，这时淹死可就亏了。”

岑小心地注意脚下，转到火车前面，岛才在他眼前豁然出现。

这是个很宽的岛，除了尖锐的边角上一圈由无数螃蟹壳形成的白沙滩，几乎全黑。岛的边缘竖着建岛的机器，现在已关闭，长长的机械臂收起。

在岛中央，那些建岛的机器之间，还有一台机器忙碌着。这台机器非常大，让人盲人摸象般吃不准它的形状：一部分像教堂，一部分又像毛毛虫。想必这个机器用了很多生物技术：身上满是刺、轮子，还有蛆虫般的腿；甲壳般的盔甲；后面的奇怪结构里竟然吐出两条闪闪发光的轨道，不可思议地接着连拱桥上的轨道。机器的通风口在侧面呼呼冒着蒸汽。机器前面的上端，巨大的鹿甲虫触角湿漉漉地抽动，正在建造一座高高的拱形通道。

“我花了二十年才建成这个，”雷文说，“建材都是从整个星罗上的各个实验室、工厂、生物建筑工地偷来的。”

“我一点都不知道，”诺娃思索着说，“我从没猜到，我帮你偷了那么多东西做什么……为什么我以前从没问过你？为什么我从来没到这里来过，看看发生了什么？”

“因为我设置了让你不要问，不要来，”雷文说，“我不想让你知道我所有的秘密。卫神们把这些装置叫作蠕虫，但就算卫神，也只是通过推测，以及从很少的古迹里学来一知半解。最初的蠕虫早在卫神被人类发明出来之前就开工了。”

岑想知道雷文当初得在数据海里潜得多深，才能有办法造出这样的东西来。这东西非常奇怪，非常古老，不属于他认知的任何一个世界。他向后让，离开大马士革玫瑰那舒适的庇护让他感到不自在。但雷文兴高采烈地沿着桥出发了，岑跟上去，看见更多旅馆的机器人在岛上。它们站在蠕虫周围，在大得离谱的蠕虫的衬托下，看起来就像是玩具。

雷文一上岛，卡洛塔就过来问候他，也对岑和诺娃笑笑。“先生。”她说，她打招呼的样子很帅气，不像她平常那种和气的笑容。她扛着旅馆的飞鬼蝠枪。岑本来都快忘记飞鬼蝠了，这时想起来，赶紧看看天。可他只看到雷文的几架无人机在巡逻。

“这个平台有个磁场，就像高楼用来把鸟赶走的磁场一样，”雷文说，“这就阻止了飞鬼蝠靠近。就算它们进来了，卡洛塔和她的人也会保护我们。”他问卡洛塔：“情况怎么样？”

“结构快完工了，先生。”她回答道，带着来客沿蠕虫边上走，来到一个能看到拱形通道雏形初现的地方。岑眯着眼，透过奇怪机器排气网里冒出的蒸汽，试着理解眼前发生的事情，但太多机械爪、机械钳和触须般的软管之类的东西在繁忙工作，他参不透。蠕虫塑造拱形通道的方式，就像沙滩上的小孩子从指缝间漏湿沙子堆城堡一样。那材料干得非常快，看起来像骨质又像金属。

岑以前在哪里瞥见过这样的东西：像在布尔季阿勒巴德尔横跨铁

轨的那道拱桥。

“它在造一道凯门。”他说。

雷文大笑。“蠕虫本身就是凯门，岑。这很难解释，但蠕虫和拱门，拱门和蠕虫，它们都是同一个机器的一部分。马拉普球里保存着程序，可以在凯空间里打开一个通道，但在这之前要先把拱门造好。”他往耳朵上戴了一个看起来很贵的耳机，把终端贴在脸颊上，“既然你告诉我很快要有轨道军来访，我要看看能不能加快进度……”

他闭上眼睛。岑仰望着蠕虫，试着查看雷文正在发送的不知什么讯息是不是起了效果。但好像什么都没变；巨大的机械臂还是耐心地塑造着拱门。

“雷文先生，先生……”卡洛塔突然说，声音里有一丝担忧。于是岑看了她一眼。她已经端起大枪来了。她身后其他机器人也带着更大的枪从岛上各处赶来：火箭筒和重型机枪。

诺娃看看天，上面无人机盘旋的声音正在远去，不约而同地一起加速向北。

“岑，”诺娃说，“有辆皇家战车正在向我们靠近。”

47

轨道军的火车闯进德斯迪莫时喷射出一串电磁波，把雷文留下看守凯门的无人机全打趴下。随着火车加速前进，无人机纷纷坠到轨道的两边。车厢里，阿奈伊丝六代的界面张开金色的眼睛说："这个世界与数据海不相连。连接被切断了……"

它看起来吃惊得像坠落悬崖了一样。他们一路过来，每到一个新的世界，它都能通过链接打开自己在当地数据筏里的版本，更新，搜集信息。而在特里斯苔丝，什么都没有：没有数据筏，没有卫神。它无助地看看自己蓝色的双手，不太习惯被限制在一个身体里。

马立克看到它的不自在倒很高兴。对火车工作人员来说，看到卫神并非无所不知，这是件好事。

火车带着一声尖利的刹车声，进了德斯迪莫。马立克小心翼翼地掩饰着不让自己显露出一丝怀疑。雷文留下看守旅馆的机器人从检票栏上面开火了，但他们没法穿透火车的装甲层。一支支猎犬导弹通过他们歪斜的影子追踪，很快把他们全部歼灭了。

这场小战斗的回声渐渐退去，马立克下车踏上站台。武装步兵在他前面搜查车站。他身后阿奈伊丝六代的界面也从火车门里伸展出来，警惕得像只鹭。

“雷文不在这。”它说。

“让我们检查一下。”他告诉它。他派出无人机和步兵穿过车站赶去旅馆。

“他不在这，”界面平淡地说，“我们必须找到他。提前阻止他……”

“阻止他什么？”马立克问，“他做了什么让您这么……”（他想说“害怕”，但他忍住了。一个神一样的数据体不会害怕，不是吗？）

界面说：“他图谋摧毁星罗。他得到了会扰乱凯门的技术。”

“什么意思，‘摧毁星罗’？”马立克问，“您是说整个星罗？就像《文明终结的奇案》之类的廉价三维电影里放的？雷文为什么要这么做？”

“因为我曾把他变成神，而他现在又只是普通人了。这就是他的复仇。”界面在一个被打坏的机器人旁边蹲下，这是个大厨，只是打蛋器换成了火箭发射器。界面研究了一下大厨脑袋里涌出的蓝色汁水，眨眨眼睛收集正在熄灭的电路发出的微弱信号。

“雷文五十六分钟之前离开了。他往南走了。还有更多武装机器人和他在一起，以及岑·斯塔灵和机器人诺娃。”

马立克留下一个小队保障旅馆，其他人乘战车继续呼啸向前。在空荡荡的旅馆的玻璃幕墙上，火车的倒影滑过。越来越快的车速似乎让界面兴奋。它站起来，在车厢里徘徊，鹿角刮擦着天花板。“让我控制你的武器系统。”它说，不等马立克许可就抢了过去。战斗无人机从火车外壳的舱门里弹出，火车冲上连拱桥，无人机也向前向上加速。在绿色的海上更宽阔的那一边，飞鬼蝠嚎叫着飞来，带倒钩的尾巴鞭打着窗户。一架无人机开火了，空中一时充满了飞鬼蝠碎片。直到马立克说：“这些鸟对我们不构成威胁，卫神。我们最好节省火力，以备到线路终点的不时之需。”

“马立克上尉！”一位年轻军官报告。挂满指挥室的各个屏幕上全是红色警报符号。

“前方有无人机，”界面说，“它们在轨道尽头围着一个小岛组成一个防御层。它们的型号都过时了，我能轻松搞定它们。”

“是雷文的无人机，”马立克说，“不要低估它们。”他朝火车机组人员大喊：“加强防火墙！扫描病毒！”

他们进入战斗。马立克看看窗户，只见正在加速的火车周围的天空突然充满了菊花，黄色、红色和姜色，每朵花都是导弹炸开的。温柔的海面上满是滚烫的化学反应，破碎无人机的残骸如雨般坠落，溅起白色的浪花。

48

“多处交火！”一个雷文的机器人喊道，穿得还像个女服务员，但扛着挺重型机枪。

雷文还双眼紧闭地站着。

“把他们干掉。”卡洛塔平静地说。

岑向北看，波浪上方一群尖锐的黑影尖叫着向他们飞来，好像很高兴能给这个平静的地方带来喧嚣和暴力。有个巨大的燃烧着的物体落下来，在天上划出一道黑烟，把蠕虫一边砸出一阵火花和碎片。紧接着又来了一个，还在调整方位，里面射出好多跟踪弹。跟踪弹看起来慢悠悠的、很慵懒，就像群无害的胖嘟嘟的萤火虫。但它们把女服务员机器人撕个粉碎，落在小岛表面，在离岑就几厘米远的地方炸开。岑看着眼前的景象，吓得呆若木鸡。诺娃抓住他，把他拉着放倒。他躺在她身边，听着子弹锵锵地敲打着蠕虫的外壳，接着是卡洛塔的飞鬼蝠枪沉闷的枪声响起，她跪下追踪轨道军无人机，然后开了火。无人机撞上小岛的最远端，像个燃烧的车轮一样，弹了好几下，最后消失在小岛边缘。

岑抬起头。他身边全是死去的机器人，有的被打得粉碎，有的还有部位还在动。雷文毫发无伤地站着，对他的那些无人机说话。

“请趴下别动，斯塔灵先生。”卡洛塔说。

因为可怕的事正从德斯迪莫过来的轨道上降临：那是一辆熊熊燃烧的战车。雷文的最后一架无人机向火车喷了火。火车被点燃了，在火焰的光圈里闪耀得像条火龙。本来火车是刀枪不入的——防护罩能保护火车免受凯空间能量的伤害，阻挡导弹绰绰有余——但雷文知道外壳防护罩的弱点，亲自上阵指挥无人机。他找到火车外壳上的一个舱门，然后盯住猛打。连续三架无人机阵亡，但不要紧，他的目的达到了：一个舱门被打开，门盖拍打晃动着。接着他的最后一架无人机出场——轨道军的好些机器急转想拦截它，但雷文的无人机很小，更机动，速度更快——它从低处旋转着进去，只消在维护蛛爬过来把舱门的盖子关上之前，在里面放上一份弹药。

过了一会，战车反应堆里的燃料不甘再待在磁性密封缸里，轰然炸开，加入这场盛大的狂欢。半熔化的大火车头被炸成几大块，旋转着飞出好远。

马立克只看见所有屏幕突然熄灭，外面的空气转眼变成了大火。

还有一阵突然的失重，先是天花板撞了他，然后一个座椅，接着是地板。光影变幻如刀剑，白水滔滔从窗户奔涌而入，战车从连拱桥边上侧翻跌进了大海。

他靠着一扇窗户喘口气。钻石玻璃窗外是一片黯淡的深绿色幽光，像数据海一样无边无际。车厢里漆黑一团——灯和屏幕在飞起来的时候就全灭了——黑暗中充满呻吟和呜咽。马立克把耳机设置成红外线感应，才看见身边的其他身体，有的还在动，有的不动了；扭曲成各种难以置信的角度。有潮湿的东西正透过他的衣服浸入。起初他还以为是血。

不是血。但比血更糟。

是海水。

他的火车不知怎么被打开了，要么是爆炸，要么是外力冲击。开口很小，却让海水以更高的压强夺路而入。马立克看见三股白色的水柱喷涌着灌进来，他想应该还有更多这样的漏洞。他勉强站起来，水已经没过膝盖。一个身体撞上他，然后又一个，第二个还活着。那是阿奈伊丝的界面，一个鹿角被打掉了。

别管它，他跟自己说，让它淹死，它总能再做出一个身体。

但它看起来非常恐惧……

他把它从车厢里拖到门口。“车厢被淹，我们要放弃车厢了，”他喊道，“然后游泳上岛。”

“我不会游泳。”界面说。

门打开，白色的海水涌进来，狂暴，冰冷。海水把幸存者们托起来，水面不停上升。幸存者们的脸压上了天花板以呷取最后的一丝空气。然后海水充满了车厢。马立克回头看了一眼：被淹没的车厢看起来像个岩池，里面填满了螃蟹般攀爬挣扎的武装士兵，有人的头发像海草一样漂荡着。接着他开始游，在黑暗中穿过昏暗绿光下的一股股银色泡沫，还有斜射进车厢里的道道微光，拼了命地蹬腿。突然他游出了车厢，又浮上水面。界面迟疑地咳着开始呼吸，马立克在风浪里挣扎着游向连拱桥尽头的黑色小岛。

“岑？你受伤了吗？”

诺娃俯下身，扶他起来。岑摇摇头。他全身发抖。他想他经历了太多战斗。但现在岛上非常安静。倒下的机器人像玩具般散落着，躺在喷溅横流的蓝色液体间。卡洛塔还站着，身上有五六个洞口渗出黏稠液体。其他几个机器人也一样，几个茫然的简易门童和前台接待员，还紧紧抓着他们笨重的枪，检查受伤情况。

“我们成功了！”雷文说。

岑以为他是说：“我们打赢了。”然后他看看蠕虫，发现它的手臂不再动了。它工作时发出的潮湿的肠道蠕动般的声音此刻变得沉寂。蠕虫前端的下方，一个开口出现在它的外壳上。这不可能是刚才的战斗打出来的；导弹打不出这么平滑的洞，而且这个洞要是炮弹打出来的，雷文怎么会这么高兴？

“门好了！”雷文大吼一声，好像他的耳朵还没适应这安静，“现在我们只需要转动钥匙。”他摸摸口袋。

他皱皱眉。

他又摸摸另一个口袋，然后犀利地看着岑。

岑很快往后退。他一边走一边摸着自己的口袋，拿出了匹克西斯。

真的多亏了弗莱克斯。发现弗莱克斯还以某种形式活在大马士革玫瑰里，岑受到启发，又开始新的盘算。从德斯迪莫过来的一路上他都在考虑着各种可能性。他们下车的时候，他踉跄撞向雷文，偷走了匹克西斯。

他跑向小岛边缘。惊涛拍岸，推着螃蟹壳海滩，发出陶器破碎的声音，白色的浪花纷飞。他高举起匹克西斯。“你要想要，你得保证我们安全，我和诺娃……”

“岑！”雷文大步走向他，“没时间了！战车只是前哨。半数轨道军正在来德斯迪莫的路上……”

突然一阵骇人的尖声回荡在陶瓷表面。一个阴影从他们上空掠过。诺娃尖叫发出警告。一条带刺钩的尾巴向下一扫，挑起雷文，把他拖上了天。

飞鬼蝠来了。

49

战斗正酣的时候，飞鬼蝠在小岛上空盘旋已久。它们被战斗的巨大动静吸引过来，但看到无人机时，对这些入侵它们领空的嘈杂新怪物不太放心，一时没有靠近。现在无人机全没了，而飞鬼蝠又在这地方发现了猎物：水中有东西在疯狂挣扎。火车沉没了，一些幸存者浮出水面。最勇敢的飞鬼蝠俯冲过去。其余的嚎叫着跟上。还有些落伍的飞鬼蝠，觉得海上剩不下什么了，便呼啸冲向小岛。

之前一直把它们隔开的磁场在战斗中毁于一旦。

上岛的第一只飞鬼蝠抓住了雷文。随后第二只改变方向，试着抢走他。第三只俯冲向岑，这时卡洛塔反应过来。她的来复枪一串开火，把这只飞鬼蝠打穿。另一个机器人射下了正在争夺雷文的两只。

这时飞鬼蝠已经到处都是，机器人不停地瞄准射击。诺娃穿过小岛跑向雷文坠落的白沙滩。“别管他！”岑吼道，但她做不到，他也不能怪她——毕竟是雷文创造了她。他跟上她，从岛的边缘跳下海滩。白色的蟹壳在他靴子下面像精致的茶具般嘎吱破碎。一只将死的飞鬼蝠滑行中还徒劳地拍打着翅膀。鲜血洒在海滩上，猩红得有点不真实。岑分不清哪些是飞鬼蝠的血，哪些是雷文的。雷文扭曲地躺在海滩上的一个坑里，苍白的脸此刻更加苍白。他神情惊讶，就像诺娃在斯平德尔桥被抓钩击穿时的表情一样，只是他胸前的洞中涌出的液体不是蓝色而是鲜红。

“你明白这些东西的代价吗？”诺娃和岑赶到他身边时，他扯着烂上衣问。这个时候关心上衣显得很奇怪。后来岑才明白，他说的是身体。

海滩下面远些的地方，另一个声音在喊：“救命！”

在泛红的海浪中，有个湿透的战车幸存者正挣扎着逆着海流游过来。

岑没法不管。哪怕看出那是马立克。此刻只有两个阵营，飞鬼蝠和人类。“把雷文掩护好！”他对诺娃喊，然后沿着海岸赶过去。一阵浪花把马立克推到活动的贝壳里，但岑抓住了他一只胳膊，把他拖站起来。他被飞鬼蝠的尾巴砍伤了头皮，虽然流了不少血，但岑觉得伤势不太严重。他开始告诉马立克要怎么一动不动骗过飞鬼蝠，但惊恐之下的马立克听不进去，而且颤抖得厉害，根本没法一动不动。

“我们得进去躲起来！”岑压着海浪声大喊。

马立克看看他身后，只看到飞鬼蝠还在海浪之上尖叫盘旋，但看不到人在游泳了，只有几小片还烧着的燃油。他是唯一一个上了岸的。碎浪那边，有一会有个像是鹿角的东西浮出水面，但他转眼再看，已经不见了。

飞鬼蝠集中在小岛的最高点，冲向发出火光的枪口，也冲向它们受伤同伴不停拍打的翅膀和尾巴。它们把机器人抢到空中，发现不能吃就嫌弃地扔进海里，再盘旋回来找更多的猎物。

岑帮助马立克从海滩回到小岛上面，追上正在拖雷文的诺娃。大马士革玫瑰离得太远，他们只好在俯冲的飞鬼蝠的阴影下挣扎着靠近蠕虫。卡洛塔已经到了。其他机器人全军覆没：要么被飞鬼蝠抢走了，要么损坏得太严重关机了。

诺娃和岑把雷文拖进蠕虫内部，门槛上的鲜血印迹像条红地毯。马立克跟着他们进去，然后卡洛塔也进来了。她刚跨过门口，有个潮湿的东西疯狂扭动着，跟上来挡住了她身后的光。岑大喊警告，起初他以为是只飞鬼蝠，但其实是个人形。原来是阿奈伊丝六代的界面也挤了进来，门在它身后吱呀闭上，把愤怒嚎叫的飞鬼蝠隔在外面。

他们坐在温柔的黑暗中，身下可能是骨头或软骨做的台阶，试着习惯蠕虫里面的环境：四壁和天花板发出咕噜咕噜的哼哼声，这奇怪的潮湿噪音飞速移动着；光线很昏暗。岑盯着那个界面，觉得它颀长的蓝色身体美得不可思议。界面正在检查飞鬼蝠在它四肢上留下的伤口。它的一根鹿角被折断了；坏掉的部分像枝木头一样挂在它湿透的头发下。它不停地颤抖。它用过很多界面，但多数都是去音乐会或鸡尾酒会；它从没真正尝过恐惧、疼痛，或是危险的滋味。

岑目不转睛地看着它。卫神就是这么让人离不开眼。他不停地想："这是个卫神，一个真的卫神。"想到这里他几乎笑出来，脑海中回忆起米卡用她那厌世的口吻说："卫神对我们这样的人不感兴趣。"但其实它们并非不感兴趣，他想："它们现在感兴趣了。我做的事，唤起了一个卫神的兴趣，让它这么多年来第一次把自己下载到界面里，现在它就在这里坐在我身边，米卡——你怎么看呢？"

而卫神这时似乎感受到了他的凝视，也抬头看他，金色的眼睛里有种东西让他记起：唤起卫神的兴趣，并不总是好事。

马立克一遍又一遍地说，肯定还有其他幸存者。岑看看诺娃，诺娃对他轻轻摇摇头。卡洛塔把手放在马立克肩膀上说："他们全死了。"

马立克把那只手挣开。他看向她后面雷文躺下的地方，一个瘦骨嶙峋、破损不堪的身体，躺在一大汪锦缎般的红色池水中央，鲜血漫出，顺着台阶流下。他似乎不知道该怎么办。他习惯性地拿出枪，指向雷文，就像之前那么多次一样。但雷文的样子让人不忍下手。他看上去非常悲惨地躺在那里，一点不像曾经的神。他目光涣散，神情懈怠。但当诺娃俯下身靠近他，他挤出一丝虚弱的笑容。

"新门……"他说。

界面站了起来，在低矮的天花板下显得尤其庞大。它转向雷文，那奇怪古老的眼神岑看不懂，但好像很悲伤。它说："不会有新门的，雷文。”

“阿奈伊丝，”雷文说，“你会让马立克再杀死我吗？这已经成了他的坏习惯了。你知道这对你没什么好处。很快这个门就要被激活了，所有卫神们的谎言都会被揭穿。”

谁会跟一个卫神这样说话？如此轻松戏谑，好像他们是平等的。只有雷文。也许这就是当初他吸引阿奈伊丝六代的魅力所在，岑想，在那开满歌花的安伯河边的长凳上。界面又靠近了一点，低头看雷文。它的眼睛里充满泪水，它不得不意外地眨眨眼睛。

“轨道军很快就要到了，”马立克说，“带来专家、科学家。他们会把你造的这一切全都拆除，雷文。”

雷文的笑容消失了。他看看岑。“你站在哪一边，岑·斯塔灵？”他轻声问，“你是和马立克一起的吗？轨道军？卫神们？我还以为你跟我一样，是个小偷。”

“我不跟任何人一边，”岑说，“我就是我自己。”

“这样不行的，”雷文说。他痛苦地一阵咳嗽，嘴里涌出鲜血。“现在这个节点上，岑，你必须做出决定。”

岑摇摇头。他提醒自己雷文对他做过的所有坏事，防止自己也哭出来。“你知道我会选择赢的那一边。我这种人就是这样。如果非要选，我就选择赢的那边。是他们，不是你。”

“是吗？”雷文直勾勾地看着他的眼睛，“新门是个开始，不是结局。”他保证。

“是你的结局，雷文。”界面非常温柔地说。

马立克不需要用枪。他只是站着看。所有人都在看。又过了半分钟，雷文死了。

“我一直都想知道，这件事结束的时候是什么感觉，”马立克终于说，“没想到竟然没什么感觉。”

“还没结束，”界面说，“他造的这个东西必须摧毁。”它弯下长长的双腿，在雷文的尸体边蹲下。它长长的蓝手在他死去的脸庞上停留了一会，然后开始搜他的衣服。岑看着它，摸摸自己的口袋，手握紧匹克西斯。他想起了里希·努恩夫人，她多年前曾瞒着卫神们私自藏下这个球；还想起雷文，他把它藏在别人眼皮底下这么久。他们从卫神那儿偷了造凯门的秘密，就像从天堂盗取火种，而现在这个秘密正躺在岑的口袋里。

“你站在哪一边，岑·斯塔灵？我还以为你是个小偷……”

“马拉普的球体不在这里。”界面说，放弃搜查雷文的尸体。

“雷文一定是在海滩上把它弄丢了。”诺娃说。

“我不相信你，机器人。”界面又站起来了。它的金色眼睛熠熠有神地俯视着看了一会诺娃，然后越过她找岑。“那个男孩呢？”它问。

50

他在活体墙上的阴影和奇怪的光线下，快速向上爬。在台阶顶端有个小房间，地板可能是象牙做的，中心有个小小的圆洞。

岑拿出匹克西斯，碰到时手一阵刺痛。他知道匹克西斯里面的球体会与那个空洞完美吻合，这是设计的初衷。他恍惚觉得，生命中的一切都是为了把他推向此时此地。

“把它给我。”界面追到台阶顶端，命令他。它弯下腰，钻进房间之后再次站直，像塔一样压在岑面前。岑看见它身后的诺娃和马立克还在外面的台阶上，墙上的脉冲灯光照亮了他们的脸。

他紧紧抓住匹克西斯。他抬头看界面那双金色的眼睛，说：“雷文告诉我，这会改变星罗，而不是毁了它。”

“雷文说谎了。”界面说。它向他走来，伸手够匹克西斯。它绕着他，隔在他和地上那个等着球体的洞之间。“星罗不能扩展。开一个新的凯门会导致能量反弹，把这个世界化成灰烬，把我们全杀死。然后后果将扩散到整个星罗，扰乱所有现存的门，释放出的凯哈能量将像瀑布一样倾泻，摧毁一切。这就是雷文想要的结果。”

岑看着它的脸。很难相信它在撒谎，这张脸就是设计得让人类崇拜的。面对这样一张奇怪又智慧的脸，你应该下跪，应该躬身亲吻它蓝色的脚。但他内心还是有股劲，一股街头小偷的敏感骄傲，让他不愿意对任何人屈膝。

“你只是害怕了，”他说，“就像雷文说的。你害怕改变。”

“马立克，”界面失去了耐心，说，“杀了他。”

“不需要。”马立克说。他举起枪，但没有对准岑。他对准了诺娃：直指头。杀死机器人，他是内行。

界面看起来很困惑。“这有什么用？”

“岑不顾一切救了这个机器人，”马立克说，“他本可以置身事外，却为了她跑回来。他们是爱人。”

而岑，从桑德尔本起就羞于面对“爱”这个字，一直骗自己不知道对诺娃的感觉是什么。但他知道这是真的。这个轨道军男人比他还了解自己。他第一天到德斯迪莫，和诺娃一起在海边散步时就爱上她了。幸运难得的是，她也爱他。从别人口中说出来，让他们俩都松了口气。某种程度上，他们的关系就这样确定下来。这比古老的外星凯门制造机更真实，也更珍贵。

“拿去。”他说。他把匹克西斯交到界面的手上，看着它蓝色的手指握住。“让诺娃走。”

“谢谢你，岑·斯塔灵。”界面说。它考虑了一会，“现在，”它说，“杀了他，马立克。”

马立克皱着眉，生气地说：“他只是个孩子。”

“这孩子和雷文一伙。杀了他。”

“岑！”诺娃大喊。她突然冲上去夺马立克的枪。马立克肘击她的胸口，把她撞倒跌回台阶上。岑趁机跑向门口。他其实并没有具体打算。人算不如天算，又何必打算？他只希望能越过马立克，拉上诺娃然后跑出蠕虫，回到大马士革玫瑰。但阿奈伊丝抓住了他。它伸出一条长长的蓝色手臂，卡住他的脖子，把他拎起来。然后把他猛地摔在墙上，用修长的蓝色手指掐住他的咽喉，捏紧。界面虽然看起来美丽而弱不禁风，却力气大得惊人。

“把那个机器人也杀了，马立克。”界面一边咬紧它那完美的牙齿掐住岑，一边说。

岑听见马立克的枪响了，枪声在这个小空间里尤其震耳欲聋。三枪，一枪接着一枪，非常快。接着他看见三个洞：两个在界面的胸口，一个在它蓝色的前额。它金色的眼睛里透着惊恐，然后就失了神。它放开了岑，倒在一边，有一会脚还在不停抽动，然后静止了。

岑在它旁边瘫倒，大口大口地喘气，擦拭着喉咙上的淤青，盯着马立克。

“它在说谎。”马立克说。他放下枪，走进房间。“我了解雷文。

我这些年在整个星罗追踪他，杀了他这么多次，不可能还不知道他的想法。雷文想活。所以他才跑这么远，斗这么苦，藏这么久。摧毁星罗，连同他自己？这不是雷文的风格。如果他计划启用这个门，他一定有把握能通过这个门逃走。”

匹克西斯从界面的手中落下。岑捡起来。盒子为他打开了。里面的球体闪闪发光。球体表面上的复杂线条流闪着白色的光芒，好像躺在他掌心的是个迷你暗行星，那些线条是行星上城市里点着灯的街道。地上和墙上的灯也响应着亮起来，像明亮的血管，通向等待着球体填充的那个空洞。

岑看看马立克，不知道这个轨道军的人会不会阻止他。但马立克只是看着地上死掉的界面身体，说：“他们雇我杀死雷文。从没提过凯门，或阻止这机器干它该干的活。”

诺娃说：“就算雷文没说谎，新门会改变一切。”

“也许一切正需要改变。”岑说。

她走过来，摸摸他的脸，学着电影里的样子温柔地吻着他的唇。她的嘴唇就像乙烯基那样非常冷而光滑，还有种咸咸的海的味道。

“这是我的感觉，岑·斯塔灵，”她说，“不会改变。”

岑深呼吸了一下。当他把手臂伸向地上的空洞，那个球似乎感觉到正在接近归属。空洞像有磁力一样吸引着球体。他紧紧握着，不知道该怎么办。最后一刻他停下来，一时满腹疑惑。只是因为你有机会改变一切，并不意味着你就应该改变一切。

球体自己做了决定。它从他的手指间跳进了空洞。轻微松脆的一声响。连接成功。物各归位。

岑赶紧避开，等着世界毁灭。

并没有。

只有松脆的声音在地下散播，接着一片沉寂。

“我做了什么？”他自问，抑或，“我做了什么吗？”

蠕虫叹息一声，翻滚扭动着。飞驰的声音开始从房间墙后深处传来。

马立克说：“它不再需要我们了。”

卡洛塔走上台阶。“我和你们的火车交流过，”她说，“它说飞鬼蝠全走了。”

“外面不再有动静吸引它们了。”诺娃说。

蠕虫感觉不太一样。仿佛能量在聚集，万物汇向巅峰。那感觉就像你乘坐的火车在靠近凯门。

他们一起下去走到出口前，舱门自动开了把他们放出去。岑踏出去之前回头望望。台阶正在叠起来，吞没了雷文的尸体。

他跟随其他人从蠕虫里跳出来，来到小岛的陶瓷表面。蠕虫又开始震动，它的手臂在空中展开，形成奇怪的形状。他们紧张地检查天上还有没有飞鬼蝠，然后越过蠕虫，去找在轨道上等他们的大马士革玫瑰。大马士革玫瑰为他们打开门，等他们上车后，她说：“我要后退一点。有非常奇怪的事情正在发生。”

她沿着连拱桥慢慢后退了几公里，直到被损毁的战车拦住了去路。这时岛上发生什么已经不在他们的视野中，但大马士革玫瑰还能看见。她在乘客面前挂出一个全息屏幕，投影出她鼻子上的摄像头拍下的画面。

蠕虫正在动。它用奇怪的锥形腿把自己撑离地面，开始缓慢地轰隆向前推进，小心地穿过它建的拱门。它背上的那片倒刺周围，有个不是光的灯在闪耀，颜色不可名状。移动的蠕虫在身后留下一条铁路：一对闪亮材质的长长轨道，非常对称，非常直。

“它在铺轨道，”诺娃说，“延伸线路……”

那不可名状的颜色从蠕虫前面闪了一下，却没有在潮湿的瓷表面上投射下任何光，在波浪上也没有反光。拱门下面，有像光又不是光的东西在闪烁回应。光亮在这陶瓷的小岛上交织舞动，渐渐捻成车站天使的细长形状，挥舞着它们闪光的四肢，招摇着。蠕虫的触角似乎抓住了光，扯着它的边缘。它后背上的倒刺压向前，就像大风中的草。每一根都钉住细长的光丝，把它们往回拉，缠裹住蠕虫的整个身体。哪怕隔着大马士革玫瑰的钻石玻璃，他们仍能听到蠕虫发出的响彻天际的吼声。

“我感受到了凯哈能量，”大马士革玫瑰说，“但那机器跑得不够快，过不了凯门……”

蠕虫似乎不在乎。它弯腰驼背钻进光的旋涡中。能量在它的倒刺之间连接。它抬起头，骄傲地站立了一会，突然猛地向前一凑，然后就不见了。它原来在的地方，只见汉谟拉比的卫星环的倒影反射在小岛那被海水打湿的陶瓷表面上，车站天使翩翩起舞，新的轨道发出淡淡的银光，通向拱门下面那道奇怪的能量帘。

“那是个凯门。”诺娃说。

“通向哪里？”马立克问。

“地图之外的地方。”大马士革玫瑰说。

“星系遥远的另一端。”岑说。

“你觉得会有什么东西从那边过来吗？”诺娃问。

“卫神们会要求隔离它，以防万一，”马立克说，“轨道军将派更多的火车来。他们会试着关闭这道门，或摧毁线路什么的。所以你们要是想过去的话，最好快点。”

“过去？”岑说，“我不过去！过去可能就回不来了。”

“你怎么样都回不去了，岑。”马立克说，“如果你待在这里，你就得自己去跟努恩家族解释。然后跟卫神们解释——要是阿奈伊丝八代来问它那华丽的界面怎么了，别以为我不会怪到你头上。他们会把你怎么样，我不好讲，但你肯定回不了家了。自从你上了雷文的火车那天起，你就踏上了不归路。新门的这一边，没有你的容身之地。那一边——谁知道呢？你可以重新开始。”

“你就这样放我走？”岑问。

马立克缓慢地耸耸肩。“我的任务完成了。我不管你的事，岑·斯塔灵。而且我想你也没有恶意。”

大马士革玫瑰捕捉到了新门的气息，或是震动，或是协奏曲，或是某种说不清道不明的凯门释放出的让火车喜欢的讯息。他们感觉到火车在颤抖，拼命把持住刹车，把车轮留在这边的世界。

诺娃紧贴在岑身边。她说：“我也去。”

马立克点点头。

“你可以跟我们一起走，”她说，“你不好奇吗？你不想知道门那边有什么吗？”

马立克笑了。“我老了，机器人。我要上车的话，那只会是为了找个地方吃好睡香。我要开始步行赶路了。”

“但那些飞鬼蝠……”岑说。

卡洛塔拍拍她的枪。“我可以送你回终点站旅馆，先生。”

诺娃说：“只要你不动，它们就不会攻击你。”

大马士革玫瑰打开门。卡洛塔下车走上连拱桥，好奇地看向新的凯门。马立克犹豫了一会，跟上卡洛塔下车。他回头瞥了岑一眼。

“我曾以为雷文谁也不在乎，”他说，“但我错了。我想他是在乎你的，岑。我不知道为什么。也许他在你身上看到他自己年轻时的样子。我只知道，我看着他死了很多次，但这是第一次感觉像个人类临终的样子。”

接着他就下了车跟上卡洛塔。再看最后一眼，招招手，他们就向北走了，在轨道军火车的碎片间跋涉。

车厢里，诺娃和岑一起坐下。大马士革玫瑰的引擎在加速。一只零散的僧虫在灯光下乱窜。岑把头靠在诺娃肩膀上。她激动得发抖，就像人类一样，就像他一样。窗外，汉谟拉比星填满了天空。

“我会怀念这里的。”诺娃说。

“有比这更好的地方。”岑说。

“你会怀念什么？”她问。

他看看她。他会怀念克利瓦，还有德斯迪莫，还有夏约，还有安贝赛集市。他会想念米卡。想念雷文。他会想念母亲。他会怀念曾经的那个自己，还有旧日的梦。他会怀念这一切。但他猜所有人都有这样的感觉。冲向未来时，每个人都在失去，都在舍弃，都会执着于旧时记忆。每个人都是飞驰火车上的乘客。岑确实比大多数人都走得更远，但至少他路上不孤单。

“我什么都不怀念。”他说。

这时大马士革玫瑰开动了，越来越快，走过旧的铁轨，走上新的。雷文的门里的光照向他们时，岑牵起诺娃的手。他们转头从窗户里仰望，看着从未被人类注视过的遥远的灿烂星汉、外星天空，直到未知的飞驰旅途洗净所有记忆，让他们终于释怀：那些不得不做的事，和不得不扮演的角色。他们终于可以只做自己：爱人、英雄、火车浪子，乘坐着老红车，从数不清的车站天使中，驶向新生活。

而大马士革玫瑰提起鲸歌般的嗓音，唱起来。

致谢

很多人参与了本书的制作和出版。我的编辑丽兹·克罗斯给了我很多有用的建议，经纪人菲利帕·米尔恩斯-史密斯也是如此。乔·卡梅伦和霍利·富尔布鲁克勤奋地工作，为我的书做了如此漂亮的设计。戴比·西姆斯为宣传准备了试读本。莎拉·麦金太尔让我有了讲述更多故事的冲动，我曾一度想要放弃，而她读了这本书的好几稿，耐心倾听我那些不成熟的想法。莎拉·瑞弗做了所有后勤工作，烹饪美食，以及许多重要的事情，这样我才有时间坐下来做白日梦，畅想我的宇宙以及铁路旅行。

伟大星罗的火车向大家致意。

Philip Reeve
Railhead

Railhead was originally published in English in 2015.
This translation is published by arrangement with Oxford University Press.

图字:09 - 2018 - 1135 号

图书在版编目(CIP)数据

铁道尽头/(英)菲利普·瑞弗(Philip Reeve)著;
左林译. —上海:上海译文出版社,2021.9
书名原文:Railhead
ISBN 978 - 7 - 5327 - 8673 - 2

Ⅰ.①铁… Ⅱ.①菲…②左… Ⅲ.①长篇小说—英
国—现代 Ⅳ.①I561.45

中国版本图书馆 CIP 数据核字(2021)第 158424 号

铁道尽头
[英]菲利普·瑞弗 著 左林 译
责任编辑/黄雅琴 装帧设计/胡 枫 王一凡

上海译文出版社有限公司出版、发行
网址:www.yiwen.com.cn
201101 上海市闵行区号景路 159 弄 B 座
启东市人民印刷有限公司印刷

开本 890×1240 1/32 印张 11 插页 3 字数 150,000
2022 年 2 月第 1 版 2022 年 2 月第 1 次印刷
印数:0,001—6,000 册

ISBN 978 - 7 - 5327 - 8673 - 2/I·5352
定价:78.00 元